黄檗山……三
第三龍湫……四
客中作……四
小寺……四
晚春……五
哭葉孝錫教授……五
夜過瑞香庵……六
送薛明府……六
蒜嶺……七
示觀老……七
武陟道中……七
浦城道中……八
幽居寺……八
大目寺……九
哭容倅舅氏二首……九
吳大帝廟……一〇

目錄

前言 …… 一

後村先生大全集序 …… 一

後村先生大全集序 …… 三

後村先生大全集卷之一 …… 一

詩

公少作幾千首，嘉定己卯，自江上奉祠歸，發故篋盡焚之，僅存百首，是爲《南嶽舊藁》。…… 一

郭璞墓 …… 一

魏太武廟 …… 一

徐孺子墓 …… 二

北來人二首 …… 二

北山作 …… 二

早行 …… 三

責任編輯：何　靜　莊　劍
責任校對：王會豪
封面設計：翼虎書裝
責任印製：王　煒

圖書在版編目(CIP)數據

後村先生大全集／（宋）劉克莊撰；王蓉貴，向以鮮校點　刁忠民審訂．—成都：四川大學出版社，2014.10（重印）
ISBN 978－7－5614－4203－6

Ⅰ.後…　Ⅱ.①劉…②王…③向…　Ⅲ.古典文學－作品集－中國－南宋　Ⅳ.I214.422

中國版本圖書館 CIP 數據核字（2008）第 190354 號

書名　後村先生大全集

作　者	劉克莊　撰 王蓉貴、向以鮮　校點 刁忠民　審訂
出　版	四川大學出版社
地　址	成都市一環路南一段 24 號（610065）
發　行	四川大學出版社
書　號	ISBN 978－7－5614－4203－6
印　刷	四川和樂印務有限責任公司
成品尺寸	140 mm×202 mm
印　張	171.375
字　數	3690 千字
版　次	2008 年 12 月第 1 版
印　次	2014 年 10 月第 2 次印刷
定　價	3500.00 圓（全八冊）

◆讀者郵購本書，請與本社發行科聯繫。電話：(028)85408408/(028)85401670/(028)85408023　郵政編碼：610065
◆本社圖書如有印裝質量問題，請寄回出版社調換。
◆網址：http://www.scup.cn

本書出版得到國家古籍整理出版專項經費資助

後村先生大全集

第一册

宋·劉克莊 撰
王蓉貴 向以鮮 校點
刁忠民 審訂

四川大學出版社

鐵塔寺……一〇
聽老……一〇
哭薛子舒二首……一一
贈川郭……一一
贈錢道人……一二
張麗華墓……一二
送鄒景仁……一二
二將　石俣、韓仔……一三
陳虛一……一三
揚州作……一三
南浦亭寄所思……一四
蒜嶺夜行……一四
別敖器之……一四
哭楊吏部通老……一五
老歎……一五
答友生……一五

趙清獻墓……一六
烏石山……一六
除夕……一六
呈袁秘監……一七
漁梁……一七
小梓人家……一七
送拄杖還僧……一八
雪峰寺……一八
蓋竹廟……一九
瓜洲城……一九
送仲白……二〇
鳳凰臺晚眺……二〇
贈玉隆劉道士……二一
晉元帝廟……二一
清涼寺……二二
冶城……二三

雨華臺……二三
新亭……二三
魏勝廟……二四
真州北山……二四
故宅……二四
送余子壽……二五
送周監門……二五
挽黄巖趙郎中二首……二六
寄趙昌父……二六
寄韓仲止……二六
戊辰即事……二七
晚春……二七
臨溪寺二首……二七
即事……二八
孺子祠……二八
碧波亭……二九

豫章溝二首……二九
題寺壁二首……二九
西山……三〇
宮詞四首……三〇
秋風……三一
跋小寺舊題……三一
憶殤女……三一
報恩寺……三二
歸至武陽渡……三二
舟中寄景建……三二
書山壁……三三
華嚴寺逢舊蒼頭……三三
田舍……三三
古墓……三四
題本草……三四
下蜀驛……三四

出郭……三五
病起……三五
再贈錢道人二首……三五

後村先生大全集卷之二……三七

詩　嘉定己卯奉南嶽祠以後所作……三七

蒙恩監南岳廟……三七
烏石山……三七
葺居……三八
挽郭處士……三八
老將……三八
老馬……三九
老妓……三九
挽趙仲白二首……三九
贈風水僧……四〇
挽鄭夫人二首　李尚書母……四〇

除夕……四一
挽鄭淑人　李尚書內……四一
悼阿昇……四二
送真舍人帥江西八首……四二
與客送仲白葬回登石室……四三
立春二首　嘉定庚辰奉南嶽祠……四三
去春……四三
燈夕……四四
戲孫季蕃……四四
匹馬……四五
宿囊山懷洪岳二上人……四五
訪辟支巖絶頂二僧值雨……四六
送王實之赴長沙幕　殿試第四人……四六
哭豐宅之吏部二首……四七
深村……四七
挽林進士……四八

柬人求驢子……四八
寄漢陽守王中甫……四八
與客登壺山絶頂……四九
戲答同游……四九
次方武成壺山韻……四九
挽林推官内方孺人 艾軒侍郎子婦……五〇
方湖泛舟 得南字……五〇
空寂院……五一
紫澤觀……五一
靈寶道院……五一
方寺丞新第二首……五二
小齋……五二
東巖寺避暑……五三
方寺丞鋋子初成……五三
友人病瘡……五三
乍暑一首……五四

衛生……五四
先儒……五四
同孫季蕃游净居諸庵……五五
又一首……五五
孟夏泛方湖得同字一首……五六
又得湖字一首……五六
問友人病……五七
偶賦……五七
滄浪館夜歸二首……五八
贈翁定……五八
送孫季蕃……五八
哭毛易甫……五九
月下聽孫季蕃吹笛……五九
哀陳璹……六〇
題方武成詩草……六〇
送劉連江之官……六〇

挽柯東海……六一
送客……六一
哭王宗可……六二
書考一首……六二
哭常權　予主靖安縣簿，君爲令。……六二
穴蟻一首……六三
方寺丞除雲臺觀……六三
哭方主簿汲……六四
陳寺丞續荔枝譜……六四
棋……六四
宿千歲菴聽泉……六五
題方寺丞西重山瀑布亭……六五
秋夜有懷傅至叔太博父子……六六
書小窗所見……六六
哭宋君輔　倚……六七
曝書一首……六七

觀元祐黨籍碑……六七
答翁定……六八
挽陳潮州伯霆一首……六八
聞城中募兵有感二首……六九
哭張玉父……六九
友人病痁……七〇
書事二首……七〇
李文饒一首……七一
西風二首……七一
昔仕……七二

後村先生大全集卷之三……七三

詩

《南嶽第二藁》……七三
九日次方寺丞韻……七三
戲鄭閩清灼艾……七三
暝色……七四

示寶上人……七四
海口官舍……七四
瑞峰寺……七五
瑞巖……七五
答湯升伯因悼紫芝……七五
挽林宜人……七六
送葉知郡禾……七六
送人赴廬陵尉……七七
別翁定宿瀑上……七七
身在一首……七七
臘月十日至外祖尚書家……七八
命拙……七八
憶真州梅園……七八
歲晚書事十首……七九
元日……八〇
寄題李尚書秀野堂一首……八〇

又眞止堂一首……八〇
晚悟……八一
書燈……八一
書感……八二
山茶……八二
落梅……八二
又一首……八三
野性……八三
懷保寧聽老……八四
哭五一弟先輩二首……八四
腰痛……八五
上冢……八五
平床嶺 以下十二首辛巳游山作……八五
溪西……八六
夾漈草堂……八六
祺山院……八七

西林寺……八七
興化縣……八七
麥斜……八八
鯉湖……八八
蔡溪巖 陳聘君隱處……八八
九座山……八九
香山寺……八九
仙游縣……九〇
觀溪西子弟降仙……九〇
自昔……九〇
耕仕一首……九一
真母吳氏挽詞二首……九一
蘭……九一
感昔二首……九二
山丹……九二
燕二首……九三

過永福精舍有懷仲白二首……九三
詠史二首……九四
韓曾一首……九四
春早四首……九四
黄天谷贈詩次韻二首……九五
得曾景建書……九五
示兒……九六
擷陽塘……九六
憶毛易甫薛子舒一首……九七
春日二首……九七
有感……九八
哭趙紫芝……九八
哭周晉仙……九八
中嶰先塋……九九
被酒……九九
小園即事二首……九九

夢豐宅之二首……一〇〇
漢儒二首……一〇〇
暮春……一〇一
哭吳杞……一〇一
橘花……一〇一
薔薇花……一〇二
答鄭閩清……一〇二
前輩……一〇二
鐵塔院……一〇三
東方寺丞病足……一〇三

後村先生大全集卷之四……一〇五

詩《南嶽第三藁》……一〇五

贈徐相師……一〇五
送孫夢宮……一〇五
寄何立可提刑……一〇六

和曾使君喜雨……一〇六
送饒司理端學……一〇六
贈防江卒六首……一〇七
哭黄直卿寺丞二首……一〇七
不寐……一〇八
寄夔漕王中甫……一〇八
送章通判……一〇九
旱蓮一首……一〇九
辭桂帥辟書作……一〇九
聞何立可李茂欽訃二首……一一〇
夏旱一首……一一〇
憶藕一首……一一一
夜飲方湖……一一一
哀江帥張常二首……一一一
瀑上值雨……一一二
懶……一一二

送沈僩 考亭門人 …… 一一三
紫薇花 …… 一一三
書第二考一首 …… 一一三
送鄭君瑞知閩清 …… 一一四
猫捕燕 …… 一一四
次方寺丞方湖韻 …… 一一四
鄰家孔雀 …… 一一五
答傅監倉 …… 一一五
蟾蜍硯滴 …… 一一五
讀崇寧後長編二首 …… 一一六
午窗 …… 一一六
書感 …… 一一六
答客 …… 一一七
邛杖 …… 一一七
寄泉僧真濟 …… 一一七
羊毫筆一首 …… 一一八

空村……一一八
題齋壁……一一八
題繫年録……一一九
晚出……一一九
伏日……一一九
自警……一二〇
詠鄰人蘭花……一二〇
夏夜……一二〇
書田舍所見……一二一
郊坰……一二一
客過……一二二
孟浩然騎驢圖……一二二
有興……一二二
聞笛二首……一二三
健忘二首……一二三
宿莊家二首……一二三

妄想……一一四
白社迓客一首……一一四
七月九日二首……一一五
夢賞心亭……一一五
郊行……一一五
懷友……一一六
牢落……一一六
跋方雲臺文藁二十韻……一一六
雲……一一七
樓冠……一一七
方寺丞招宿瀑上不果……一一八
詩境樓觀月……一一八
野望……一一八
西淙山觀雨……一一九
宿山中十首……一一九
七月二十日自瀑上先歸方寺丞遺詩夸雷雨之壯次韻一首……一三〇

秋望二首……一三〇
村校書……一三一
聖賢……一三一
懷李敬子……一三一
華巖知客寮……一三二
聞黄德常除德安倅……一三二
閑居即事……一三二
自勉……一三三
少日……一三三
貧病……一三三
示同志一首……一三四

後村先生大全集卷之五……一三五

詩……一三五
和方孚若瀑上種梅五首……一三五
再和五首……一三六

賦西淙瀑布 得斷字 …… 一三七
送陳寺丞守南劍 …… 一三七
送丁元暉知南海 …… 一三八
醫 …… 一三八
黄檗道中崖居者 …… 一三九
横塘 …… 一三九
蒜溪 …… 一三九
哭囊山覺初長老二首 …… 一三九
贈蕭高士 …… 一四〇
題鍾賢良詠歸堂 水心爲賦詩 …… 一四〇
挽李端 …… 一四一
海口三首 …… 一四一
黄蘗寺一首 …… 一四二
和西外趙知宗 …… 一四二
悼秦豎 …… 一四二
十月二十二日夜同方寺丞宿瀑庵讀劉賓客集 …… 一四三

久旱即事二首……一四三
戍婦詞三首……一四三
送楊休文……一四四
游水南一首……一四四
哭陳鑰主簿……一四五
傅諫議和予所贈傅監倉詩復用前韻一首……一四五
宿別瀑上二首……一四五
初宿囊山和方雲臺韻……一四六
白鹿寺……一四六
答婦兄林公遇四首……一四七
發枕峰……一四七
嵩溪驛……一四八
環翠閣 閣上有宣和二陸詩……一四八
崇化麻沙道中……一四九
過劉尚書墓 建人，葬邵武……一四九
謝墳……一四九

大乾記夢 辛酉年夢，予方十五……一五〇
館頭 去撫州四十里……一五〇
發臨川……一五〇
曾景建自臨川送予至豐城示詩爲別次韻一首……一五一
自撫至袁連日雨霰風雪一首……一五一
安仁驛……一五二
萍鄉……一五二
牛田鋪大雪 萍鄉境内……一五二
醴陵客店……一五三
湘潭道中即事二首……一五四
謁南嶽……一五四
勝業寺……一五五
發嶽寺三首……一五五
湘江一首 六言……一五六
烟竹鋪 離衡州北五里……一五六
衡永道中二首……一五六

黃熊嶺……一五七
祁陽縣……一五七
零陵……一五七
深溪驛 去廣右界一程……一五八
全州……一五八
炎關 亦名嚴關……一五九
秦城……一五九
未至桂州葉潛仲以詩相迎次韻一首……一五九
游水東諸洞次同游韻二首……一六〇
春日五絶……一六〇
訾家洲二首……一六一
舜廟……一六一
得家訊一首……一六二
湘南樓……一六二
上巳與二客遊水月洞分韻得事字……一六二
出城二絶……一六三

三月十四日陪帥卿出遊一首……一六三
武岡葉使君寄詩次韻二首……一六四
移居二首……一六五
吊錦鷄一首兼呈葉任道……一六五
哭孫行之二首……一六六
即事……一六六
楮樹……一六六
象弈一首呈葉潛仲……一六七
送陶仁父……一六八
書壁……一六八
栽竹……一六八

後村先生大全集卷之六……一七一

詩……一七一
癸水亭觀荷花一首……一七一
棲霞洞……一七二

堯廟……一七二
五月二十七日游諸洞……一七三
泛西湖……一七三
題許介之詩草 益公稱其詩……一七四
慈氏閣 馬氏所建……一七四
儵然亭……一七五
辰山……一七五
千山觀……一七六
曾公巖……一七六
郊行……一七七
秋日會遠華館呈胡仲威……一七七
老大……一七七
伏波巖……一七八
詰猫……一七九
八桂堂呈葉潛仲 金華丞相之孫……一七九
挽聶孺人 平樂董令之内……一七九

題胡仲威文藁……一八〇
戴秀巖 戴秀者，兵卒也，得道於此。……一八〇
寄左次魏二首……一八一
中秋湘南樓餞張昭州……一八一
榕溪閣 山谷南遷，維舟榕下。……一八二
哭譚户録二首……一八二
風……一八二
觀射……一八三
荔支巖 洞内小石如荔支者無數……一八三
再游棲霞洞……一八四
佛子巖……一八四
劉仙巖……一八四
龍隱洞……一八五
哭梁運管 伋 丞相克家之孫……一八五
琴潭……一八六
清惠廟……一八六

辰山道人……一八七
玄山觀 宋之問別墅……一八七
榕溪隱者……一八七
禊亭 南軒所立……一八八
自用臺字韻一首……一八八
篸帶亭……一八九
程公巖……一八九
哭林晉之判官……一九〇
鵲……一九〇
榕臺二首……一九〇
嚴關新洞……一九一
乳洞……一九一
發湘源驛寄府公……一九二
鏵觜 史禄渠至此分水……一九二
書堂山 柳開守湘讀書處……一九三
湘中口占四首……一九三

真隱寺……二〇〇
道傍松一首……二〇〇
枕峰寺……二〇一
乍歸九首……二〇一
題坡公贈鄭介夫詩三首……二〇二

後村先生大全集卷之七……二〇三

詩……二〇三
蔡忠惠家觀墨蹟……二〇三
昔方孚若主管雲臺予監衡嶽每歲瑞慶節常聚廣化寺拈香癸未此日獨至寺中輒題一絶……二〇四
有感……二〇四
挽水心先生二首……二〇五
林容州別墅……二〇五
哭林山人……二〇六
挽方孚若寺丞二首……二〇六

見方雲臺題壁……一九四
土馬村……一九四
祁陽道中……一九四
愚溪二首……一九五
浯溪二首……一九五
石皷……一九五
湖南江西道中十首……一九六
曉鷄……一九七
哭裘元量司直……一九七
豫章二首……一九七
還杜子埜詩卷……一九八
訪李公晦山居……一九八
道傍梅花……一九八
戲書客舍……一九九
懷安道中……一九九
哭澤孺方先生二首……一九九

挽方武成二首 左鉞……二〇六
福州道山亭 南豐作記……二〇七
建州……二〇七
起來……二〇七
入浙……二〇八
寄人……二〇八
壽昌……二〇八
桐廬……二〇八
富陽……二〇九
記夢……二〇九
出都……二〇九
題硯……二〇九
杜丞……二一〇
久客……二一〇
贈陳起……二一〇
贈翁卷……二一一

路傍桃樹……………………………………二一一
題壁……………………………………………二一一
馬上口占………………………………………二一二
挽李尚書二首…………………………………二一二
橋西……………………………………………二一三
黄田人家别墅繚山種海棠爲賦二絶…………二一三
郭熙山水障子…………………………………二一三
挽林夫人 方孚若母…………………………二一四
挽葉夫人 丞相女孫，孚若内子。…………二一四
題洪使君詩卷 陳師復爲序…………………二一五
闞仝驟雨圖……………………………………二一五
哭左次魏二首 謩……………………………二一六
寄永嘉王侍郎…………………………………二一六
秋熱憶舊遊二首………………………………二一七
哭李景温架閣 大有…………………………二一七
送鄭端州 啓沃………………………………二一八

送方子約赴衢教 符 ……二一八
李園有懷孚若 ……二一九
送方阜高赴衡州法掾 ……二一九
答敖茂才 器之猶子 ……二一九
失猫 ……二二〇
送張應斗還番易 ……二二〇
爲圃二首 ……二二一
送黄舒文赴欽教 璧 ……二二一
挽袁侍郎二首 ……二二二
敖器之宅子落成 ……二二二
答陳珍 ……二二三
挽表叔趙君任安撫二首 綸 忠簡孫 ……二二三
池上榴花一本盛開 ……二二三
蘇李泣別圖 方孚若故物，近爲人取去。……二二四
芙蓉二絶 ……二二五
鄒莆田見傳葬書 應博 ……二二五

挽鄭參議　浦…………二三五
同鄭君瑞出瀨溪即事十首　方孚若新阡…………二三六
敖茂才論詩…………二三七
鏁諫圖…………二三七
哭劉連江　世鈞…………二三七
明皇按樂圖…………二三八
哭李公晦二首　没於辰州…………二三八
送鄒莆田…………二三九
即事四首…………二三九
梅花五首…………二三〇
送邢仙遊　興祖…………二三〇
夜登甘露山二首…………二三一
書事二首…………二三一

後村先生大全集卷之八…………二三三

詩…………二三三

送權郡倉通判……二三三
再題鍾賢良詠歸堂……二三三
送洪使君……二三四
送陳魯叟使君赴廣西漕二首……二三五
永嘉黃九萬見訪……二三五
別宋斌文叔……二三五
熊主簿示梅花十絶詩至梅花已過因觀海棠輒次其韻十首……二三六
再和十首……二三七
水心先生爲趙振文作馬塍歌次韻一首……二三八
贈高九萬并寄孫季蕃二首……二三九
題何秀才詩禪方丈……二三九
挽邵武洪倅……二三九
挽夔漕王中甫二首……二四〇
挽葉潛仲運幹知剛二首……二四〇
送熊主簿……二四一
送徐夏叔……二四一

和答北山……二四二
挽樓暘叔二首……二四二
勞農二首……二四二
答惠州曾使君韻一首……二四三
送參議滕告院挂冠……二四三
挽建昌詹使君二首　乂民……二四四
和葉尚書解印二首……二四四
送葉尚書奉祠二首……二四五
挽盧母黄太孺人　少逸之妻……二四五
寄熊主簿……二四六
寄徐夏叔……二四六
贈趙盤立之……二四六
與北山陳龍圖……二四七
答陳龍圖……二四七
和趙吉州三首……二四七
挽傅諫議三首……二四八

寄二徐……二四九
答留通判元崇……二四九
以王家酒寄陳北山得二絶句誚酒味不如舊日之勁峭用韻二首……二四九
和北山一首……二五〇
送建安鄭尉……二五〇
答范叔範……二五〇
送楊休文……二五一
答羅天驥……二五一
太守林太博贈瑞香花……二五一
再和……二五二
三和……二五二
四和……二五二
五和……二五三
六和……二五三
七和……二五三
和趙南塘離支五絶……二五四

築城行……二五四
開壕行……二五五
運糧行……二五五
苦寒行……二五五
國殤行……二五六
軍中樂……二五六
寄衣曲……二五六
大梁老人行……二五七
朝陵行……二五七
破陣曲……二五七
邨居書事四首……二五八

後村先生大全集卷之九……二五九

詩……二五九
挽陳北山二首……二五九
送五六弟赴四明倉官 戕……二五九

挽龔汀州二首……二六〇
送戴復古謁陳延平……二六〇
挽外舅林明道二首……二六一
柬陳寺丞築城……二六一
答楊羿……二六一
挽方岳倅……二六二
梅雨隳城自和前韻……二六二
跋某人詩卷……二六三
城壞復修又賦……二六三
留山間種藝十絶……二六三
梅……二六三
菊……二六四
松……二六四
蘭……二六四
桃……二六四
桂……二六四

柚……二六五
笑花……二六五
末利……二六五
芭蕉……二六五
寄題邵武死事胡將祠堂……二六六
寄題沙縣死事祝將祠堂 文蔚之子……二六六
挽王簡卿侍郎三首……二六六
題高九萬菊磵……二六七
挽陳師復寺丞二首……二六七
別高九萬……二六八
贈建陽盥士楊椿老二首……二六八
挽潘柄……二六九
贈輝書記二首……二六九
答黃鏞……二六九
答陳珽主簿……二七〇
寄題南康胡氏春風堂……二七〇

送孫明府　兄弟繼爲邑宰……二七一
答陳璘司户……二七一
辛卯滿散天基節即事六首……二七二
挽王華甫提刑二首　兄作《行狀》……二七二
還黄鏞詩卷……二七三
徐懋功餉酒用其韻……二七三
答陳瑄修職……二七四
挽陳孺人……二七四
壬辰春上冢五首……二七四
城南……二七四
西樓……二七五
郭西　高大父……二七五
中峙……二七五
壽溪……二七五
訪李鋼草堂不遇……二七六
題陳遂卿隱居……二七七

綿亭林逸人扁所居室曰藏暉求詩……二七七
題白渡方氏聽蛙亭……二七七
贈鍾主簿父子……二七八
寄趙簡叔知宗……二七八
贈豫知子……二七八
簡叔和詩再寄一首……二七九
寄章貢姚別駕……二七九
三寄簡叔……二八〇
寄章貢姚使君……二八〇
蔣邁説易……二八一
讀金鑾密記……二八一
哭鄭君瑞長官二首……二八一
獲硯……二八二
再獲一硯自和一首……二八二
蔡偉叔講通書……二八三
遺編……二八三

一念……二八三
貧居自警三首……二八四
寒食清明二首……二八五
上巳……二八五
村墅……二八五
進德……二八六
答梁文杓……二八六
哭章泉二首……二八七
贈馬相士二首……二八七
余爲建陽令遣小吏王堪爲西山翁之役翁留之仙遊山房招鶴亭之上令抄道書久之若有所悟棄家不歸後六七年訪予田間敝裘跣足真爲道人矣自言欲謁翁於桐城作五詩送之……二八八
和南塘食荔歎……二八九
後村先生大全集卷之十……二九一
詩……二九一

送真西山再鎮温陵……二九一
水僊花……二九一
葵花二首……二九二
題鄭寧文卷　西山作跋……二九二
悼阿駒七首……二九三
鄭寧示邊報走筆戲贈……二九四
挽劉學諭　徐尤溪鹿卿之婦翁，豐城人，名履。……二九四
送陳户曹之官襄陽二首　斑……二九四
盱士張季攜所注三略訪西山先生既跋其書余復題二絶於卷尾……二九五
送湯伯紀歸番禺……二九六
病後訪梅九絶……二九六
陪西山遊鼓山……二九七
鼓山用餘干趙相韻……二九八
題真仁夫畫卷……二九八
題龍眠十八尊者……二九九
米元章有帖云老弟山林集多於眉陽集然不襲古人一句子瞻南還與之説茫然歎久

之似歎渠偷也戲跋二首……三〇〇
跋周忘機畫一首……三〇〇
題林户曹寒齋　取鄭介夫「積雪冒寒齋」之句……三〇一
呈黄建州……三〇一
過建陽二首……三〇一
過章戴二首……三〇二
答李泉州元善……三〇三
送趙信州二首……三〇三
題趙子固詩卷……三〇四
題湯伯紀程文……三〇四
和高九萬雪詩……三〇五
答曾無疑校勘……三〇五
題袁秘書文藁……三〇五
題廬陵羅生詩卷……三〇六
陳夫人哀詩　同父之女……三〇六
挽連夫人　陳侍郎公益之母　代洪侍郎作……三〇六

參預陳公挽詩二首……三〇七
又二首　代洪給事作……三〇七
送王實之……三〇八
重餞趙信州分韻得寢字……三〇八
鄭丞相生日口號十首……三〇八
出宿環碧……三一〇
環碧寒甚移宿客邸……三一〇
桐廬舟中即事……三一〇
朱買臣廟……三一〇
江山道中……三一一
徐偃王廟……三一一
漁梁……三一一
馮唐廟……三一一
新蓬二嶺……三一二
春陰……三一二
宿小寺觀主僧陞座一首……三一三

田舍即事十首……三一三
寄題趙廣文南墅……三一四
寄和湯仲能……三一四
送湯季庸監嶽……三一四
送徐鼎夫用廬陵通守博士戴文韻……三一五
次韻王元度二首 袁倅之子……三一五
送趙叔愚赴潯州理掾……三一六
離郡五絶……三一六

後村先生大全集卷之十一……三一七

詩……三一七
寄徐直翁侍郎二首……三一七
和仲弟十首……三一八
丁酉重九日宿順昌步雲閣絶句七首呈味道明府……三一九
友人李先輩丑父嘗以夷成詩二帙示余莫知爲何人所作心甚愛之過延平客有袖詩一章見訪始知夷成者蓋葉君之别號也鬚髮皓然矣詩與人皆可重因用其韻爲謝……三二〇

丁酉九月十四日黄源嶺客舍題黄瀛父近詩……三一〇
次王元度韻……三一一
送范守仲治二首……三一一
挽趙漕簡叔二首……三一二
曹路分贈詩次韻一首……三一二
用曹帥侍郎韻贈曹路分……三一三
永嘉曹君贈詩次韻一首……三一三
余大父著作嘗以所得沈元用給事歙硯遺水南林府君後七十年林氏子大鼎以端硯
遺余答以小詩……三一四
挽鄭子敬都承二首……三一四
次韻實之二首……三一五
再和……三一五
三和……三一六
挽戴丞……三一六
題永福黄生行卷……三一六
送方清孫參學……三一七

挽南塘趙尚書二首……三二七
次韻實之春日二首……三二八
再和二首……三二八
三和二首……三二九
四和二首……三二九
五和二首……三三〇
六和二首……三三一
別張季……三三一
挽淮東丘升撫幹……三三二
五月旦日雞鳴夢袖疏墀下先君問言何事答曰猶素論也先君太息稱善聞追班聲驚寤以詩識之……三三二
和張使君一首……三三二
題趙別駕委齋……三三三
次張使君韻……三三三
讀邸報二首……三三三
自和二首……三三四

和實之讀邸報四首……三三五
再和四首……三三五
挽李卿儔老二首……三三六
挽鄭貢士備……三三七
梅州楊守鐵菴 取東坡稱元城爲鐵漢……三三七
梅州重建中和堂……三三七
題張簿尉槎溪集 王去非侍郎爲作序，言括有何才翁隱是溪，坡公爲書留槎閣。……三三八
陳景升頃遺余化度寺碑甚佳闕後三行歸自龍溪始爲余補足記以絶句……三三八
端嘉雜詩二十首……三三八

後村先生大全集卷之十二

後村先生大全集卷之十二……三四一
詩……三四一
洛陽橋三首……三四一
泉州南郭二首……三四一
同安……三四二
龍溪道中……三四二

木綿鋪……三四二
靈著祠……三四三
韓祠三首……三四三
留衣菴……三四三
潮惠道中……三四四
循梅路口四首……三四四
白雲菴……三四五
叱馭菴……三四五
將至海豐……三四五
東坡故居二首……三四六
豐湖三首……三四六
羅湖八首……三四六
扶胥三首……三四七
兼舶……三四八
兼諸司二首……三四八
唐子西故居二首……三四九

風旛堂二首……三四九
羊城使者廟……三四九
江南五首……三五〇
即事十首……三五〇
藥洲四首……三五一
登城五首……三五二
城南……三五二
題蕭令山則文編二首……三五三
題唐察院詩卷二首……三五三
次黃殿講鳴珮亭……三五四
廣州勸駕 庚子權郡……三五四
廣州都試 時攝帥……三五五
燈夕呈劉帥二首……三五五
次韻二首并呈倉使……三五六
余哭蟾子潮士鍾大鳴有詩相寬次韻……三五六
再和……三五七

蒲澗寺……三五七
越臺……三五八
次韻劉帥出郊一首……三五八
次韻李倉春遊一首……三五九
挽崔丞相三首……三五九
陸賈二首……三六〇
浴日亭……三六〇
又追和坡韻一首……三六一
白鶴故居……三六一
唐博士祠……三六一
六如亭……三六二
再題六如亭 余既修廢墓，立仆碑，或者未解此意。明年北歸，賦此解嘲。……三六二
十五里沙……三六二
道中讀孚若題壁有感用其韻……三六三

後村先生大全集卷之十三……三六五

詩……三六五

送項使君季約二首……三六五
送王梅州二首……三六六
癸卯上元即席次陽使君韻二首……三六六
辛卯春日……三六七
挽林焕章二首……三六八
送趙阜主簿……三六八
挽游勉之侍郎二首……三六九
挽唐伯玉常卿二首……三六九
送居厚弟堂稟二首……三七〇
居厚不果行次韻二首……三七〇
聞居厚得祠復次韻二首……三七一
贈蜀士盧石受二首……三七一
送陳霆之官連州……三七二

挽林承奉……三七三
挽姚漕貴叔……三七三
挽開國陳寺丞二首……三七三
挽王居之寺丞二首……三七四
挽方簳貢士……三七五
題永嘉黄仲炎文卷二首……三七五
和吳教授投贈二首……三七六
和張簡簿尉韻……三七六
用王去非侍郎韻二首送林元質提幹秩滿造朝并呈侍郎二首……三七七
送李用之察院赴潮州二首……三七八
賀王實之得第二子……三七八
送方蒙仲赴省……三七九
書事二首　潘柄，考亭門人；陳均，福公族子。皆年七十餘而客死。……三七九
送葉士巖二首……三八〇
甲辰春日二首……三八〇
題小室二首……三八一

送表弟方時父……三八二
葉桂發助教從李用之祕監於潮陽李持節使廣部葉辭歸福唐小詩話別……三八二
寄題建陽馬氏晚香堂……三八三
贈施道州二首……三八三
送楊彥極提刑二首……三八四
題陳霆詩卷……三八五
夢方孚若二首……三八五
哭孫季蕃二首……三八六
懷曾景建二首……三八六
内翰洪公舜俞哀詩二首……三八七
送李漕用之二首……三八八
答謝法曹……三八八
次王實之家塾韻……三八九
喜湯伯紀登第……三八九
三月二十一日泛舟十絕……三九〇
三月二十五日飲方校書園十絕……三九一

題江貫道山水十絶……三九二

後村先生大全集卷之十四……三九五

詩

雜詠一百首……三九五
萇弘……三九五
柳下惠……三九五
樂毅……三九五
屈原……三九六
賈誼……三九六
虞翻……三九六
顔魯公……三九六
李白……三九七
陸贄……三九七
劉蕡……三九七
尹伯奇……三九八
宜臼……三九八

申生……三九八
曾子……三九九
伍尚……三九九
扶蘇……三九九
東海王疆……四〇〇
姜詩……四〇〇
王祥……四〇〇
寧王……四〇一
伯夷……四〇一
嬰臼……四〇一
王蠋……四〇二
魯仲連……四〇二
豫子……四〇二
龔勝……四〇二
陶淵明……四〇三
甄濟……四〇三

何蕢……四〇三
司空圖……四〇三
許由……四〇四
沮溺……四〇四
荷蓧丈人……四〇四
接輿……四〇五
四皓……四〇五
兩生……四〇五
嚴光……四〇五
梁鴻……四〇六
龐公……四〇六
汾亭釣者……四〇六
荀卿……四〇七
穆生……四〇七
伏生……四〇七
轅固……四〇八

申公……四〇八
兒寬……四〇九
劉向……四〇九
周堪……四〇九
鄭司農……四一〇
王通……四一〇
孟之反……四一〇
曹沫……四一一
廉頗……四一一
李牧……四一一
白起……四一二
蒙恬……四一二
魏尚……四一二
李廣……四一二
馬援……四一三
劉琨……四一三

廣成子……四一三
彭祖……四一四
老子……四一四
列子……四一四
徐甲……四一四
王子晉……四一五
安期生……四一五
劉安……四一五
梅福……四一六
孫思邈……四一六
瞿曇……四一六
維摩……四一七
善財……四一七
達摩……四一七
盧能……四一七
馬祖……四一八

德山……四一八
支遁……四一八
澄公……四一九
誌公……四一九
衛姜……四一九
阿嬌……四二〇
烏孫公主……四二〇
平后……四二〇
辟司徒妻……四二一
冀缺妻……四二一
黔婁妻……四二一
齊人妻……四二二
儒仲妻……四二二
廬江小吏妻……四二二
召南媵……四二三
李夫人……四二三

馮昭儀……四二三
班婕妤……四二四
蘇秦鄰妾……四二四
樊通德……四二四
銅雀妓……四二四
房老……四二五
綠珠……四二五
柳家婢……四二五

後村先生大全集卷之十五……四二七

詩

雜咏一百首……四二七
毛遂……四二七
荆軻……四二七
項羽……四二七
陳勝……四二八
博浪壯士……四二八

朱家……四一八
田横……四一八
劇孟……四一九
孫策……四一九
周戴……四一九
鬼谷子……四三〇
二衍……四三〇
韓非……四三〇
莊子……四三〇
侯嬴……四三一
范睢……四三一
蘇秦……四三一
田光……四三二
茅蕉……四三二
蒯通……四三二
墨翟……四三三

樗里子……四三三
陳平……四三三
鼂錯……四三三
楊修……四三四
倉舒……四三四
荀彧……四三四
劉備……四三四
杜預……四三五
李衛公……四三五
韓起……四三六
富平侯……四三六
董卓……四三六
王戎……四三七
石崇……四三七
祖逖……四三七
張説……四三八

元載……四三八
杜兼……四三八
桑維翰……四三九
尹氏……四三九
太宰嚭……四三九
吕不韋……四四〇
李斯……四四〇
公孫弘……四四〇
孔光……四四〇
李林甫……四四一
盧杞……四四一
崔昌遐……四四一
馮道……四四一
巷伯……四四二
梁邱據……四四二
臧氏……四四二

景監……四四三
趙高……四四三
曹騰……四四三
張讓……四四三
高力士……四四四
仇士良……四四四
張承業……四四四
神農……四四五
素女……四四五
扁鵲……四四五
醫和……四四六
李醯……四四六
夏無且……四四六
華佗……四四六
壺公……四四七
陶隱居……四四七

韓伯休……四四七
巫咸……四四八
史蘇……四四八
詹尹……四四八
季主……四四八
洛下閎……四四九
嚴君平……四四九
京房……四五〇
管輅……四五〇
李淳風……四五〇
袁天綱……四五〇
項橐……四五一
甘羅……四五一
外黃兒……四五一
終童……四五二
童烏……四五二

荀陳……四五二
孔融子……四五三
通子……四五三
阿宜……四五三
阿買……四五三
漆室女……四五四
東家女……四五四
散花女……四五五
緹縈……四五五
曹娥……四五五
阿承女……四五六
戴良女……四五六
木蘭……四五六
投梭女……四五六
靈照……四五七

後村先生大全集卷之十六……四五九

詩……四五九

讀竹溪詩一首……四五九
甲辰書事二首……四五九
再和……四六〇
三和……四六一
四和……四六一
五和……四六二
六和……四六三
七和……四六三
八和……四六四
九和……四六四
十和……四六五
送實之倅廬陵二首……四六五
送葉士龍歸竹林精舍……四六六

題李斗南詩卷……四六六
題安仁陳惠父詞卷……四六七
夜讀樂平吳桑書鈔用與伯紀韻……四六七
挽湯仲能二首……四六七
無題……四六八
十一月二日至紫極宮誦李白詩及坡谷和篇因念蘇李聽竹時各年四十九予今五十九矣遂次其韻……四六九
答王侍郎和紫極宮詩……四六九
答廬陵彭士先……四七〇
題弋陽方友民所藏紫巖西山二帖……四七〇
題方友民詩卷……四七一
答陳楙伯二首……四七一
送王允恭隱君……四七二
送方時父……四七二
題宋謙父四時佳致樓……四七三
題宋謙父詩卷……四七三

寄楊休文高士……四七四
題倪上人詩卷……四七四
題羅亨祖叢菊隱居……四七四
題餘干姚三錫書鈔……四七五
挽李秀巖二首……四七五
追用南塘韻題尹剛中潛齋……四七六
追和南塘韻呈湯伯紀尹子潛……四七六
題蔡烓主簿詩卷……四七七
又七言……四七七
題汪道士雲庵……四七八
次韻湯伯紀送別二首……四七八
餞送高大著出鎮嚴陵……四七九
進經筵講禮記徹章詩……四七九
恭和御製禮記徹章詩……四八〇
丁未春五首……四八一
和鍾子鴻二首……四八二

題端溪王使君詩卷……四八二
疊前韻謝元遂……四八三
三疊……四八三
挽陳惠倅……四八四
挽姚循州 直夫 元泰之弟……四八四
荔枝盛熟四首……四八五
石塘感舊十首……四八五
九日登辟支巖過丁元暉給事墓及仲弟新阡二首……四八六
題林璞經屬平寇録……四八七
季父習静哀詩四首……四八七
工部弟哀詩二首……四八八
挽方德潤寶學三首……四八九
挽方孺人 寶學之女……四八九
陪諸先輩題名登春臺臞軒即席次故相陳魏公韻某繼作二首……四九〇
答循倅潛起……四九〇
過季父新阡……四九一

後村先生大全集卷之十七……四九三
詩 公淳祐庚戌臘月所作，時以大蓬召，未行。……四九三
梅花十絶答石塘二林……四九三
二疊……四九四
三疊……四九五
四疊……四九六
八疊……四九七
九疊……四九八
十疊……四九九
後村先生大全集卷之十八……五〇一
詩……五〇一
陪新進士公讌用太守韻……五〇一
重次林守韻并柬臞軒二首……五〇一
即席用實之郎中韻……五〇二

重次曜軒韻二首……五〇二
蒙仲唱第歸約朝服相見……五〇三
題方楷一軒……五〇三
夢中爲人跋畫兩絶……五〇四
讀湯伯紀大人賦……五〇四
寄强甫二首……五〇五
病起夜坐讀書一首……五〇五
徐潭即事二首……五〇六
自和徐潭二首……五〇六
挽漳浦陳丞璧……五〇七
用石塘二林韻 同、合……五〇七
題六二弟詩卷……五〇八
跋桂姪梅絶句……五〇八
題林琦友于軒……五〇九
題方至詩卷……五〇九
方汝一下第餞詩盈軸余亦繼作……五一〇

跋方寔孫長短句……五一〇
題林夢馨本朝雜詠……五一〇
蒙恩除大蓬一首……五一一
辛亥三月九日宿囊山……五一一
與零陵周倅子鎔……五一一
與葉士巖……五一二
九月初十日值宿玉堂七絶……五一二
題趙上舍崇臨詩卷……五一三
辛亥冬口占十絶……五一四
跋唐賢論史圖……五一五
跋張敞畫眉圖……五一五
小圃有雙蓮夏芙蓉之喜文字祥也各賦一詩爲宗族親朋聯名得雋之讖二首……五一六
自和二首……五一六
題四賢象……五一七
陳希夷……五一七
魏處士……五一七

林和靖……五一八
邵康節……五一八
次韻張秘丞皺玉詩……五一八
次王玠投贈韻三首……五一八
題丁給事祠堂……五一九
壬子九日與羣從子侄登烏石山用樊川韻……五一九
別賦一首……五二〇
聶令人挽詩……五二〇
竹湖李内翰哀詩二首……五二〇
鄭甥有大西上……五二一
次韻張秘丞勸駕……五二一
送丁南一……五二二
送方楷……五二二
送方寔孫……五二三
送方至……五二三
送林與桂……五二四

讀本朝事有感十首……五二四
題四夢圖……五二五
夢蝶……五二五
夢筆……五二六
黄粱……五二六
南柯……五二六
無題二首……五二六
林貢士哀詩……五二七
挽陳孺人……五二七
送僧道瑩……五二八
故襄帥陳端明挽詩二首……五二八
周天益由福僑劍水災毁室輒奉小詩勸緣……五二九
歲除一首……五二九

後村先生大全集卷之十九……五三一

詩……五三一

和張秘丞燈夕韻四首……五三一
挽鄭瑞州……五三二
挽趙卿無垢二首……五三二
挽丘大卿二首 迪吉……五三二
賦得牛駝各一首……五三三
送林知録 觀……五三三
送惠州弟……五三四
喜雨二首柬張使君……五三四
又和八首……五三四
居厚弟示和詩復課十首……五三六
寄方時父……五三八
用强甫蒙仲韻十首……五三八
和季弟韻二十首……五四〇
三日喜雨呈張守……五四三
又和六首……五四三
挽王禮部二首……五四五

居厚弟詩將活鹿壽余次韻一首……五四五
送方蒙仲赴辟二首……五四六
贈高効士……五四六
達摩渡蘆圖……五四七
送張守秘丞二首……五四七
癸丑記顔……五四八
送鄭司户 里……五四八
送歸善鄭主簿 濬甫……五四九
遊東山圖……五四九
唐二妃像 梅妃、楊妃……五五〇
三醉圖……五五〇
四快圖……五五〇
三笑圖……五五一
卧雪圖……五五一
蓮社圖……五五一
赤壁圖……五五二

過水羅漢圖……五五二
石虎禮佛國……五五二
梁武脩懺圖……五五二
老子出關圖……五五三
孔子問禮圖……五五三
明皇幸蜀圖二首……五五三
緑珠……五四
蔡奴……五五四

後村先生大全集卷之二十……五五五

詩……五五五

壽計院族兄……五五五
陳倩調真陽尉奉臺檄攝潮陽尉小詩將别……五五五
挽李秘監 遇……五五六
挽林武博二首 元晉……五五六
送胡叔獻被召二首……五五七

趙禮部和余梅花十絶送林録參微而婉哀而不怨雜之萬如詩中殆不可辨老拙不敢當也別課一詩以謝……五五七
諸人頗有和余百梅詩者各賦一首……五五八
又答袁卿相子一首……五五九
題戴貢士詩卷……五五九
送葉尚書赴永嘉二首……五六〇
詠瀟湘八景各一首……五六〇
遠浦帆歸……五六〇
平沙鴈落……五六〇
山市晴嵐……五六一
漁村夕照……五六一
洞庭秋月……五六一
瀟湘夜雨……五六一
煙寺晚鐘……五六一
江天暮雪……五六二
至日……五六二

題聽蛙方君詩卷二首……五六二
題晤上人詩卷……五六三
聽蛙方君作八老詩效颦各賦一首内三題余四十年前已作遂不重説偶言别賦二題足成十老……五六三
老儒……五六三
老僧……五六四
老道……五六四
老農……五六四
老醫……五六四
老巫……五六五
老吏……五六五
賦得老松老鶴各一首……五六五
題方元吉詩卷……五六六
送趙將崇懃一首……五六六
甲寅元日二首……五六七
立春一首……五六七

席間即事……五六八
和鄉侯燈夕六首……五六八
又和喜雨四首……五六九
又和感舊四首……五七〇
又即事二首……五七〇
又聞邊報四首……五七一
又即事四首……五七二
碧溪陳貢士挽詩　秘書弟母舅……五七三
喜六二弟生子……五七三
和朱主簿四首　名天雷，浦城人。……五七三
同秘書弟賦三老各一首……五七四
老奴……五七四
老妾……五七四
老兵……五七五
贈浦城陳貢士適……五七五
贈郭相士俊夫……五七五

病起窺園十絶……五七六
小園即事五首……五七七
送趙知録 與啓……五七八
送袁倅方巖仲并呈太守湯息庵……五七八

後村先生大全集卷之二十一……五七九

詩……五七九

送金潮州三首……五七九
雜記十首……五八〇
聞祥應廟優戲甚盛二首……五八一
□□□□□□卷後……五八一
失題……五八一
失題……五八二
又和二首……五八二
記雜畫……五八三
醉鍾馗……五八三

嘗醋圖……五八三
麼……五八三
失題……五八三
失題……五八四
失題……五八四
失題……五八四
失題……五八四
賣炭圖……五八四
賣卜圖……五八五
送仲晦國録赴康州二首……五八五
送陳使君二首　夢龍……五八六
和趙廣文韻　維……五八六
溪庵十首……五八七
別張倅一首　貴樸……五八八
送陳叔方侍郎二首……五八九
挽王助教……五八九

題劉生雪巢……五九〇
寄題惠州嘉祐寺坡公手植樅樹……五九〇
山中祠堂……五九〇
雪觀顧夫人哀詩二首……五九一
送尉姪……五九一
題靈石日長老所藏寒齋遺墨……五九二
送强甫注籍……五九二
贈女學士……五九二
題吕廣文春秋易傳 大圭……五九三
惠州弟哀詩二首……五九三
答翁權教 治鳳……五九三
慶老需雲溪詩……五九四
送封州方法曹 元吉……五九四
挽林安人 必韡母……五九四
贈唐谷……五九五
記事……五九五

題水西何侯詩卷……五九五
甲寅歲除……五九六
乙卯元日……五九六
明道祠滿……五九六
憶强甫……五九七
即事三首……五九七
次韻三首……五九八
又三首……五九九
贈張南金二絶……五九九
靈石日長老訪留之樗庵……六〇〇
賀秘書弟提舉崇禧……六〇〇
次韻……六〇〇
靈石日長老拂衣退院連帥陸尚書比之石霜小詩贊歎……六〇一
送明甫初筮十首……六〇一
肅翁餉石門芥菜……六〇二
偶題二首……六〇二

後村先生大全集卷之二十二……六〇三

詩……六〇三

題張元德著作春秋解二首……六〇三
送陳德林巡轄……六〇四
乙卯端午十絶……六〇四
余辛卯歲卧病郡城陳宗之胡希聖有詩問訊後五歲希聖寄新刊漫遊集前詩已載集中次韻二首……六〇五
辛亥去國陳宗之胡希聖送行避謗不敢見希聖贈二詩亦不敢答乙卯追和其韻……六〇五
挽顧監臣……六〇六
昔陳北山趙南塘二老各有觀物十咏筆力高妙暮年偶効顰爲之韻險不復和也……六〇六
五憎……六〇六
五愛……六〇七
詰旦思之世豈有不押之韻輒和北山十首……六〇九
又和南塘十首……六一〇
答吳□和梅百詠……六一二

送林上舍……六一三
送陳亨叔縣丞……六一三
送金仙上人罷講……六一四
挽盧氏子考功……六一四
讀友人奏藁……六一五
温陵太守趙右司惠詩求茘子適大風雨掃盡輒和二絶……六一五
送日老住九座山……六一六
答仙遊黄尉巖孫……六一六
贈林信夫……六一六
答吴侍郎二首……六一七
學進士作大方無隅二首……六一七
又二首……六一八
秘書弟牽玉羔爲壽將以唐律次韻一首……六一九
喜雨口號九首呈潘侯……六一九
贈楊相士……六二〇
哭日老二首……六二〇

無題二首……六二一
挽毅齋鄭觀文二首……六二一
挽鄭宣教 琟……六二一
贈梅巖王相士二絶……六二二
余除鑄錢使者居厚除尚書郎俄皆銷印即事二首呈居厚……六二二
寄題徐仲晦須友堂二首……六二三
寄題建陽宋景高友于堂 蔡久軒作記……六二三
和潘侯勸駕韻……六二四
送赴省諸友……六二四
徐懋功 茂叔……六二四
林德遇 逢丁……六二五
卓怡丈 涣……六二五
鄭眀道 旂……六二五
方善夫昆仲 準、至……六二五
林汝大 楝……六二六
柯德明 應東……六二六

林少嘉 灝翁……六二六
方雲卿昆仲 霖孫……六二六

後村先生大全集卷之二十三……六二九

詩……六二九
銅雀瓦硯歌一首謝林法曹……六二九
和林肅翁有所思韻……六三〇
再和……六三〇
冬至二首……六三一
挽韓母李氏……六三一
居厚弟改提舉鴻禧一首……六三二
又次居厚韻一首……六三二
同安權縣林丞和余二首趁韻答之……六三三
擊壤圖……六三三
乙卯歲除……六三五
丙辰元日……六三五

早去……六三六
門外……六三六
又一首……六三六
髮脱……六三七
憶昔……六三七
夜檢故書得孫季蕃詞有懷其人二首……六三八
門前榕樹……六三八
不寐二首……六三九
答赴補同人……六三九
答上饒江濤……六四〇
挽徐吏部二首 拭……六四〇
挽蔡遵府閣學二首……六四一
二月初七日壽溪十絶……六四一
即事十絶……六四三
神君歌十首……六四四
答徐雷震投贈……六四五

送黄□赴補……六四六
北耗……六四六
送趙司理歸永嘉 時茵……六四七
送林寬夫父子 駒……六四七
蜀捷……六四七
題周從龍養生圖……六四八
挽劉母王宜人二首……六四八
挽陳判官……六四九
送林推官 觀……六四九
長溪陳夢雷攜表弟趙君玉書相訪……六四九
寄湯伯紀秘書……六五〇
六言二首答陳天驥長短句……六五〇
寄湯季庸侍郎……六五一
送廣東憲……六五一
次韻趙克勤吏部六首……六五一
齒落……六五二

四月八日三絶……六五三
繩技……六五三
荔枝二首……六五四
蒙恩復畀明道祠寄呈趙克勤吏部三首 趙亦奉亳祠……六五四
陳亨叔司理見遺長牋小詩還贄……六五五
久雨二首……六五五
挽趙虛齋二首……六五六
艾人六言二首……六五七
病起……六五七

後村先生大全集卷之二十四……六五九

詩……六五九
警齋吳侍郎再和余送行及居厚弟詩各次韻……六五九
梅花一首……六六〇
蚍蜉一首……六六〇
攬鏡六言三首……六六一

送林元質侍郎赴宣城二首……六六一
抄近藁六言二首……六六二
代舉人主司問答六言二首……六六二
採荔子十絶……六六二
贈日者朱俊甫二首……六六三
贈羅攝官……六六四
哀仲妹……六六四
挽方親采伯……六六四
答楊浩……六六五
九日遊華嚴寺二首……六六六
答建士謝昕二首……六六六
挽安溪黄丞 東起……六六七
題趙主簿省試議併以將行……六六七
記夢……六六七
書事二首……六六八
餞潘使君二首……六六八

哭吳卿明輔二首……六六九
挽方惠倅 雷作……六六九
挽葉謙夫尚書二首……六七〇
冬夜讀几案間雜書得六言二十首……六七〇
哭伯姊二首……六七二
答王掀將士……六七三
新元二首……六七三
夢館宿二首……六七四
挽南雄林使君……六七四
題趙西里詩卷二首……六七四
燈夕守舍……六七五
無題二首……六七五
即事二首……六七六
久雨一首……六七六
春寒二首……六七六
二月十八日過梅庵追懷主人二首……六七七

林貴州哀詩二首……六七八
待制趙公伯泳哀詩二首……六七八
禽言九首……六七九
杜鵑……六七九
接客……六七九
姑惡……六七九
行不得哥哥……六八〇
提葫蘆……六八〇
脱布袴……六八〇
布穀……六八〇
婆餅焦……六八一
郭公……六八一

後村先生大全集卷之二十五……六八三

詩……六八三
題近藁二首……六八三

瓦送……六八四
村居即事六言十首……六八四
春夜温故六言二十首……六八五
挽林韶州二首 興宗……六八七
和黄户曹投贈二首 祖潤……六八八
又二首……六八八
答楊公朝……六八九
鶴會三首……六八九
林知録和余梅百詠……六九〇
送林知録 仲嘉……六九〇
周天益辭歸延平……六九〇
送仙遊黄尉 巖孫 新授潮教……六九一
贈貴上人……六九一
次韻黄户曹問訊二首……六九二
寄題楊懋卿孝感堂……六九三
摘玉堂紅皺玉二絶……六九三

樗庵採荔二絶……六九四
余平生不至廬山六月廿八日夜夢同孫季蕃游焉林木參天瀑聲如雷山中物色良是一刹甚幽邃傍人告曰此有不出院僧余與季蕃欣然訪之語未終而覺將曉矣窗外簷溜淋浪紀以二詩……六九四
虎暴二首……六九五
初秋感事三首……六九五
贈宇文貢士 叔簡……六九六
跋青陽尉古賦 卯起……六九六
尉姪寄百雀圖……六九七
夜坐二首……六九七
秋旱繼以大風即事十首……六九八
雜興十首……六九九
太守宋監丞新三先生祠刊二劉遺文以二詩紀實……七〇一
使君次韻再賦……七〇二
芙蓉六言四首……七〇二
端明無惰趙公哀詩二首……七〇三

惜筍二首……七〇四

後村先生大全集卷之二十六……七〇五

詩……七〇五

贈天台陳相士……七〇五
贈日者程士熙……七〇六
挽鄭永福……七〇六
寄題趙尉若鈺蘭所六言四首……七〇六
答括士李同二首……七〇七
贈永福黄國孫 余頃爲建陽令，丞黄之望亦永福人，君頗能道當時事。……七〇七
强甫西上……七〇八
挽薛潮州……七〇八
留別表弟方時父二首……七〇九
輓方宜人二首 林直院内子……七一〇
記顔二首……七一〇
田舍即事十首……七一一

輓方倅巖仲二首……七一三
輓鄭郎公衛夫婦二首……七一三
題同班小録三首……七一四
丁巳啓建二首……七一四
夜坐二首……七一五
南山感舊一首……七一五
挽陳建昌 夢凱……七一六
連日寒甚懷强甫二首……七一六
夜讀傳燈雜書六言八首……七一七
仲晦昆仲求近稿戲答二首……七一八
贈洪道人圓定……七一八
歲晚試筆一首……七一九
題研六言四首……七一九
縱筆二首……七一九
示畫者……七二〇
書感……七二〇

對卷……七一一
立春二首……七二一
忿慾一首……七二一
觀儺二首……七二二
歲除二首……七二二
戊午元日二首……七二三
送山甫銓試二首并寄强甫……七二三
挽南阜劉二先生　克，字子至，秘書郎坦之父，靖君之子。……七二四
天基節口占二首……七二五
人日……七二五
君疇仲晦茂功蒙仲和余差鬚韻二詩再答二首……七二六
挽趙漕克勤禮部二首……七二七
燈夕二首……七二八
又和宋侯三首……七二八
和居厚弟一首……七二九
送質甫姪銓試……七三〇

宋侯和燈夕詩再用韻二首……七三〇
挽林計院二首 壽公……七三一
録漢唐事六言五首……七三一

後村先生大全集卷之二十七

……七三三
詩……七三三
答章林伯 㷍……七三三
南康趙明府贈予四詩和其首篇二首 崇㰁……七三三
送黄户曹 祖潤……七三四
君疇仲晦蒙仲再和余差鬢二詩警齋侍郎又繼之趁韻走謝……七三四
奉酬吳洪二公三和之什……七三五
答卓常簿二首……七三五
諸公和差鬢二詩不已又得二首……七三六
陪宋侯趙倅過倉部弟家園賓主有詩次韻二首……七三七
次韻使君劭農一首……七三七
中峴春祀二首……七三八

延平湯使君惠雙溪樓記跋以小詩……七三八
次韻別宋希仁 慶之……七三九
題張遯夫詩卷……七三九
蒙仲書監通守温陵以戴尚書肖望李内翰元善嘗歷是官即西偏作室匾以西清風月
賓主唱和甚盛次韻二首……七四〇
送陳郎玉汝之官二首……七四一
警齋侍郎和放翁與茶山五言寄余次韻一首……七四一
答尤溪趙廣文 維……七四二
題尤溪趙氏連桂堂……七四三
戊午上巳謁何恭人壙三絶……七四三
夏旱五首……七四四
喜雨五首……七四四
寄題心泉……七四五
久雨五首……七四六
挽朱吏部子明二首……七四六
喜晴一首……七四七

警齋再和放翁五言過獎衰朽且示雄文二編次韻一首……七四八
倉部弟生日五絶……七四九
倉部弟和前韻再得五首……七四九
精衛銜石填海……七五〇
六言五首贈李相士景春……七五〇
再和仲晦監簿……七五一
兑女余最小孫也慧而夭悼以六言二首……七五二
借韻跋林肅翁省題詩……七五二
温陵諸賢接刊拙藁竹溪直院有詩助譔戲和一首……七五三
挽陳梧州二首 起……七五三

後村先生大全集卷之二十八……七五五

詩……七五五
竹溪直院盛稱起予草堂詩之善暇日覽之多有可恨者因效顰作五十首亦前人廣騷反騷之意内二十九首用舊題惟歲寒知松栢被褐懷珠玉三首倣山谷餘十八首别命題或追録少作並存於卷以訓童蒙……七五五

駐蹕山……七五五
腐草化爲螢……七五五
乘月登樓……七五六
望祀蓬萊……七五六
登封泰山……七五六
爲郎牧羊……七五六
道不拾遺……七五七
登單于臺……七五七
公主嫁單于……七五七
聞鷄起舞……七五八
寒機曉猶織……七五八
太平無象二首……七五八
祖餞二踈……七五九
四更山吐月……七五九
鷄鳴度關……七五九
墮淚碑……七五九

五言長城……七六〇
杏壇……七六〇
圍棋賭博……七六〇
飮馬長城窟……七六〇
鴈足書……七六一
門多長者車……七六一
笛裏關山月……七六一
濟河焚舟……七六一
漁父辭劍……七六二
扁舟五湖……七六二
瓜田不納履……七六二
李下不整冠……七六二
無絃琴……七六三
夢見周公……七六三
碁聲花院閉　少作……七六三
蒲鞭　少作……七六三

隔竹敲茶臼……七六四
西狩獲麟……七六四
客星……七六四
掬水月在手 押清字……七六四
弄花香滿衣……七六五
肅時雨若……七六五
渴不飲盜泉水……七六五
熱不息惡木陰……七六五
洗硯魚吞墨……七六六
烹茶鶴避煙……七六六
僧敲月下門……七六六
惜花春起早……七六六
愛月夜眠遲……七六七
師直爲壯……七六七
歲寒知松栢 二首……七六七
被褐懷珠玉……七六八

後村先生大全集卷之二十九……七七三
詩……七七三
送明甫赴銅鉛場六言七首 按：缺第三首。……七七三
戊午生朝和居厚弟五絶……七七四
昔與仙遊傅常博父子游從識其幼子方總角晚歸田里忽袖二詩見訪余開八秩君亦六十矣感歎之餘因次其韻……七七四
送方蒙仲赴辟江閫分韻得既字……七七五
再送蒙仲二首……七七六
題讀碑圖……七七七
溪庵放言十首 六言……七七七
別宋倅一首……七七八
鄺生長揖圖……七七九
觀調發四首……七八〇
九日二首……七八一
三和友人有所思韻……七八二

四和……七八二
雜韻十首……七八三
送方楷之官……七八四
余自戊申春得疾止酒十年戊午秋開戒小飲二首……七八四
漳蘭爲丁竊貨其半紀實四首……七八五
蒙仲以二畫壽予生朝各題一詩……七八六
冬煖海棠盛開三絶……七八七
余作生壙何生謙致檜十株答以六言二首……七八七
題崔白訪戴圖……七八八
題賺蘭亭圖……七八八
溪庵種藝六言八首……七八九
竹溪惠白鷳三絶……七九一
挽宋泉倅……七九一
種蓮一首……七九二

後村先生大全集卷之三十 ……七九三

詩……七九三
志仁監簿示五言十五韻夸徐潭之勝次韻一首……七九三
和鄉守朱監丞勸駕一首……七九三
送德甫姪省試……七九四
餞鄉守宋監丞二首……七九四
贈音上人 本右庠諸生曾一飛……七九五
贈王月軒用意一韻……七九五
己未元日……七九五
淮捷一首……七九六
凱歌十首呈賈樞使……七九六
飲艮翁宮教新第二首……七九八
次韻二首……七九九
翌日宮教惠詩次韻二首……七九九
再次韻二首……八〇〇

題聽蛙方君寫生六言 …… 八〇一
小飲 …… 八〇一
試筆六言二首 …… 八〇二
即事一首 …… 八〇二
田舍二首 …… 八〇三
挽林法曹實甫二首 …… 八〇三
翀甫姪西上 …… 八〇四
答林逮贊卷以送行 …… 八〇四
寄題竹溪平遠軒 …… 八〇五
司令爲牡丹集次坐客韻 …… 八〇五
挽李法曹一鳳内子 …… 八〇六
東澗爲余序後稿余以國帖唐碑古壺潤筆反成□桃抛引小詩謝之 …… 八〇六
次韻竹溪一首 …… 八〇七
諸家牡丹已謝小圃忽開兩朵皆大如斗戲題二絶 …… 八〇七
記牡丹事二首 …… 八〇八
送勳姪銓試 …… 八〇八

送方添倅…………八〇九
即事二首…………八〇九
六言五首爲倉部弟壽 六月十七日…………八一〇
荔厄一首…………八一一
以宋香方紅送聽蛙翁答柬云兩年來啖荔顆則動氣按本草等書云荔枝能蠲渴補髓
未聞其動氣也口占一首發翁一笑…………八一一
挽方倅景楫二首…………八一二
仲晦監簿和放翁七十三吟三篇華予初度走筆趁韻答之…………八一二
送强甫赴惠安六言十首…………八一三
别陳宗院…………八一四
憶昔二首…………八一四
縱筆三首…………八一五
即事二首…………八一六
老歎…………八一七
余常用小端硯失之經年忽在常賣人手中以錢贖歸紀實二首…………八一八
挽趙碩人二首 儔老之内，仲鰲之母。…………八一八

送宇文倅二首……八一九
挽鄭令人二首 葉新之侍郎之内……八二〇
哭趙百孅少蓬二首……八二〇
夢與尤木石論史感舊七絶句……八二一
菊……八二二
芙蓉……八二二

後村先生大全集卷之三十一……八二三

詩……八二三

送葉制參……八二三
題方海豐詩卷……八二三
訓蒙二首……八二四
船子和尚遺跡在華亭朱涇之間圭上人即其所誅茅名西亭精舍介竹溪求詩於余寄
題三絶……八二四
意一元樞稱張君平星術相法小詩將行……八二五
久不得池陽書……八二五

挽顧君任倅二首……八二五
又一首……八二六
記顔六言三首……八二六
贈天台通上人……八二七
送三趙 與洵、與闡、必濟……八二七
次君疇洪卿韻送宗學趙優奏 良爣……八二七
次韻趙優奏良爣投贈二首……八二八
七十四吟十首……八二八
送伯紀禮部造朝兼簡息菴二首……八三〇
居厚弟和七十四吟再賦……八三一
景定初元即事十首……八三三
送延平張生歸南溪……八三四
挽翁仲山常卿二首……八三五
挽參與蔡公三首……八三五
贈術者施元龍……八三六
題孫母陳孺人墓誌……八三七

讀陳湯傳……八三七
書事十首……八三八
録顔魯公事……八四〇
挽史館資政木石尤公三首……八四〇
贈崇安劉相士……八四一
得江西報六言十首……八四一
清明……八四二
嘲柳花……八四三
擷陽阡二首……八四三
寒食……八四四
海棠七首……八四四
送金仙玢上人主講隆壽院……八四五
久雨……八四六

後村先生大全集卷之三十二……八四七

詩……八四七

漁村林太淵相訪 泳……八四七
竹溪痔後齒痛小詩問訊……八四七
臨江使君陳華叟哀詩二首……八四八
挽方揭陽内子一首……八四八
挽貢士方清卿……八四九
六言二首贈月蓬道人……八四九
題畫二首……八四九
有感……八五〇
得池陽書……八五〇
挽羅慶元 澄源……八五一
送徐平父往水南……八五一
挽朱丞一首 履常……八五二
送顔□之清漳六言三首……八五二
送魏録事……八五三
題竹溪近藁二首……八五三
平舟場□□□□□□爲郡人劉某言某有客曰玉□□□□□□一再班荆語而别余

贈以二詩今□□□□有盧繩孫貢士過門余倒屣□□□□□平舟者乃其翁也□□葬霍□□□□小詩還贄……八五四
□□□□次竹溪韻……八五五
採荔二絶……八五五
和族兄計院二首……八五五
次韻竹溪……八五六
竹溪除司封郎中走筆賀……八五六
送仲晦徐監丞……八五七
被旨趣行和計院兄韻……八五七
行期一首……八五八
挽抑齋陳公四首……八五八
酬浄慈綱上人三首……八五九
挽閩漕章吏部二首……八五九
洛浦善先長老贈詩自方無本惠勤答詩二首……八六〇
答番易使君胡直院二首……八六〇
壬戌首春十九日鎖宿玉堂四絶……八六一

二月二十日再鎖宿四絶……八六二
送鄧侍郎……八六二
三月二日被命祈晴上天竺舟中得六絶句……八六三
恭和御製進讀唐鑑徹章詩 并序……八六四
進讀唐鑑徹章謝恩唐律一首二十韻……八六五
恭和御製聞喜宴詩 并序……八六六
□□長老住寧國光孝寺併題雪磯三絶 净慈僧……八六七
皇女周漢國端孝公主挽詩二首……八六七
寄肅翁紫薇……八六八
過建陽……八六八
無題一首……八六九
挽林侍郎二首……八六九
和吳警齋侍郎二首……八七〇
挽六二弟二首……八七〇
送陳郎玉汝赴淮南計幕……八七一
挽顏尚書二首……八七一

次韻徐守宴新進士……八七二
挽李宜人 陳澈之母……八七二
寄題上饒方氏野堂……八七三
子真子常餉雙鴛將以五言效顰三首以謝……八七三
贈四明余天與……八七四
送鄭甥主龍溪學……八七四
書近事二首……八七五
送勳姪之官嵢峽五言五首……八七五
寄題小孤山二首……八七六
奉題付珠二首……八七六

後村先生大全集卷之三十三……八七七

詩……八七七
信庵丞相爲余作墨梅二軸謝以小詩……八七七
挽長樂王明府 澡之子，濩之姪……八七七
題梁撫幹見一堂 應庚……八七八

送古爲徐聘君……八七八
梅月爲蚤虱所苦各賦二絶……八七九
天台楊景清以所進春秋發微示余輒題小詩其後……八八〇
教授方君孺人劉氏哀詩二首……八八〇
西齋……八八〇
題臨江郭君季韓文卷　端平初作，追録於此。……八八一
送陳計議澈赴邊幕二首……八八一
瀾湍送葬一首……八八二
送徐守寺正二首……八八二
送雷宜叔右司　追録……八八三
送卓漳州二首……八八三
題王推官應麟詩卷……八八四
問訊竹溪二首……八八四
方蒙仲秘書哀詩三首……八八五
聞竹溪得玉局祠二首……八八六
即事……八八六

挽林新恩君用……八八七
方氏姪女哀詩……八八七
再贈月蓬道人六言二首……八八八
七十八咏六言十首……八八八
挽意一徐樞二首……八八九
答王與立上舍……八九〇
答林祖武……八九〇
春寒一首……八九一
挽陳檢□一首……八九一
首春九日壽溪三絶……八九一
題林文之詩卷二首……八九二
送歐陽上舍夢桂　唐四門助教之後……八九三
失猫一首……八九三
和外弟方遇立春……八九三
送海豐薛縣尉……八九四
送方善夫赴鷺洲山長二首……八九四

老病六言十首呈竹溪……八九五
竹溪再和余亦再作……八九六
寒食清明十首……八九七
春旱忽雨五絶……八九八
迎居厚弟二首……八九九
真珠花……八九九
挽鄭判官 一桂……九〇〇

後村先生大全集卷之三十四……九〇一

詩……九〇一

紀游十首……九〇一
和徐常丞洪秘監倡和四首……九〇二
又四首……九〇三
贈碧眼相士六言二首 其人常云余耳白……九〇四
檢校樗庵花木二首……九〇五
送龍巖林主學 子齊……九〇五

北苑一首……九〇六
即事……九〇六
暮春一首……九〇六
漫興一首……九〇七
安溪黃明府得子次徐常丞韻一首……九〇七
錦湖新亭告成宸翰大書水村二字以落之二詩輒附賀客之後……九〇八
二和……九〇八
三和……九〇九
四和……九〇九
五和……九一〇
席間次水村主人韻……九一〇
挽鄭計院……九一一
答林文之……九一一
盜發蔡端明墓一首和竹溪韻……九一一
又盜棄端硯一首……九一二
送方漳浦 景子……九一二

和林太淵二首……九一三
禋霈進封一首……九一三
目疾一首……九一四
送游潮州二首……九一四
左目痛六言九首……九一五
後九首……九一五
陳佐藏之温陵……九一七
陳郎玉女之官……九一七
目痛一月未愈自和前九首……九一八
又和後九首……九一九
送方郎唐卿漕試……九二〇
自題長短句後……九二一
勉千里姪秋試六言四首……九二一
中秋大風雨五絶　十四夜……九二二
縱筆一首……九二三

後村先生大全集卷之三十五 …… 九二五

詩 …… 九二五

洪秘監徐常丞有詩賀余休致次韻四首 …… 九二五
和警齋侍郎二首 …… 九二六
病起十首 …… 九二六
諸公載酒賀余休致水村農卿有詩次韻一首 …… 九二九
二和 …… 九二九
三和 …… 九三〇
四和 …… 九三〇
五和 …… 九三一
六和 …… 九三一
七和 …… 九三一
八和 …… 九三二
九和 …… 九三二
十和 …… 九三三

目眚……九三三
賀警齋吴侍郎被召……九三四
挽鄭甥主學二首……九三四
大淵寄道冠漢鏡各答以一首……九三五
覽西齋弟子抄諸家詩一首……九三五
讀太白詩一首和竹溪……九三六
挽陳嚴方隱君二首……九三六
徐洪二公再和二詩余亦隨喜……九三七
和長溪葉潘投贈韻　工琴詩書畫……九三八
林卿勸開酒禁次韻一首……九三九
和曹守司直勸駕……九三九
讀大行皇帝遺詔感恩哀慟六首……九四〇
大行皇帝挽詩六首……九四一
送外弟方時父寄呈古心相公……九四二
挽高孺人　太傅鄭君薦母……九四三
挽黄拙軒　巖孫之父……九四三

臘月二十二夜漏下數刻小飲徑醉坐小閣睡傍無侍者仆於户限眉鼻傷焉流血被面記以六言九首……九四四
責猫……九四五
答陳莆田投贈二首……九四六
送林德輔倅三山……九四七
七十九吟十首 和山谷《荆江亭》韻……九四七
吾里前輩林刪定甫六十挂冠夾漈艾軒諸老皆爲賦詩追次其韻……九四八
乙丑元日口號十首……九四九
病中雜興五言十首……九五〇

後村先生大全集卷之三十六

後村先生大全集卷之三十六……九五三
詩……九五三
題趙與僖贊卷……九五三
迎候艮翁二首……九五三
送洪侍御二首……九五四
送雷司法於發秤提結局一首……九五五

居厚弟得玉局祠……九五五
徐仲晦以尚書郎召……九五五
送陳監簿造朝……九五六
題高端禮竹屋……九五六
寄題徐侯雨山堂　汝乙……九五七
挽林德遇主學……九五七
食早荔七首……九五八
贈括蒼管生二絶　善談天……九五九
夢南塘一首……九五九
疥癬二首……九六〇
閏夏六月書事一首……九六〇
題放翁像二首……九六一
題誠齋像二首……九六一
雜興五首……九六二
林卿見訪食檳榔而醉明日示詩次韻一首……九六五
晨起覽鏡六首……九六六

記小圃花果二十首……九六七
題陳復祖節推留遠齋……九六九
次林卿檳榔韻二首……九六九
左目……九七〇
記顔……九七〇
喜仲晦除江西憲二首　與江東饒憲同除……九七一
寄呈陽巖……九七二
銘詩一首……九七二
戲詠文房四友……九七三
戲效屏山書齋十詠……九七三
買陳紫……九七五
寄方時父二首……九七六
懷晦巖一首　台僧法照嘗住上竺，賜號佛老，晦巖其別號，大余一歲。……九七七
理髮二首……九七七
池上對月五首……九七七
夏旱四首……九七八

四和林卿檳榔韻一首……九七九

後村先生大全集卷之三十七……九八一

詩……九八一

見新曆有感……九八一
頃净慈倫老將示寂以其師無準塔銘見屬後三年竹溪中書君以詩速銘次韻一首……九八二
荔枝龍眼二絶 有益智輕身之説……九八二
風雨涼甚一首……九八三
寄陳澈計議二首……九八三
送侍讀常尚書絶句六首……九八四
和方時父……九八四
喜洪君疇除工侍内制……九八五
新涼理故書有感二首……九八六
題黄景文詩二首 寬夫……九八七
即事一首……九八八
與林中書李禮部同宿囊山三首……九八八

辟支巖……九八九
再和宿囊山三首……九八九
三和……九九〇
四和……九九一
和竹溪懷槜庵二首……九九二
再和……九九三
三和　前和四詩皆不及槜庵事，復賦此二首。……九九三
四和……九九四
簡竹溪二首……九九五
次竹溪別後見懷韻……九九六
送月蓬道人南遊寄呈陽巖侍讀直院侍郎六言三首……九九六
贈菊庵李道人……九九七
挽吳茂新侍郎三首……九九七
黄寬夫示詩不已自和前二首答之……九九八
石竺山二十詠　山在福清境内，昔羽人今衲子居之。喜壹恭者鼎新此山，繪圖從竹溪、亭山求詩。二公既爲著語，余亦繼作。……九九九

紫雲洞……九九九
石室……九九九
上昇壇……一〇〇〇
仙龜蛇山……一〇〇〇
朝斗石……一〇〇〇
仙鶴影……一〇〇〇
雙鯉石……一〇〇〇
棊盤石……一〇〇一
丹竈……一〇〇一
伏虎石……一〇〇一
濟貧笋……一〇〇一
無盡泉……一〇〇一
紫磨石……一〇〇二
獅子峰……一〇〇二
象王峰……一〇〇二
補陀巖……一〇〇二

羅漢臺……一〇〇二
半山亭……一〇〇三
寶所……一〇〇三
洗耳泉 林李所賦止十九首，余按圖補足之。……一〇〇三
送鄭倅子善……一〇〇四
挽趙孺人 李敬振祖之母……一〇〇四
挽程孺人 黄安溪裳之母……一〇〇五
總管徐侯汝乙和余梅百詠輒課七言一章以答來貺……一〇〇五
恭上人求偈戲贈二首……一〇〇六
又一首……一〇〇六
題趙檢察贇卷 孟渚……一〇〇七
送潮陽方主學 梅卿……一〇〇七
讀嚴光傳二首……一〇〇八
冬至四絶……一〇〇八
有感二首……一〇〇九
次韻竹溪題達卿後坡……一〇一〇

再和……一〇一〇
三和……一〇一一
四和……一〇一一
五和……一〇一二
六和……一〇一二
樗庵次前韻一首……一〇一三
無題一首……一〇一三
村獠……一〇一四

後村先生大全集卷之三十八……一〇一五

詩……一〇一五
次韻黄帳幹 祖潤……一〇一五
八十吟十絶……一〇一五
送淮士陳文席見四川陳制參……一〇一六
漫興一首……一〇一七
挽章孺人 尼争叔之母，尼自誌墓。……一〇一七

田舍一首……………………………………一〇一八
書事三絶……………………………………一〇一八
立春七首……………………………………一〇一九
挽黄安人 陳宰霆之母……………………………一〇二〇
題後林李伯高詩卷…………………………一〇二〇
寄湯伯紀侍郎二首…………………………一〇二〇
挽惠安林丞…………………………………一〇二一
和方時父立春………………………………一〇二一
元日七言二首………………………………一〇二三
春日六言十二首……………………………一〇二三
泉牧帖請囊山福上人住持承天既至有沮之者興盡而返戲贈小詩……一〇二四
送方君節監丞………………………………一〇二四
送婺教林伯良兼柬直卿山長………………一〇二四
方巖尹主課漁溪……………………………一〇二五
送質甫姪銓集………………………………一〇二五
次韻庾使左史中書行部二首………………一〇二六

再和二首……一〇二六
三和二首……一〇二七
次漕庾兩使者絶句韻六首……一〇二八
哀二僧……一〇二九
謁墓五首……一〇二九
不寢二首……一〇三〇
倉使和詩出奇不窮再次韻四首……一〇三一
次韻豐守譙新進士……一〇三二
次韻吳帥卿宴高年二首……一〇三二
昔坡公倅杭有憫因詩後守杭歲除獄空又和前作廬山吳公前倅後守踐坡補處亦以歲除獄空和坡二詩寄示墨本次韻附諸公後……一〇三三
次兩紫薇共游黃蘖韻……一〇三四
答黃德遠 續……一〇三四
老歎……一〇三五
寒食二首……一〇三五
醉筆……一〇三六

送方辰孫赴崇安尉……一〇三六
漫興……一〇三七
送曹守司直二首……一〇三七
丙寅記顔……一〇三八
避客……一〇三八
唐衣二首……一〇三八
杜鵑問答二首……一〇三九
鶯粟……一〇四〇
憶昔二首……一〇四〇
口占……一〇四一

後村先生大全集卷之三十九

後村先生大全集卷之三十九……一〇四三
詩……一〇四三
竹溪以余得第七孫惠詩次韻一首……一〇四三
再次竹溪韻……一〇四三
送廣師謁竹溪中書五言二首……一〇四四

挽卓元夫國博一首……一〇四四
又五言一首……一〇四四
挽汪守宗博二首……一〇四五
表弟方時父寄荔子名草堂紅若欲與吾家玉堂紅争名者次韻謝之……一〇四五
又採荔一首……一〇四五
方甥餉酒酸甚……一〇四六
送趙撫幹趙班瑹……一〇四六
生日和竹溪二首……一〇四七
再和……一〇四七
三和……一〇四八
鳳孫余第六孫也早慧忽夭追悼一首……一〇四九
次竹溪韻跋志仁工部柞木詩……一〇四九
再和……一〇四九
挽葉寺丞二首……一〇五〇
書事……一〇五〇
挽吳君謀少卿二首……一〇五一

五言二十韻別方氏長孫女……一〇五一
史藁……一〇五二
試筆二首……一〇五二
九日……一〇五三
資殿清惠陳公哀詩三首……一〇五四
和徐總管雨山堂一首……一〇五四
雜記五言十首……一〇五五
送林若山太博赴建倅……一〇五六
示同志……一〇五六
題舊記顔……一〇五七
改詩……一〇五七
懶……一〇五七
有感……一〇五八
唐詩……一〇五八
覽鏡……一〇五九
排悶……一〇五九

歎老……一〇五九
戲題山菴二首……一〇六〇
雜興六言十首……一〇六一
挽王孺人……一〇六二
挽黃德遠堂長二首……一〇六二
書窗……一〇六三
雜詠七言十首……一〇六三
讀秦紀七絶……一〇六四
竹溪間道至水南不入城而返小詩問訊……一〇六五
問訊大淵痔疾……一〇六五
懷舊二首……一〇六六
邱君雙薦前尹古田三年有遺愛邑人以爲可繼陽巖侍郎洪公今尹孝感又將滿小詩將行……一〇六七
寢室二絶……一〇六七
無題二首……一〇六八
丙寅記顏六言二首……一〇六八

丙寅贈月蓬道人……一〇六八

後村先生大全集卷之四十……一〇六九

詩……一〇六九

竹溪中評余近詩發藥甚多次韻一首……一〇六九
三和 二和缺……一〇六九
四和……一〇七〇
五和……一〇七〇
六和……一〇七一
七和……一〇七一
八和……一〇七二
絶句二首贈月蓬道人過建安謁劉漕中書……一〇七二
和除字韻問大淵來期……一〇七二
三和 二和缺……一〇七三
四和……一〇七三
五和……一〇七四

六和謝其見訪……一〇七四
七和……一〇七五
八和……一〇七五
九和……一〇七五
十和賀太淵得雄二首……一〇七六
和竹溪披字韻二首……一〇七六
再和二首……一〇七七
挽陳孺人　邱升真倅之内，理掾應中之母。……一〇七八
總戎徐侯伯東遠訪田舍贈詩二首次韻……一〇七八
伯東留詩别余次韻……一〇七九
朔齋竹溪盛稱鑑臺李君談天小詩戲贈……一〇七九
謝韓孔惠見訪……一〇七九
挽趙母鄭氏……一〇八〇
挽陳判官　介　建教巖石之父……一〇八〇
謝王尚賢見訪　字任卿……一〇八〇
和陳生投贈二首　宗范　閩清人……一〇八一

丁卯元日十首……一〇八一
銘座一首……一〇八三
送舶使王監丞……一〇八三
中嵃省謁二絶……一〇八四
送林子敬倅武昌……一〇八四
丁宋傑挽詩……一〇八五
贈謝子杰校勘六言三首……一〇八五
用居厚弟强甫韻十三首……一〇八六
贈崇安吴醫德安……一〇八八
和張文學投贈 松年……一〇八八
新勷姪宰松溪……一〇八九
送趙司理若鈺之官潮州……一〇八九
再和張文學……一〇九〇
送陳德剛舍試 子龍……一〇九〇
送吴時父侍郎二首……一〇九〇
題金華王山甫吟藁 佳翁，前齋子。……一〇九一

贈日者袁天勳……一〇九一
送莊知録歸覲……一〇九二
用洪君疇韻送徐仲晦赴鄉郡二首……一〇九二
端午五言三首……一〇九三
又七言三首……一〇九三
次朔齋庸齋兩中書韻題鐵筆堂……一〇九四
送謝晬之温陵……一〇九四
和東澗丁卯上元日見寄三絶句……一〇九五
又三首……一〇九五
居厚弟生日……一〇九六
贈雪山李道人二首……一〇九六
讀史……一〇九六
寓言……一〇九七
三贈月蓬道人二首……一〇九七

後村先生大全集卷之四十一 …… 一〇九九

詩 …… 一〇九九
驥孫晬日 …… 一〇九九
次鐵筆堂韻謝朔齋貢餘 …… 一〇九九
目告 …… 一一〇〇
次韻別方時父 …… 一一〇〇
病中九首 …… 一一〇〇
失題二首 …… 一一〇二
挽段夫人二首 馬翔甫樞密之母 …… 一一〇二
秋思一首 …… 一一〇三
遣興二首 …… 一一〇三
失題二首 …… 一一〇四
記醫語 …… 一一〇四
送强甫赴漳倅二首 …… 一一〇五
贈無菴于道人六言一首 …… 一一〇五

小雪後二日二首 …… 一一〇六
題陳主學達觀堂二首 薦魚 …… 一一〇六
和興化趙令君二首 良侍 …… 一一〇七
挽惠倅黄德樞 後有缺頁 …… 一一〇七
失題 …… 一一〇八
次鄉守趙計院鹿鳴韻 …… 一一〇八
送人西上 方巖尹父子各一首 …… 一一〇九
失題 …… 一一〇九
臺曆 …… 一一一〇
得藥謝竹溪一首 …… 一一一〇
再題信菴墨梅 …… 一一一〇
丞相信菴趙公哀詩五首 …… 一一一一
書畫一首 …… 一一一二
題陶穀朝林山樓帖 …… 一一一二

後村先生大全集卷之四十二……一一三

詩……一一三

憶昔……一一三
雜興十首……一一三
蟬……一一四
蝶……一一五
燕……一一五
蟻……一一五
叙倫五言二十首……一一六
父子……一一六
君臣……一一六
母子……一一六
祖孫……一一六
兄弟……一一七
夫婦……一一七

姊妹……一一一七
叔侄……一一一七
翁壻……一一一七
婦姑……一一一八
嫂叔……一一一八
甥舅……一一一八
婦姒……一一一八
長幼……一一一八
朋友……一一一九
失題……一一一九
懷舊……一一二〇
晨起……一一二〇
夢回……一一二〇
春日即事六言……一一二一
失題……一一二一
得閒……一一二三

立春……一一二二
次韻寄題建陽馬氏亦樂園……一一二二
得歸……一一二三
和鄉守趙計院燈夕韻……一一二三
閑居……一一二三
次韻竹溪中書重脩縣橋二首……一一二四
休致……一一二四
憂愛……一一二五
題雜書卷六言三首……一一二五
碧溪草堂六言二首……一一二六
次韻竹子彬五言二首……一一二六
有感……一一二六
公論……一一二七
湯熨……一一二七
蚊蠅五言一首……一一二八
祖母何恭人葬處地狹不能容守冢者遇省祭晴則拜墓前雨則借方氏庵設位以祭自

先君病之治命以屬予予既孤五十餘年終不能增尺地插寸椽至咸淳丁卯予年益
高自墓下山至官道傍有隙地二十餘畝林木多合抱予訪之鄰地屬誰氏曰屬春谷
予故人也試以情自言春谷忻然緘券畀予隨於其所作饗堂以奉香火而棲童行走
筆賦詩以謝春谷……一一二八
少陵子……一一二九
昌黎子……一一二九

後村先生大全集卷之四十三……一一三一

詩……一一三一
觀社行　用實之韻……一一三一
再和……一一三二
三和……一一三四
四和　實之三和，且約勿談前事。……一一三五
五和　枕上有感平生，戲作。……一一三七
次竹溪所和薛明府鏡中我詩三首……一一三九
賀黄察院　器之……一一三九

題福清薛明府太平禾圖　夢桂……一一四〇
次韻黃景文投贈三首……一一四〇
挽吳君謀少卿二首……一一四一
二月八日二首……一一四二
喜太淵至二首……一一四二
和竹溪三詩……一一四三
戊辰二月六日……一一四三
昌黎與孟簡尚書書……一一四三
遣興……一一四三
效顰一首……一一四四
題真繼翁司令新居二首……一一四四
聽雨樓　來云取放翁詩中語……一一四四
格軒……一一四五
別後寄大淵二首……一一四五
竹溪和予喜大淵至二詩復疊前韻……一一四六
答方俊甫投贈二首　元美……一一四六

送玉融周醫……一一四七
征婦詞十首……一一四七
商婦詞十首……一一四八
古宮詞十首……一一四九
處士妻十首……一一五〇
縱筆六言七首……一一五一
有嘆……一一五二
落花怨十首……一一五三
釋老六言十首……一一五四
後村先生大全集卷之四十四……一一五五
詩……一一五五
次徐户部韻……一一五五
記漢事二首……一一五五
又六言二首……一一五六
雜記六言五首……一一五六

寓言……一一五七
再次竹溪韻三首……一一五七
自和效顰一首……一一五八
挽陳常卿二首……一一五九
送延平鄧醫……一一五九
再贈一首……一一六〇
次韻建安章南舉投贈……一一六〇
送山甫赴嶺口倉與黄兄來復同載……一一六一
送山甫赴嶺口倉五言二首……一一六一
記辛酉端午舊事二首……一一六二
雜興四首……一一六二
山甫既别三日復得此詩追餞……一一六三
曉意……一一六三
無題……一一六四
轅固……一一六四
醉鄉六言二首……一一六四

久雨六言四首……一一六五
小暑日寄山甫二首……一一六五
用舊韻贈瑩上人……一一六六
挽禮侍中舍朔齋劉公三首……一一六六
聞五月八日宸翰口號十首……一一六七
雜興四首……一一六九
贈許登仕 登瀛……一一六九
送方汝楫客授嚴陵 用……一一七〇
曉意……一一七〇
方具免牘走筆次竹溪中書韻……一一七一
懷舊二首……一一七一
田舍二首……一一七二
寓言……一一七二
硯……一一七三
耄志十首……一一七三
漫興二首……一一七五

寄盧威仲中書……一一七六
懷王制參 應鳳……一一七六
寄馮初心給事……一一七七
寄吳恕齋侍郎……一一七七
寄劉實齋侍郎……一一七七
寄翁丹山侍郎……一一七八
寄洪雲巖尚書……一一七八
悼吳校勘 必大……一一七九

後村先生大全集卷之四十五……一一八一

詩……一一八一

感遇二首……一一八一
得舊藏大士小像……一一八二
秋暑……一一八二
子□林倅餉予雙雞……一一八三
蚊二首……一一八三

失題二首……一一八四
送方文甫判官 追録舊作……一一八四
衛生一首……一一八五
墻西一首……一一八五
飲中題一首……一一八六
小桃源……一一八六
六言偈四首……一一八七
竹溪生日二首……一一八七
送子敬赴潮倅七言二首……一一八八
又絶句二首……一一八九
挽去華主簿姪二首……一一八九
羅浮寄公儲子洪二兄四首 舊作追録於此……一一九〇
容堂生日……一一九〇
送太淵宰安溪七言三首……一一九一
又五言二首……一一九二
柬惠安同安葉陳二明府併傾安溪林明府寄似……一一九二

和黄彦華帥機六言十首……一一九二
縱筆六言二首……一一九四
贈天隱李君瑞一首……一一九四
次韻鄉侯計院二首……一一九五
詠史五言二首……一一九五
道釋六言二首……一一九六
記漢事六言二首……一一九六
兩朝口號六言二首……一一九七
記漢唐事六言二首……一一九七
送君用姪判官……一一九八
題近稿……一一九八
絶句三首……一一九九
戊辰重陽絶句……一一九九
和居厚弟韻……一二〇〇
畫笥有二粉頭各題一絶……一二〇〇
狂吟……一二〇〇

題趙志仁南溪雙蓮……一二〇一
挽趙倅 汝稟……一二〇一
應真二首……一二〇二
贈東塔璵老……一二〇二
題倪魯玉詩後二首 龍輔……一二〇二
雜詠五言八首……一二〇三
兩曜二首……一二〇四
風雪二首……一二〇四
放言五首……一二〇五
贈日者陳達夫六言二首……一二〇五
記蔣李事……一二〇六
贈庸齋……一二〇七
縱筆一首……一二〇七

後村先生大全集卷之四十六……一二〇九

詩……一二〇九

病起五首……一二〇九
次韻君節祕書三首……一二一〇
醉筆一首……一二一一
次韻林太淵二首……一二一一
送胡石璧帥廣西二首……一二一二
迎候林德輔帥參一首……一二一二
感昔……一二一三
題法帖……一二一三
答學者……一二一三
南唐一首……一二一四
古意……一二一四
題畫六言一首……一二一四
理故書二首……一二一五
用韻題卓刑部樂山樓……一二一五
銘座六言二首……一二一五
耳鼻六言二首……一二一六

蝶庵一首……一二一六
即事六言四首……一二一七
古意二十韻……一二一七
送王南海二首　元邃禮部之子……一二一八
挽陳司直二首……一二一九
挽葛夫人二首……一二二〇
謝景行方寺丞惠衣二首……一二二〇
抄戊辰十月近藁七首……一二二一
又五言一首……一二二三
絶句二首……一二二三
六言三首……一二二三
壺山一首……一二二四
相法一首……一二二四
先識一首……一二二四
讀阮籍傳一首……一二二五
題韓柳廟碑一首……一二二五

挽林學録五言二首　友聞　……　一二三五
送莊糾一首　……　一二三六
雜詠一首　……　一二三六
字説一首　……　一二三七
目眚六言一首　……　一二三七
夢覺一首　……　一二三七
匡人一首　……　一二三八
懷真趙二公一首　……　一二三八
留侯一首　……　一二三八
遊仙一首　……　一二三八
題趙昌花一首　藻齋侍郎舊物，得之其孫彌約。　……　一二三九
題桃源圖一首　……　一二三九
貴公子一首　……　一二三〇
讀開元天寶遺事一首　……　一二三〇
醉醒一首　……　一二三〇
讀韓信馬援傳一首　……　一二三〇

畫贊七言一首……一二三一
又六言二首……一二三一
五言一首……一二三一
雜詠六言八首……一二三二
雜詠五言五首……一二三二
雜詠七言二首……一二三三
跋潘岳悼亡一首……一二三四
題佛書六言一首……一二三四
凡聖一首……一二三四
梅開五言一首……一二三四
記方尊師事一首……一二三五

後村先生大全集卷之四十七

……一二三七
詩……一二三七
居厚弟乞以礙止法官回授公朝特俞所請族子有詩志喜居厚次韻邀某同作效顰一首既拙且鈍録獻家廟……一二三七

晚意……一二三八
道房六言一首……一二三八
謝諸寓貴載酒……一二三八
再疊……一二三九
三疊……一二三九
老嘆一首……一二三九
題達卿姪別墅……一二四〇
示强甫……一二四〇
示沂孫……一二四一
師友六言一首……一二四一
記箕山商野事一首……一二四二
赤姪孫改名圭行冠禮一首……一二四二
霜菊……一二四二
蘇柑……一二四二
小勞……一二四三
病起……一二四三

物化……………………………………一二四三
蚋……………………………………一二四四
雀……………………………………一二四四
惜春……………………………………一二四四
予點……………………………………一二四五
客問宗旨一首……………………………………一二四五
咸淳龍飛大魁之歸卿大夫以某兄弟有一日之長俾主其事水村農卿謂某當爲詩爲
壺山喚回百年英靈之氣客散詩成翌早録呈且約同社屬和……………………………………一二四五
再次前韻……………………………………一二四六
次江權軍宴新進士韻……………………………………一二四六
聞喜宴李教君瑞不赴小詩贊美……………………………………一二四七
始冰……………………………………一二四七
有客……………………………………一二四七
柬春谷工部……………………………………一二四八
七竅鑿……………………………………一二四八
遷客黨碑……………………………………一二四八

奎宿奏事……一二四八
飲者……一二四九
怕愛……一二四九
餘寒……一二四九
趙昌花……一二四九
天奪……一二五〇
逃禪便面……一二五〇
聞東軒訃……一二五〇
惜舟……一二五一
天塹……一二五一
送客……一二五一
固窮……一二五二
顛危……一二五二
節惠……一二五二
化蝶……一二五二
封邑……一二五三

菜地……一二五三
逃愁……一二五三
温故……一二五三
受用……一二五四
自箴……一二五四
飛將……一二五四
退之……一二五五
李杜……一二五五
昌谷……一二五六
商翁……一二五六
樂天……一二五六
涑水……一二五七
高光……一二五七
蹙操……一二五七
琨逖……一二五七
曹孟德　少作……一二五八

孫伯符　少作……一二五八
劉玄德　少作……一二五九
魏志　操下令云：「向使國家無孤，不知幾人稱帝，幾人稱王。」……一二五九
二世……一二五九
質子……一二六〇
郡宴……一二六〇
冬蚊……一二六〇
冬蠅……一二六一
隱者……一二六一
偈……一二六二
秦紀……一二六二
自警……一二六二
齊俗……一二六三
源裏……一二六三
中說……一二六三
軹道……一二六四

求鳳曲……一二六四
刺客……一二六四
古墓……一二六五
舊游……一二六五
歲除即事十首……一二六五
錦孫……一二六六
葵女……一二六六
短章二首……一二六七
新春二首……一二六七
後村先生大全集卷之四十八……一二六九
詩……一二六九
畫贊……一二六九
時事……一二六九
二呂……一二七〇
立春十四韻……一二七〇

老少……一二七一
倚伏……一二七一
螢蟻……一二七一
范雎魏齊……一二七二
瓜李……一二七二
盤龍欒大……一二七二
達生……一二七二
儒釋……一二七三
閑情……一二七三
諸侯客……一二七三
三和粧字韻陳魁載酒……一二七四
孚應祠十二韻……一二七四
歲除前一日……一二七五
演雅二十韻……一二七五
郄謝……一二七七
梅妃……一二七七

寄强甫……………………………………………………………………二二七八
寄沂孫……………………………………………………………………二二七八
白湖廟二十韻…………………………………………………………二二七九
賀歲……………………………………………………………………二二七九
廣列女四首……………………………………………………………二二八〇
錄姜伯約遺言…………………………………………………………二二八〇
左史倚相………………………………………………………………二二八一
廣游女…………………………………………………………………二二八一
明暗……………………………………………………………………二二八二
春詞……………………………………………………………………二二八二
題海陵徐神翁墓 追錄舊作………………………………………………二二八二
寓言……………………………………………………………………二二八三
芳臭……………………………………………………………………二二八三

後村先生大全集卷之四十九

……………………………………………………………………二二八五
賦……………………………………………………………………二二八五

止酒賦 辛亥 …… 一二八五
弔小鶴賦 并序 …… 一二八七
譴蠹魚賦 …… 一二八八
吐綬雞賦 …… 一二九〇
失題 …… 一二九一
劾鼠賦 …… 一二九二
詰猫賦 …… 一二九三
蠹賦 …… 一二九四
柳州白水瀑泉賦 …… 一二九五
白髪後賦 …… 一二九七
文止戈爲武賦四韻 …… 一二九八

後村先生大全集卷之五十 …… 一二九九

油幕牋奏 …… 一二九九
謝撫諭詔書表 …… 一二九九
謝轉大中大夫表 …… 一三〇〇

謝皇太子牋……一三〇一
謝臘藥表……一三〇一
賀皇太子冬至牋……一三〇二
賜曆日謝表　嘉定十一年……一三〇三
賀東宮正旦牋……一三〇三
降直學士謝表……一三〇四
謝皇太子牋……一三〇五
謝賜夏藥表……一三〇五
明堂禮成賀表……一三〇六
謝明堂赦表……一三〇七
明堂賀皇太子牋……一三〇七
復寶謨閣學士謝表……一三〇八
謝皇太子牋……一三〇九
謝臘藥表……一三〇九
謝曆日表……一三一〇
賀皇太子歲旦牋……一三一〇

明堂加恩謝表 吴縣開國伯，加食邑三百户。……一三一一
謝皇太子牋……一三一二
鐫職謝丞相啓……一三一三
復職謝丞相啓……一三一四
謝二府啓……一三一五
賀史丞相明堂加恩啓……一三一六
加恩謝丞相啓……一三一七
回荊湖趙制置啓……一三一八
回湖北張漕啓……一三一九
賀宋總領除農少啓……一三二〇
回江西曹帥啓……一三二〇
賀曾同知除宣撫啓……一三二一
賀任籤書啓……一三二二
金山設陣亡人水陸疏……一三二三
茅山祈雨青詞……一三二四
尚書太夫人生日青詞……一三二四

後村先生大全集卷之五十一……一三二七
奏議……一三二七
備對劄子　端平元年九月……一三二七
其二……一三三〇
三……一三三二
輪對劄子　端平二年七月十一日……一三三五
二……一三三九
録聖語申時政記所狀……一三四二
後村先生大全集卷之五十二……一三四七
奏議……一三四七
召對劄子　淳祐六年八月二十三日……一三四七
二……一三五〇
三……一三五二
録聖語奏申狀……一三五五

轉對劄子　十月一日……一三五七
召對劄子　辛亥五月一日……一三五九
二……一三六一
直前　十月十一日　疏留中，閏十月論罷。……一三六三
庚申召對　一……一三六五
二……一三六七

後村先生大全集卷之五十三……一三七一

內制……一三七一
明堂大禮赦文　淳祐十一年……一三七一
尾詞……一三七二
科舉詔三首……一三七三
科舉詔　景定辛酉……一三七三
擬撰科詔回奏……一三七四
擬戒飭知舉以下手詔……一三七五
收復獎諭詔二首……一三七六

改瀘州爲江安州仍降爲軍事詔……一三七六
改漣水軍爲安東州詔……一三七七
奬諭詔書……一三七八
收復瀘州奬諭宣制兩閫立功將帥詔……一三七八
收復漣州奬諭制招二閫詔……一三七九
沿江制使馬光祖任責設城轉二官降詔奬諭……一三八〇
御筆馬光祖興築宜城招收遊擊補填諸軍闕額創造器用戰船費用浩繁莫非撙節
載覽來奏具見勞能可令學士院降詔奬諭……一三八一
李壇效順本朝歸漣海獻山東奬諭詔……一三八二
漣水三城已遂收復首詞……一三八三
尾詞……一三八三
勑書……一三八四
賜安南國王陳日煚淳祐十二年曆日……一三八四
賜保康軍官吏軍民僧道者壽等示諭……一三八四
賜保信寧武軍官吏軍民僧道者壽等……一三八五
賜安南國王陳威晃禮物……一三八五

賜安南國王陳威晃景定肆年曆日 …… 一三八六
賜銀合夏藥詔 …… 一三八六
賜沿江制置使吳淵 …… 一三八六
賜兩淮制置大使賈似道 …… 一三八七
賜四川安撫制置大使余玠 …… 一三八七
賜京湖制置大使李曾伯 …… 一三八八
賜沿海制置副使章大醇 …… 一三八八
賜馬軍都指揮使呂文德 …… 一三八八
賜御前都統制聶斌等 …… 一三八九
賜執政生日詔 …… 一三八九
簽書樞密院事兼權參政皮龍榮 正月十九日生 …… 一三八九
資政殿大學士沿江制置大使馬光祖 二月十四日生 …… 一三九〇
同知樞密院事兼浙西安撫使馬光祖 二月十四日生 …… 一三九〇
資政殿學士沿海制置使厲文翁 二月二十五日生 …… 一三九〇
觀文殿學士知平江府朱熠 七月初六日生 …… 一三九一
太傅右丞相府家廟祭器等款識 …… 一三九一

策問……一三九二
召試倪普歐陽守道 辛酉……一三九二
壬戌召試文及翁彭方迴……一三九五
擬建儲制……一三九八
擬除平章事制……一三九九
擬冊皇太子妃制……一四〇一
跋擬制三道……一四〇一

後村先生大全集卷之五十四……一四〇三

內制……一四〇三
明堂加恩制……一四〇三
鄭清之依前太傅左丞相兼樞密使魏國公加食邑食實封制……一四〇三
口宣……一四〇四
師彌依前皇叔祖太傅保寧軍節度使判大宗正事嗣秀王加食邑食實封制……一四〇四
口宣……一四〇五
與芮依前皇弟少保武康軍節度使充萬壽觀使嗣榮王加食邑食實封制……一四〇六

口宣……一四〇七
杪依前保慶軍節度使建安郡王加食邑食實封制……一四〇八
口宣……一四〇九
思正依前皇叔安德軍節度使開府天水郡開國公加食邑食實封制……一四〇九
口宣……一四一〇
與懽依前皇兄安德軍節度使開府萬壽觀使天水郡開國公加食邑食實封制……一四一〇
口宣……一四一一
趙葵依前少保觀文殿學士醴泉觀使魏國公加食邑食實封制……一四一二
口宣……一四一三
謝奕昌依前少保保寧軍節度使充萬壽觀使臨海郡開國公加食邑食實封制……一四一三
口宣……一四一四
謝奕昌特封祁國公制……一四一四
口宣……一四一五
董槐依前觀文殿大學士宣奉大夫判福州福建安撫大使濠梁郡開國公食邑食實封如故制……一四一六
口宣……一四一七

皇女昇國公主進封周國公主制……一四一七
口宣……一四一八
觀文殿大學士宣奉大夫判福州福建安撫大使董槐依前觀文殿大學士宣奉大夫提舉臨安府洞霄宮特進封永國公加食邑食實封制……一四一八
口宣……一四一九
賈似道依前太傅右丞相兼樞密使兼太子少師魯國公加食邑千户食實封四百户制……一四一九
口宣……一四二一
楊蕃孫特授保康軍節度使提舉佑神觀免奉朝請進封淳安郡開國侯加食邑食實封制……一四二一
口宣……一四二二
呂文德特授開府儀同三司依前保寧軍節度使京湖安撫制置大使四川宣撫使兼知鄂州兼湖廣總領霍丘郡開國公加食邑食實封制……一四二二
口宣……一四二三
回奏宣諭改呂文德開府制……一四二四
再回奏……一四二四
皇姪乃裕特授檢校少保依前保寧軍節度使天水郡開國公加食邑食實封制……一四二五

口宣……一四二六
李壇效順本朝請贖父過既歸漣海之境土復獻山東之版圖義概忠忱古今鮮儷節鎮王爵恩寵宜優可特授保信寧武軍節度使督視河北京東等路軍馬齊郡王制其故父全特與追復官爵改正日曆令所屬討論施行……一四二六
口宣……一四二八
李全特追復彰化保康軍節度使開府儀同三司京東鎮撫使依舊京東忠義諸軍都統制制……一四二八
安南國陳威晃特授靜海軍節度處置等使特進封安南國王食邑三千户食實封一千户特賜效忠順化功臣制……一四二九
董槐特授特進依前觀文殿大學士許國公致仕加食邑食實封制……一四三〇
賈似道依前太傅右丞相樞密使兼太子少師魯國公加食邑一千户食實封四百户制……一四三一
口宣……一四三二

後村先生大全集卷之五十五……一四三三

內制……一四三三
答詔……一四三三

賜京湖制置使李曾伯辭免除寶文閣學士職任依舊不允詔……一四三三
賜新除權刑部尚書程公許辭免兼侍讀不允詔……一四三四
賜寶制蔡範辭免除刑部侍郎不允詔……一四三四
賜觀文殿大學士游似三上奏劄辭免再任宮觀不允詔……一四三五
賜太傅左丞相兼樞密使魏國公鄭清之再上奏辭免姪次申與見次監司恩命不允詔……一四三五
賜觀文殿學士陳韡上表掛冠不允詔……一四三六
賜禮部侍郎兼給事中兼侍讀張磻乞祠不允詔……一四三七
賜資政殿大學士正奉大夫提領户部財用兼知臨安府趙與篙乞歸田里不允詔……一四三七
賜太傅左丞相兼樞密使魏國公鄭清之再上奏乞歸田里不允詔……一四三八
擬進左丞相鄭清之丐歸田里不允褒詔……一四三九
賜安德軍節度使開府儀同三司充萬壽觀使與懽乞休致不允詔……一四四〇
賜參知政事吴潛再上奏乞解罷機政不允詔……一四四〇
擬進參知政事吴潛乞解機政不允褒詔……一四四一
賜同知樞密院事徐清叟再上奏乞解機政不允詔……一四四二
擬進同知樞密院事徐清叟乞解機政不允褒詔……一四四三
賜寶章閣學士提舉江州太平興國宮陸德輿辭免除寶謨閣學士知泉州不允詔……一四四三

賜直秘閣主管鴻禧觀時暫主奉祭祀趙與澤辭免除福州觀察使提舉佑神觀嗣秀王不允詔……一四四四
賜少保保寧軍節度使充萬壽觀使謝奕昌再上奏辭免特封祁國公不允詔……一四四五
賜資政殿大學士沿江制置大使知建康府行宫留守馬光祖乞畀祠廪不允詔……一四四五
賜寶章閣直學士提舉萬壽宫周坦辭免依舊職差知徽州不允詔……一四四六
賜少傅保康軍節度使安撫大使屯田使知鄂州兼侍衛馬軍指揮使湖廣總領兼夔路策應使吕文德再上奏辭免特授太尉陞大使職事恩命不允詔……一四四七
賜馬光祖辭免以任責浚築宜城特轉兩官仍令學士院降詔奬諭恩命不允詔……一四四八
賜試尚書工部侍郎楊棟辭免兼中書舍人行下房文字恩命不允詔……一四四八
賜試尚書工部侍郎楊棟辭免兼直學士院恩命不允詔……一四四九
賜觀文殿大學士提舉洞霄宫董槐辭免依舊職判福州福建安撫大使恩命不允詔……一四四九
賜董槐再辭免判福州福建安撫大使恩命不允詔……一四五〇
賜董槐三辭免判福州福建安撫大使恩命不允詔……一四五一
賜皇女昇國公主辭免進封周國公主恩命不允詔……一四五一
賜皇女周國公主辭免擇日備禮冊命恩命宜允詔……一四五二
賜知樞密院事兼參知政事兼太子賓客朱熠乞俾遂退閑不允詔……一四五二

賜楊棟辭免除權刑部尚書兼職依舊恩命不允詔……一四五三
賜王爚辭免除禮部尚書兼職依舊恩命不允詔……一四五三
賜端明簽書樞密院兼權參知政事皮龍榮辭免依舊同提舉編修勅令同提舉編修經武要略恩命不允詔……一四五四
賜端明同簽書樞密院事沈炎辭免兼同提舉編修勅令依舊同提舉編修經武要略恩命不允詔……一四五五
賜何夢然辭免兼同提舉編修經武要略恩命不允詔……一四五五
賜沿江制置大使馬光祖辭免除觀文殿學士職任依舊恩命不允詔……一四五六
賜楊蕃孫辭免以皇女周國公主下嫁男鎮恩命不允詔……一四五六
賜馬天驥辭免依舊資政殿學士除知福州福建安撫使恩命不允詔……一四五七
賜董槐辭免依舊觀文殿大學士提舉洞霄宮進封永國公恩命不允仍改封吉國公詔……一四五八
賜馬光祖再上奏辭免除觀文殿學士職任依舊恩命不允詔……一四五八
賜龍圖閣學士提舉興國宮陳塏乞引年休致不允詔……一四五九
賜太傅右丞相兼樞密使兼太子少師魯國公賈似道再乞祠禄不允詔……一四五九
賜高衡孫辭免除户部侍郎兼知臨安府兼浙西安撫使恩命不允詔……一四六〇
賜禮部侍郎詹文杓乞補外不允詔……一四六一

賜太傅右丞相賈似道再上奏乞賜罷免不允詔……一四六二
賜觀文殿大學士判平江府浙西兩淮發運大使措置浙西和糴程元鳳乞還山林不允詔……一四六三

後村先生大全集卷之五十六……一四六五

内制……一四六五

不允答詔……一四六五
賜程元鳳再上奏乞退居田里不允詔……一四六五
賜程元鳳三上奏乞畀祠禄不允詔……一四六六
賜厲文翁辭免除資政殿學士沿海制置使兼知慶元府恩命不允詔……一四六六
賜江萬里辭免除端明殿學士同簽書樞密院事恩命不允詔……一四六七
賜江萬里辭免同提舉編修經武要略恩命不允詔……一四六八
賜權刑部尚書楊棟辭免國子祭酒恩命不允詔……一四六八
賜參知政事兼太子賓客皮龍榮辭免以皇太子宫滿歲推恩特轉一官恩命不允詔……一四六九
賜同知樞密院事兼權參知政事兼太子賓客沈炎辭免以皇太子宫滿歲推恩特轉一官恩命不允詔……一四七〇

賜簽書樞密院事兼太子賓客何夢然辭免以皇太子宮滿歲推恩特遷一官恩命不允詔……一四七〇
賜同簽書樞密院事兼太子賓客江萬里辭免以皇太子宮滿歲推恩特轉一官恩命不允詔……一四七一
賜趙崇皦辭免除吏部侍郎兼職依舊恩命不允詔……一四七二
賜資政殿學士通奉大夫提舉萬壽觀史宇之上表再辭免除資政殿大學士知建寧府恩命不允詔……一四七二
賜守尚書户部侍郎高衡孫乞祠不允詔……一四七三
賜觀文殿學士光禄大夫沿江制置大使馬光祖辭免召赴行在恩命不允詔……一四七三
賜同知樞密院事兼權參知政事兼太子賓客沈炎乞畀祠禄不允詔……一四七四
賜簽書樞密院事兼太子賓客何夢然辭免同提舉編修勅令恩命不允詔……一四七四
賜徽猷閣直學士通奉大夫新知建寧府陳顯伯辭免召赴行在恩命不允詔……一四七五
賜沈炎辭免除資政殿學士提舉臨安府洞霄宮恩命不允詔……一四七六
賜權刑部尚書楊棟辭免除權禮部尚書日下供職兼職依舊恩命不允詔……一四七六
賜文州刺史駙馬都尉楊鎮辭免除宜州觀察使恩命不允詔……一四七七
賜馬光祖辭免依舊觀文殿學士除提領户部財用兼知臨安府恩命不允詔……一四七七

賜太傅右丞相賈似道辭免男賈德生特除秘閣修撰賈德潤特補承奉郎除直秘閣賈德生妻趙氏特封吳興郡主賈蕃世妻趙氏特封宜人恩命不允詔……一四七八
賜參知政事皮龍榮辭免兼權知樞密院事恩命不允詔……一四七九
賜同知樞密院事權兼參知政事何夢然辭免除參知政事恩命不允詔……一四八〇
賜觀文殿學士光禄大夫提領户部財用兼知臨安府浙西安撫使馬光祖辭免除同知樞密院事兼提領户部財用兼知臨安府兼太子賓客恩命不允詔……一四八〇
賜太傅右丞相賈似道再辭免男德生特除秘閣修撰德潤特補承奉郎除直秘閣德生妻特封吳興郡主蕃世妻趙氏特封宜人恩命不允詔……一四八一
賜馬光祖辭免兼同提舉編修經武要略恩命不允詔……一四八二
賜知建康府陳昉辭免除户部侍郎兼權刑部尚書恩命不允詔……一四八二
賜太傅右丞相賈似道辭免賜第宅家廟令有司條具以聞恩命不允詔……一四八三
賜皇女周漢國公主辭免令所司擇日備禮冊命恩命宜允詔……一四八四
賜寶章閣直學士王克謙辭免除寶謨閣學士依舊佑神觀仍奉朝請恩命不允詔……一四八四
賜江萬里辭免除依舊端明殿學士提舉洞霄宫恩命不允詔……一四八五
賜提舉洞霄宫徐清叟辭免依舊職提舉佑神觀兼侍讀恩命不允詔……一四八五
賜少保觀文殿學士充醴泉觀使魯國公趙葵再上表乞引年致仕不允詔……一四八六

賜資政殿學士知福州馬天驥辭免職事脩舉特陞除資政殿大學士職任依舊恩命不允詔……一四八七
賜參知政事兼權知密院皮龍榮乞解機政不允詔……一四八八
賜皮龍榮再上奏乞解機政不允詔……一四八九
賜乃裕辭免特除檢校少保依前皇姪保寧軍節度使天水郡開國公加食邑實封恩命不允詔……一四八九
賜皮龍榮辭免除資政殿大學士知潭州恩命不允詔……一四九〇
賜皮龍榮再辭免除資政殿大學士知潭州恩命不允詔……一四九〇
賜觀文殿學士提舉洞霄宮朱熠辭免依舊職知平江府兼淮浙發運大使恩命不允詔……一四九一
賜朱熠再辭免依舊職知平江府淮浙發運大使恩命不允詔……一四九二
賜太尉保康軍節度使吕文德辭免除開府儀同三司職任依舊恩命不允詔……一四九三
後村先生大全集卷之五十七……一四九五
內制……一四九五
不允答詔……一四九五
賜觀文殿學士徐清叟再辭免依舊職提舉佑神觀兼侍讀恩命不允詔……一四九五

賜楊棟辭免除禮部尚書兼職依舊恩命不允詔……一四九五
賜葉夢鼎辭免除兵部尚書兼職依舊恩命不允詔……一四九六
賜包恢辭免除禮部侍郎兼職依舊恩命不允詔……一四九七
賜徐經孫辭免除刑部侍郎兼職依舊恩命不允詔……一四九七
賜孫附鳳辭免兼同提舉編修經武要略并授朝奉郎恩命不允詔……一四九八
賜太尉保康軍節度使京湖安撫制置兼屯田大使四川宣撫使兼知鄂州兼馬軍都指
揮使湖廣總領吕文德上奏辭免除開府儀同三司恩命不允詔……一四九八
賜新除兵部尚書葉夢鼎辭免陞兼脩國史實録院修撰恩命不允詔……一四九九
賜新除禮部尚書楊棟辭免陞兼脩國史實録院修撰恩命不允詔……一五〇〇
賜洪勳辭免兼侍讀恩命不允詔……一五〇〇
賜觀文殿大學士提舉洞霄宫吉國公董槐乞生前致仕不允詔……一五〇一
賜孫附鳳辭免除兼權參知政事恩命不允詔……一五〇一
賜楊棟辭免除端明殿學士同簽書樞密院事兼太子賓客恩命不允詔……一五〇二
賜孫附鳳辭免兼同提舉編修勑令依舊同提舉編修經武要略恩命不允詔……一五〇三
賜楊棟辭免除提舉編修經武要略恩命不允詔……一五〇三
賜馬光祖辭免除依舊觀文殿大學士知福州恩命不允詔……一五〇四

賜兵部侍郎兼侍講洪勳辭免兼直學士院恩命不允詔……一五〇五
賜刑部侍郎兼太子左庶子徐經孫辭免陞兼太子詹事恩命不允詔……一五〇五
賜馬光祖再辭免依舊觀文殿學士知福州恩命不允詔……一五〇六
賜禮部侍郎兼侍講包恢兵部侍郎兼直院兼侍講洪勳辭免經筵進讀唐鑑終篇並特轉行一官恩命不允詔……一五〇六
賜太傅右丞相兼太子少師賈似道辭免以皇太子宮滿歲推恩特轉一官恩命不允詔……一五〇七
賜參知政事兼太子賓客何夢然辭免以皇太子宮滿歲特遷一官恩命不允詔……一五〇七
賜簽書樞密院事兼權參知政事兼太子賓客孫附鳳辭免以皇太子宮滿歲特轉一官恩命不允詔……一五〇八
賜端明同簽書樞密院事兼太子賓客楊棟辭免以皇太子宮滿歲特轉一官恩命不允詔……一五〇九
賜權吏書修撰兼太子詹事葉夢鼎辭免除吏部尚書兼職依舊恩命不允詔……一五〇九
賜户侍陳昉辭免除權户部尚書恩命不允詔……一五一〇
賜趙崇孅辭免除權刑書兼職依舊恩命不允詔……一五一一
賜知樞密院事朱熠再辭免以充進呈安奉玉牒禮儀使及經武要略禮畢各特與轉兩官恩命不允詔……一五一一

口宣……一五一二
賜太保右丞相益國公賈似道再上表辭免國史實録玉牒會要經武要略進書禮成轉官恩命不允詔……一五一二
口宣……一五一三
賜簽書樞密院事皮龍榮再辭免以進奉安日曆會要禮畢轉官加恩恩命不允詔……一五一三
口宣……一五一四
賜簽書樞密院事沈炎再辭免以同提舉編修經武要略就充禮儀使特轉兩官依例加恩恩命不允詔……一五一四
口宣……一五一四
賜皮龍榮再辭免除參知政事恩命不允詔……一五一五
口宣……一五一五
賜沈炎再辭免除同知樞密院事兼權參知政事恩命不允詔……一五一六
口宣……一五一六
賜試右諫議大夫兼侍讀何夢然再辭免除端明殿學士簽書樞密院事恩命不允詔……一五一七
口宣……一五一七
賜右丞相兼太子少師賈似道辭免勅令所脩進景定編類吏部七司續降了畢特與轉

兩官依例加恩恩命不允詔……一五一七
口宣……一五一八
賜同知樞密院事兼權參知政事沈炎辭免勑令所脩進景定編類吏部七司續降了畢
特與轉兩官依例加恩恩命不允詔……一五一八
口宣……一五一九
賜右丞相賈似道再辭免進書轉官依例加恩不允詔……一五一九
口宣……一五一九
賜宰臣賈似道等上表奏請皇帝御正殿不允詔……一五二〇
賜宰臣賈似道等詣文德殿再上表奏請御正殿不允詔……一五二一
賜右丞相兼太子少師賈似道辭免皇太子宮滿歲特轉一官恩命不允詔……一五二二
口宣……一五二二
賜何夢然上表再辭免除同知樞密院事兼權參知政事恩命不允詔……一五二三
口宣……一五二三
賜何夢然再辭免除參知政事恩命不允詔……一五二三
口宣……一五二四
賜馬光祖再辭免除同知樞密院兼提領户部財用兼知臨安府兼太子賓客恩命不允

詔……………………一五二四
口宣……………………一五二五
賜楊蕃孫再辭免特除保康軍節度使提舉佑神觀恩命不允詔……………………一五二五
口宣……………………一五二六
賜皇弟乃裕再辭免特授檢校少保恩命不允詔……………………一五二六
口宣……………………一五二七
賜楊棟再辭免除端明殿學士同簽書樞密院事兼太子賓客恩命不允詔……………………一五二七
口宣……………………一五二八

後村先生大全集卷之五十八

……………………一五二九

内制

……………………一五二九
青詞朱表三十一首　校點者按：「青詞」原作「請詞」，據翁校本改。後同。……………………一五二九
明堂大禮前於天慶觀啓建預告九位五嶽四瀆道場青詞……………………一五二九
滿散朱表……………………一五三〇
太乙宮啓建明堂大禮預告祈晴道場滿散醮一千二百位分青詞……………………一五三〇
太禮前二日朝獻景靈宮分詣元天大聖后青詞……………………一五三一

明堂禮畢奏謝諸陵攢宮表文……一五三一
明堂大禮畢於天慶觀啓建告謝青詞……一五三一
滿散朱表……一五三二
天基節茅山設醮青詞……一五三二
滿散朱表……一五三三
太乙宮申奉聖旨今月廿七日就靈休殿設交年清醮并正月三日修設天基聖節清醮
青詞兩道……一五三三
交年醮青詞……一五三三
天基聖節青詞……一五三四
正月二日恭遇皇帝甲子萬壽觀設醮詞……一五三四
滿散朱表……一五三五
仲春潮旺就吳山忠清廟設醮祈保江岸詞……一五三五
三月三日恭遇皇帝甲子本命萬壽觀設醮詞……一五三六
滿散朱表……一五三六
立夏就龍翔宮正陽殿脩設感生帝醮詞……一五三六
七月四日恭遇皇帝甲子萬壽觀設醮詞……一五三七

滿散朱表……一五三七
仲秋潮旺就吳山忠清廟設醮祈保江岸詞……一五三八
天基聖節萬壽觀設醮詞……一五三八
滿散朱表……一五三八
天基聖節茅山設醮青詞……一五三九
滿散朱表……一五三九
正月七日恭遇皇帝甲子本命萬壽觀設醮青詞……一五三九
滿散朱表……一五四〇
仲春潮旺就吳山忠清廟設醮祈保江岸青詞……一五四〇
太乙宮申保蠶麥設醮青詞……一五四一
三月八日恭遇皇帝甲子本命萬壽觀設醮青詞……一五四一
滿散朱表……一五四一
立夏就龍翔宮正陽殿修設感生帝醮詞……一五四二
冊文七首……一五四二
明堂大禮前一日朝享太廟……一五四二
聖祖天尊大帝……一五四二

祖宗帝后 十三首一同……一五四三
昊天上帝……一五四三
皇地祇……一五四三
太祖皇帝……一五四四
太宗皇帝……一五四四
寧宗皇帝……一五四四
表文十首……一五四五
成穆太后慈懿皇后攢宮修造奏告……一五四五
慈懿皇后宮修換翻蓋奏告告還神御……一五四五
慈懿皇后宮修造還神御權奉安表文……一五四六
仲春補種諸陵攢宮……一五四六
昭慈聖獻皇后上宮等處翻蓋修整奏告……一五四七
昭慈聖獻皇后下宮等處翻蓋修整奏告……一五四七
告還神御……一五四七
昭慈聖獻皇后下宮翻蓋修整權奉安神御……一五四八
成穆皇后攢宮下宮殿宇翻瓦抽換奏告……一五四八

告遷神御……一五四八
權奉安……一五四九
赤山攢宮成恭慈懿皇后下宮並已修整了畢告遷神御還殿及正奉安……一五四九
時前告遷……一五四九
正奉安……一五四九
紹興府攢宮修蓋高宗皇帝憲節皇后憲聖慈烈皇后孝宗皇帝成肅皇后光宗皇帝寧宗皇帝恭聖仁烈皇后攢殿神門并神御殿神門並已脱換柱栿欄楣重新蓋瓦畢備
合用告遷奉安……一五五〇
告遷神御……一五五〇
正奉安……一五五〇
仲春補種諸陵攢宮窠木及修奉殿宇衣幃什物……一五五一
成恭皇后恭淑皇后上宮翻蓋殿宇龜頭奏告……一五五一

後村先生大全集卷之五十九……一五五三

內制……一五五三
祀文……一五五三

明堂脩整太廟大殿并四祖殿合用前時奏告 …… 一五五三
神御還殿十七首　共一詞 …… 一五五三
正奉安十七首　共一詞 …… 一五五三
仲秋潮旺祭告南瀆大江昭靈孚應威德博濟王一首 …… 一五五四
從祀五廟一首　忠武英烈靈衛顯聖王、靈濟顯佑威烈昭順王、英烈王、忠應協貺聖佑公、善應安濟孚佑顯衛侯 …… 一五五四
滿散五嶽四瀆二首　係一詞 …… 一五五五
明堂大禮分祭九宮貴神　共一詞 …… 一五五五
分祭社稷　共一詞 …… 一五五五
分祭后土氏后稷氏　共一詞 …… 一五五六
明堂前二日朝獻景靈宮分詣祖宗帝后 …… 一五五六
明堂禮畢祭謝嶽瀆一首 …… 一五五六
明堂禮畢告謝五嶽四瀆一首 …… 一五五七
中太乙宮　立春 …… 一五五七
西太一宮　立春 …… 一五五七
祀海神　仲春 …… 一五五八

祭南瀆 仲春……一五五八
從祀五廟 仲春……一五五九
三月一日太陽交蝕合用祭告太社……一五五九
陰雲不見祭謝太社……一五六〇
太廟修整合用奏告權奉安……一五六〇
奏告……一五六〇
權奉安……一五六〇
太廟土地……一五六一
孟冬車駕朝獻祝香……一五六一
十月四日立冬祀太乙十神……一五六一
中太乙宮……一五六一
西太乙宮……一五六二
仲春祭海神……一五六二
仲春祭南瀆……一五六二
仲春祭祀五廟……一五六三
修整太廟冊寶殿合用奏告大殿十三帝后……一五六三

太廟土地……一五六四
中太乙宮立秋祀太乙十神……一五六四
西太乙宮……一五六四
孟秋朝獻車駕詣宮行禮祝香……一五六五
聖節致語一首 口號、勾合曲附……一五六五
天基節集英殿宴致語……一五六五
口號……一五六五
勾合曲……一五六六
春端帖子……一五六六
皇帝閤五言三首 立春 辛酉……一五六六
七言三首……一五六七
皇太子宮五言二首 立春……一五六七
七言三首……一五六七
皇后閤五言二首 端午……一五六八
七言三首……一五六八
公主閤五言二首 端午……一五六九

七言三首……一五六九
皇后閤五言二首 壬戌 立春……一五七〇
七言三首……一五七〇
公主位五言二首……一五七一
七言三首……一五七一
皇帝閤五言三首 端午……一五七二
七言三首……一五七二
皇太子宫五言二首 端午……一五七二
七言三首……一五七三
口宣十六首……一五七三
御筵喜雪……一五七三
賜天基聖節道場乳香四道……一五七四
皇太子……一五七四
殿司……一五七四
步司……一五七四
馬司……一五七四

賜尚書省滿散天基聖節道場乳香……一五七五
賜尚書省御筵酒果……一五七五
賜密院滿散天基節道場乳香……一五七五
賜樞密院御筵酒果……一五七六
宣賜太傅右丞相賈似道生日御書扇子金器疋物等……一五七六
入内内省中乞撰皇弟嗣榮王到闕賜銀合茶藥并傳宣撫問……一五七六
御藥院關乞撰太傅右丞相魯國公賈似道家廟奉安預賜祭器金器幣銀絹……一五七七
講筵所關撰進讀唐鑑終篇賜宰執侍讀侍講説書修注官御筵……一五七七
賜進士聞喜宴錫御書詩……一五七八
賜進士聞喜宴御筵花酒果……一五七八
御藥院關撰進呈孝宗實録宣答提舉官禮儀使以下詞……一五七八
公主下嫁駙馬都大所關乞撰六月十二日宣繫宣答詞……一五七九

後村先生大全集卷之六十……一五八一

外制……一五八一
皇后姨母郭氏贈平原郡夫人……一五八一

鄭寀左諫議大夫……一五八二
江萬里殿中侍御史……一五八二
李昂英右正言……一五八三
李韶翰林學士……一五八四
王伯大刑部尚書……一五八五
吳潛兵部尚書……一五八五
謝希埀權禮部尚書……一五八六
程公許禮部侍郎……一五八七
趙汝騰權吏部侍郎……一五八七
應繇權兵部侍郎兼權吏侍……一五八八
謝方叔權刑部侍郎……一五八九
尤焴權工部尚書……一五九〇
湯中起居郎劉應起起居舍人……一五九〇
趙希杼司農少卿……一五九一
上官渙酉將作監李鎔軍器監……一五九二
章大醇侍左郎官……一五九二

文復之左曹郎官……一五九三
趙希徹司農寺丞……一五九三
王湜武諭……一五九四
謝堂將作丞徐謂禮將作簿……一五九四
林希逸校書郎……一五九五
陳可大理丞……一五九五
趙希贊軍器監丞……一五九六
趙希徹太府丞俞德藻司農丞……一五九六
程元鳳秘丞兼權刑部郎官……一五九七
方岳宗學博士……一五九七
劉元龍太學博士……一五九八
倪祖常軍器監……一五九八
江萬里侍御史……一五九九
韓補福建舶……一五九九
傅康直徽猷閣致仕……一六〇〇
魏峻兵部尚書……一六〇〇

章琰殿中侍御史兼侍講……一六〇一
張磻祭酒……一六〇二
楊棟宗正少卿兼右司……一六〇二
王爚農少兼左司……一六〇三
章琰府少兼檢詳……一六〇三
魏峻轉兩官守兵書致仕……一六〇四
魏峻上遺表贈端明金紫……一六〇五
孟孺換授承事郎孟榕換授奉議郎……一六〇五

後村先生大全集卷之六十一

……一六〇七

外制

……一六〇七
何式軍器少監兼權度支郎官……一六〇七
姚希得大宗正丞兼權金部郎官兼沂王府教授……一六〇八
蔡抗樞密院編修官兼權屯田郎官……一六〇八
劉厚南著作佐郎兼沂王府教授……一六〇九
陳協秘書郎兼景獻府教授……一六〇九

徐霖校書郎……一六一〇
孟奎换授奉議郎……一六一〇
建康都統劉全轉親衛大夫……一六一一
趙孟傳直寶章閣知嚴州……一六一一
趙性夫直華文閣再任浙東提刑……一六一二
孫夢觀知嘉興府……一六一二
鄭逢辰直寶章閣依舊江西提刑兼知贑州……一六一三
莊同孫大理丞……一六一三
趙汝腴太常寺簿……一六一四
吳子良直華文閣江西運判……一六一五
趙希棶秘閣致仕……一六一五
鄭士昌贈寶謨閣待制　父少師乞以進書轉太保一官回授……一六一六
楊纘太社令……一六一七
京湖制置申岳州平江縣軍民舉留知縣楊寅得旨轉奉議郎候再作縣滿日與陞擢差遣……一六一七
趙與茉太府丞……一六一八

章大任司農丞……一六一八
陳垓國博李伯玉太博……一六一九
馮惟説武博……一六一九
鄭士懿太學正章公權太學録……一六一九
趙與熘宗學諭……一六二〇
李遇龍軍器監簿特差京湖制參……一六二〇
蹇已之大理正……一六二一
莊序軍器監簿……一六二一
湯中右文殿撰湖北運副……一六二二
史嵩之守金紫光禄大夫永國公致仕……一六二二
洪燾權户部侍郎兼知臨安府　以下係景定庚申以下作……一六二四
與訔右文殿撰兩浙運副……一六二五
謝堂寶章待制提舉佑神觀仍奉朝請……一六二六
謝㙜集撰提舉佑神觀仍奉朝請……一六二七
謝堅右文殿撰提舉佑神觀……一六二七
張淵微起居郎兼右庶子……一六二八

徐經孫起居郎兼給事兼諭德……一六二八
承議郎告院翁岜轉一官……一六二九
新知常州吴叔告改知嚴州……一六二九
張勝授拱衛大夫□州團練使武衛大將軍知漢陽軍……一六二九
洪勳集撰知建寧府……一六三〇
趙㝃夫特授文林郎……一六三一
任鄦追叙朝奉郎致仕……一六三一
謝奕𤋮將作監……一六三二
胡弍之工部員外郎……一六三二

後村先生大全集卷之六十二……一六三三

外制……一六三三

魏洪大宗丞……一六三三
趙與㞞户部員外郎……一六三三
吴堅著作郎兼禮部郎官兼太子舍人……一六三四
戴良齊太常簿……一六三五

項公澤將作監丞……一六三五
林拾宗正簿……一六三六
提轄文思院趙希仡轉一官……一六三六
曹元發國子博士……一六三七
郎伋翁宜爲講回易視船司歲解捌倍各轉一官……一六三七
儲櫸太學博士……一六三八
葉彦昞叙復朝奉大夫……一六三八
李丑父太府寺丞……一六三九
陳堯道太府丞……一六三九
馬光國武學諭……一六四〇
洪勳依前集撰福建運副……一六四〇
陳合著作佐郎……一六四一
考功郎兼權右司雷宜中爲前知建昌軍新築鳳山城特授朝散郎……一六四一
何夢然右諫議大夫……一六四二
孫附鳳殿中侍御史……一六四三
王爚權禮部尚書……一六四三

趙崇嬂權户侍兼檢正……一六四四
楊公幾爲宣司結局循兩資……一六四五
沿江制置大使馬光祖爲安慶府移治築城任責助費特轉光禄大夫……一六四五
謝垕敷文閣添差浙西安撫司參議……一六四六
吴潔知泉州……一六四六
方逢辰知嘉興府……一六四七
程象祖太府丞……一六四八
内侍省押班主管莊文太子府黄頎爲思正上遺表除遥郡承宣使……一六四八
王鎔福建提刑……一六四九
魏克愚浙東提刑……一六四九
陳淳伯史館檢閲……一六五〇
陳蒙太社令……一六五〇
陳鑄太府少卿兼右司……一六五〇
陸鵬升國録……一六五一
雷宜中右司……一六五一
趙必普檢詳……一六五二

直筆尚字朱妙妙知尚書内省事安康郡夫人賜名從潔……一六五二
知襄陽府京西安撫副使程大元爲連年守邊遺援特授中衛大夫……一六五三
知襄陽府程大元轉三官於遥郡上轉行陞和州防禦使……一六五三
編修官馬廷鸞乞以沂邸講堂徹章轉奉議郎回贈本生父灼承事郎……一六五四
奉議郎添差通判袁州邵忱爲宣司結局特轉一官……一六五四
陳淳祖李丑父秘書郎……一六五五
范純父軍器監簿……一六五五
范純父監察御史兼殿講……一六五六
陸合著作郎兼侍左郎官……一六五七
御前都統制蘇劉義特轉十官得旨將六官作三官於右武大夫上轉行親衛大夫三官
作一官轉行遥郡防禦使餘一官給據特授親衛大夫池州防禦使左衛大將軍池州
駐劄御前諸軍都統制……一六五七
阮思聰援蜀之功賞未酬勞鄂渚水陸戰禦獲捷非一特轉十官授黄州防禦使左衛大
將軍知黄州……一六五八
印應飛權户侍淮東總領兼知鎮江府……一六五九
印應飛權户部侍郎致仕……一六六〇

後村先生大全集卷之六十三……一六六一
外制……一六六一
湯漢依前華文閣知寧國府……一六六一
湯中特授焕章閣待制致仕……一六六二
杜濬大理丞……一六六二
趙希棶大理丞……一六六三
家坤翁趙若璹農丞……一六六三
李壎籍田令……一六六四
謝奕信軍器丞……一六六四
趙與屬軍器簿……一六六五
陳協刑部郎官兼史館校勘……一六六五
汪立信左曹郎官……一六六六
胡太初軍器監……一六六六
洪燾磨勘轉朝散大夫……一六六七
殿前指揮使左右班包秀等授修武郎……一六六七

季鏞直秘閣知紹興府……一六六八
楊瑱農少兼左司……一六六八
饒應龍諸王宮教……一六六九
劉良貴太府丞……一六六九
劉良貴宗正丞兼金部郎官……一六七〇
王得一太常博士……一六七〇
翁宦太府簿……一六七一
陸逵武博……一六七一
工部侍郎楊棟磨勘轉中大夫……一六七二
方登太學録……一六七二
大理卿包恢秘撰樞密院都承旨兼侍講……一六七二
秘書丞安劉太常簿戴良齊爲思正上遺表各轉一官……一六七三
鄧垧司農卿……一六七三
陳堯道秘書郎……一六七四
御帶知安慶府劉雄飛浚築了畢授濠州團練使……一六七四
趙景緯小著……一六七五

謝奕㷤華文閣知嘉興府……一六七五
謝奕中戎監兼勑令官……一六七六
文林郎趙時儋因潮州山前捕到賊首轉儒林郎……一六七六
迪功郎靖安主簿陳和發因韃侵掠歿於王事贈宣教郎與一子下州文學……一六七六
皮龍榮參政……一六七七
沈炎同知兼參政……一六七八
何夢然端明僉樞……一六七八
陳堯道監察御史……一六七九
劉應龍監察御史……一六八〇
江萬里吏部尚書……一六八〇
湯中上遺表贈太中大夫……一六八一
湯漢依舊華文閣江西提舉兼知吉州……一六八二
楊棟轉太中大夫……一六八二
程象祖秘閣知安吉州……一六八三
陳淳祖著作佐郎……一六八三
江州分司檢閱成公策爲拘榷茶課及數特授太府簿依舊任……一六八四

高衡孫權刑部侍郎……一六八四
金文剛龍圖閣致仕……一六八五
張桂大理司直……一六八五

後村先生大全集卷之六十四……一六八七

外制……一六八七

陳韡依前觀文學士特授正奉大夫福建安撫大使……一六八七
陳韡依前觀文學士特授宣奉大夫依所乞致仕……一六八八
臨江守臣陳元桂忠義之節照映今古特轉五官贈寶章待制與一子京官一子選人賜
錢十萬貫助葬仍立廟賜謚正節……一六八九
趙與諲西外知宗……一六八九
沿江制參京襯爲提督屯田歲收增額特轉一官……一六九〇
吴湜湖北提舉……一六九一
卓夢卿直寶章閣廣南提舶……一六九一
陸德輿依舊寶章學士知太平州……一六九二
陳顯伯徽猷學士知建寧府……一六九二

曾穎茂依前集撰知隆興府兼江西運副……一六九三
沿江制參程若川爲監軍應白鹿磯之急轉一官……一六九四
鄭協秘撰廣東運副……一六九四
楊瑱寶章閣依舊浙西提舉……一六九五
賈明道都大坑冶 自此以下再兼掖垣所作……一六九五
趙崇熾吏部侍郎兼檢正……一六九六
孫附鳳右諫議大夫兼侍讀……一六九六
范純父殿中侍御史……一六九七
倪普監察御史兼殿講……一六九七
孫應鳳將作監簿……一六九八
徐經孫磨勘轉中大夫……一六九九
鄧坰磨勘轉中大夫……一六九九
楊瑱太常少卿……一七〇〇
劉應龍農少仍兼説書……一七〇〇
右諫議孫附鳳磨勘轉承議郎……一七〇一
趙師光侍右郎官……一七〇一

吳君擢司封郎官……一七〇二
陳栩國子博士……一七〇二
□□□□□丞……一七〇三
□□□□□該進經武要畧轉通侍大夫……一七〇三
□□□□□官郎官……一七〇四
宗少劉震孫除直寶謨閣江東提舉……一七〇四
失題……一七〇六
張濟之太府丞……一七〇六
史繩祖直寶章閣江西提舉……一七〇七
劉良貴知嘉興府……一七〇七
郎伋前任茶鹽檢閱官賣鹽增羡轉朝散郎……一七〇八
趙孟博陞秘撰……一七〇八
汪立言浙西提刑……一七〇八
虞宓太學博士……一七〇九
徐掄太社令……一七一〇
知信州趙希訡轉朝散郎……一七一〇

陳韡贈少師……一七一〇
知臨江軍俞掞除湖南提刑……一七一一

後村先生大全集卷之六十五……一七一三

外制……一七一三
淮東提舉章峒鹽賞轉一官……一七一三
浙東提舉林光世解到十七界破會二十八萬五千貫乞送所司截鑿以助國用轉一官……一七一三
楊鑄除太社令……一七一四
陳鑄除司農卿仍兼右司……一七一四
馬廷鸞將作少監兼右司……一七一五
戴良齊林秴著作佐郎……一七一六
曹元發秘書郎……一七一六
歐陽守道校書郎……一七一七
方澄孫秘書郎……一七一七
知邵武軍方澄孫在任政績轉一官……一七一八
金九萬太學博士……一七一八

杜濬大理正……一七一九
劉燧叔朱挺大理丞……一七一九
林希逸依舊寶謨閣廣東運判……一七二〇
何夢然同知兼參政……一七二〇
范東叟江東提刑……一七二一
姚希得沿江制置使知建康府江東安撫使兼行宮留守……一七二二
蕭山則宗正丞……一七二三
陶夢桂司農丞……一七二三
王夢得太府丞……一七二四
王世傑宗學博士……一七二四
曹怡老大理司直……一七二五
李壎軍器丞……一七二五
洪穮大理寺簿……一七二六
王人英將作簿兼史館校勘……一七二六
陳綺前任江東運副兼提領茶鹽增羨轉中奉大夫……一七二六
知武岡軍史椿卿在任政績轉一官……一七二七

史宇之大資政知建寧府……一七二七
王爚龍圖學士知平江府淮浙發運使……一七二八
陳懋欽國録……一七二九
董宋臣脩造公主位了畢轉親衛大夫……一七二九
董宋臣又爲進書轉翊衛大夫……一七三〇
鄧峒磨勘轉太中大夫……一七三〇
葉夢鼎磨勘轉太中大夫……一七三一
謝堂爲磨勘轉朝散大夫……一七三一
府丞游汶兩易農簿……一七三二
謝埜司農簿……一七三二
司農簿謝埜兩易太府丞……一七三二
趙逢龍除將作監……一七三三
韓禾考功郎官……一七三三
翁合侍左郎官……一七三四
包恢磨勘轉中奉大夫……一七三四
知建昌軍魏峙職事脩舉轉朝請郎……一七三五

周坦磨勘轉朝請大夫……一七三五
葉大有上遺表贈通奉大夫……一七三六
趙希悦工部郎官……一七三七
章烱左曹郎官……一七三七
全清夫寳章待制提舉佑神觀仍奉朝請……一七三八
馬光祖依舊觀文學士提領户部財用兼知臨安府……一七三九

後村先生大全集卷之六十六……一七四一

外制……一七四一
楊棟權禮部尚書……一七四一
鄧峒權吏部侍郎……一七四二
常挺權工部侍郎……一七四三
陳綺右文殿撰樞密都承旨……一七四三
謝子强起居郎……一七四四
鄭雄飛起居舍人……一七四五
何逢吉叙朝散大夫利路運判兼四川制參……一七四五

叙復奉直大夫鄭羽陞直寶章閣淮東提舉……一七四六
陳昉華文待制仍舊知建寧府……一七四六
陳昉户部侍郎兼權刑書……一七四七
賈德生除秘閣修撰……一七四八
賈德潤除直秘閣……一七四八
賈德生妻趙氏封吴興郡主……一七四九
賈蕃世妻趙氏封宜人……一七四九
何夢然參政……一七五〇
馬光祖同知樞密院提領户部財用兼知臨安府……一七五〇
陳堅秘書監兼右諭德……一七五一
留夢炎宗正少卿……一七五二
全槐卿太府卿……一七五二
潘墀府少兼太子侍講……一七五三
胡弌之將作監兼國史……一七五四
林光世司農少卿……一七五四
吴叔告尚右郎官……一七五五

卓得慶秘書郎……一七五六
賈貫道贈大中大夫寶章待制……一七五六
魏克愚軍器監……一七五七
魏克愚直華文閣兩浙運副……一七五七
項公澤宗正丞……一七五八
游義肅大理寺丞……一七五九
全允堅補承務郎直秘閣……一七五九
游汶司農丞……一七六〇
余尚賓太府丞……一七六〇
家坤翁樞密院編修官兼度支郎官……一七六一
周龍歸國子監丞……一七六一
虞慮太常簿……一七六二
林經德太學博士……一七六二
劉叔子將作監丞……一七六二
葉寔太學博士……一七六三
楊文仲太學正……一七六三

趙紀祥轉和州防禦使……一七六三
殿撰都承旨陳綺磨勘轉中大夫……一七六四
李澤民贈朝奉郎……一七六四
知嘉興府謝奕熹陞直敷文閣……一七六五
知嚴州錢可則陞直華文閣……一七六五
龔集屯田員外郎……一七六六
孫桂發國子監簿莊文教授……一七六六

後村先生大全集卷之六十七……一七六七

外制……一七六七

黃伯訦除司農寺簿……一七六七
武功大夫帶行御器械前改差知江陰軍張稱孫特換朝奉郎……一七六七
張稱孫除將作少監兼右曹郎官……一七六八
黃應春除宗正寺簿……一七六八
范丁孫除大理卿……一七六九
文天祥除正字……一七六九

謝堅除司農卿……一七七〇
林疇黄瓌除大理評事……一七七一
朱子中除太社令……一七七一
錢庚孫除將作監簿……一七七二
周漢國公主府從人葉氏封恭人……一七七二
右武大夫閤門宣贊舍人特除金川駐劄御前諸軍都統制兼知叙州張桂特贈容州觀察使……一七七二
武翼大夫閤門宣贊舍人特除慶府駐劄御前保定諸軍都統制金文德特贈復州團練使……一七七三
迪功郎錢昌大授藉田令……一七七四
工部侍郎常挺除兼侍講……一七七四
馬世綸帶行太府寺簿尚書省市舶所檢閱官分司慶元府……一七七五
包恢磨勘轉中大夫……一七七五
趙與訔依舊寶章閣待制除江東路轉運使兼淮西總領……一七七六
右武大夫陳天應團練有勞轉左武大夫……一七七七
謝垕除軍器少監……一七七七

趙孟窦除藉田令……一七七八
趙孟蟻除大理司直……一七七八
承議郎范昌世牙契賞轉朝奉郎……一七七九
史森卿除將作監簿……一七七九
朝奉郎家遇以脩浚静江府城池轉朝散郎……一七七九
奉議郎何鑄以修築廣州城轉承議郎……一七八〇
李壎除太府寺丞……一七八〇
太府寺丞郭自中知嚴州……一七八〇
迪功郎鄭立道循承直郎……一七八一
從政郎廣東提刑司檢法官林祖恭以韶州築城賞循文林郎……一七八一
汪立信除將作監……一七八二
汪立信除直寶章閣依舊浙西提刑……一七八二
吕文焕特授中大夫亳州防禦使依前職任……一七八三
鄧坰除寶章閣待制依所乞予祠仍賜金帶……一七八三
朝奉郎謝奕楙以前任都大解發新錢綱及數轉朝散郎……一七八四
武經郎丘宗之秉義郎丘淵特理作軍功出身……一七八四

長入祇候殿侍盧進等換授保義郎……一七八五
陳鑄除秘閣修撰樞密副都承旨……一七八五
陳淳祖除右曹郎官……一七八六
陳淳祖直秘閣仍舊浙西提舉兼安吉州……一七八七
右武大夫徐安民昨知峽州半年間運米三十六萬石上夔特授左武大夫依前帶行御器械知江陵府……一七八七
朝散大夫謝堂磨勘轉朝請大夫……一七八八
史能之貞州分榷倍增轉朝奉郎……一七八八
右武大夫高州刺史特添差江南西路馬步軍副總管范用特授拱衛大夫州團練使仍舊任……一七八九
武節郎夏榮顯歿於王事特贈吉州刺史更與一子恩澤……一七八九
朱熠仍舊觀文殿學士知平江府兼淮浙發運大使……一七九〇
孫附鳳除端明殿學士簽書樞密院事兼太子賓客……一七九一
范純父除侍御史兼侍讀……一七九二
陳堯道除右正言兼侍講……一七九二
虞處除監察御史兼崇政殿説書……一七九三

楊棟除禮部尚書兼職依舊……一七九四

後村先生大全集卷之六十八……一七九五

外制……一七九五

葉夢鼎除兵部尚書兼職依舊……一七九五
包恢除禮部侍郎兼職依舊……一七九六
徐經孫除刑部侍郎兼職依舊……一七九六
李廷芝除權兵部侍郎依舊兩淮安撫制置使知揚州……一七九八
廖瑩中除大理寺丞……一七九九
林彬之除寶章閣待制依舊提舉江州太平興國宮……一七九九
翁合除直秘閣浙西提刑……一八〇〇
皮明德除太社令……一八〇一
拱衛大夫福州觀察使帶行御器械新差知和州陽孝信爲白鹿磯賞轉翊衛大夫……一八〇一
皮龍榮除資政殿學士知潭州……一八〇二
吳堅除太常丞……一八〇三
馬廷鸞除軍器監……一八〇四

徐復除秘書少監……一八〇四
陳存除尚左郎官……一八〇五
張濟之除秘書丞……一八〇六
陶夢桂除大宗正丞……一八〇六
李仁永除太府丞……一八〇七
劉夢高除司農丞……一八〇七
章鑑除太常博士……一八〇八
舒有開除軍器監丞……一八〇八
周應合危昭德並除史館檢閱……一八〇九
侍右郎官趙師光陞郎中……一八〇九
陳仲昉除工部郎官……一八一〇
趙希哲辟知瓊州……一八一〇
親衛大夫和州防禦使左衛大將軍知安慶府池州都統制蘇劉義爲昨在重慶全城却
敵特授五官……一八一一
右武大夫高州刺史左衛大將軍權知蘄州王益爲守黄援鄂功特授左武大夫依舊職
任……一八一二

陳塏除端明殿學士依舊提舉江州太平興國宮……一八一二
陳堅除寶章閣待制致仕……一八一三
馬天驥除資政殿大學士依舊知福州福建安撫使……一八一四
趙崇絢除將作監……一八一四
趙崇絢除直秘閣知婺州……一八一五
知南康軍趙與厦職事修舉轉一官……一八一六
胡侁仍舊直秘閣知泉州……一八一六
張晞顔除監察御史兼崇政殿説書……一八一七
沈炎除資政殿學士提舉臨安府洞霄宮……一八一八
鄭雄飛除權户部侍郎……一八一八
奉議郎行太學博士林經德昨任建寧宰平寇轉一官……一八一九
朝散大夫前紹興府許彪祖寄居於瀘逆整誘之使降朝服以拜天地祖先率一家由少而長自絞而死可特贈中奉大夫直秘閣除致仕恩澤外更與一子恩澤……一八二〇
歐陽守道除秘書郎……一八二一

後村先生大全集卷之六十九……一八二三

外制……一八二三

保義郞廉節可贈忠訓郞與一子進武校尉……一八二三
武功大夫沿江制司諮議官吕文信總統兵船在槲林夾白鹿磯陣歿於王事得旨特贈寧遠軍承宣使其子師愈特與帶行閤職除合得致仕恩澤外更與二子恩澤仍與立廟賜額……一八二三
武功大夫淮西副總管廬州駐劄仍釐務御前强勇右軍統制王友直爲戍守嘉定特與帶行閤門宣贊舍人職任依舊……一八二四
進勇副尉兩雄軍總轄權江西路分劉信□爲興國戰功贈承信郞……一八二五
武功郞帶行閤門宣贊舍人重慶府駐劄御前諸軍都統制王達爲瀘城戰捷特授□州刺史依舊帶行閤門宣贊舍人……一八二五
秉義郞淮東副總管盧青爲取東海力戰贈武義郞與一子恩澤……一八二六
武功大夫京西南路兵馬鈐轄均州駐劄仍釐務史伯英爲應援鄂城特授帶行閤門宣贊舍人依舊任……一八二六
洪勳除兵部侍郞……一八二六

朝奉郎京西南路安撫大使司參議官魏峽爲鄂城功賞轉一官……一八二七
龔溁除刑部郎官……一八二八
劉汝礪除太常丞……一八二八
中奉大夫新知撫州吴焯特授直秘閣守本官致仕……一八二九
吴君擢除將作監兼侍左郎官……一八二九
朱文炳除軍器監仍舊四川都大提舉川秦茶馬兼報發御前軍馬文字兼夔路提刑提舉……一八三〇
李與趙趙與檼並陞直華文閣與趙潼川提刑提舉兼運判與檼成都路提刑提舉並權四川制參……一八三〇
謝埜除太府寺丞……一八三一
趙時辜除大理寺丞……一八三二
陳緯武學博士彭方迥武學諭……一八三二
陳夢發除諸王宫教授……一八三二
陳大中除史館校勘……一八三三
楊起莘除宗學諭……一八三三
知漳州洪天錫除直寶謨閣依舊任……一八三四

洪天錫依舊職除廣東運判……一八三四
吳勢卿除軍器監依舊淮東總領……一八三五
吳勢卿糴足五十萬石特轉朝奉大夫……一八三六
林希逸除考功郎官……一八三六
李伯玉除尚右郎官……一八三七
洪燾除寶謨閣待制知太平州……一八三七
趙孟傳依舊秘閣修撰除提舉福建市舶兼知泉州……一八三八
趙孟玠除軍器少監……一八三八
吳潔除將作監致仕……一八三九
趙時槖除户部郎官……一八三九
奉直大夫新差知泰州姜虎臣昨因應援懷遠以解重圍特轉朝議大夫……一八四〇
趙日起除檢詳……一八四〇
王世傑除秘書郎……一八四一
黃應春除宗學博士……一八四一
潘凱除華文閣待制知漳州……一八四二
秘書郎曹元發卓得慶並除著作佐郎……一八四三

馮夢得除宗正寺簿……一八四三
郭德安除兵部郎官……一八四四
郭和中除大理寺丞……一八四五
魏克愚除太府少卿兼知臨安府主管浙西安撫司公事……一八四五
趙與可除直秘閣兩浙運判……一八四六
右武大夫左領軍衛將軍知無爲軍節制軍馬吳日起乞將景定元年三月三日隨大丞相行府於蘋草坪殺賊功賞封贈父母……一八四七
朝請大夫試尚書兵部侍郎洪勳磨勘轉朝議大夫……一八四七
寶章閣直學士朝請大夫知徽州軍州事周坦磨勘轉朝議大夫……一八四八
叙復朝請郎新除華文閣待制改差知太平州軍州事潘凱磨勘轉朝奉大夫……一八四八
武翼郎荆湖北副總管統援蜀諸軍黄仲文可特贈武顯郎除致仕恩澤外更與一子恩澤……一八四九

後村先生大全集卷之七十……一八五一

外制……一八五一
文天祥除校書郎……一八五一

鄭大有除軍器少監……一八五一
鄭大節陞直寶章閣添差沿海制置司參議官……一八五二
文及翁除太學録……一八五二
錢可則除吏部員外郎……一八五三
王華甫除兵部員外郎……一八五三
臧元哲除太府寺簿……一八五四
陳淳伯除武學博士孫炳炎除武學諭……一八五四
趙孟儀除將作監丞……一八五四
汪立信除華文閣知江州主管江西安撫司公事……一八五五
牟巘除大理司直……一八五六
余鼇除司封郎官……一八五六
余鼇除浙西提刑……一八五六
王起晦除知宜州……一八五七
楊棟除端明殿學士同簽書樞密院事兼太子賓客……一八五七
吳堅除起居郎徐復除起居舍人……一八五八
武功大夫右領衛將軍建康府駐劄御前諸軍副都統制施謀特授右武大夫依前職任……一八五九

吳大圭除國子正……一八六〇
武功大夫左屯衛將軍權發遣高郵軍事張世傑白鹿磯功賞轉右武大夫依舊職任……一八六〇
武功大夫忠州刺史左屯衛將軍京湖制置大使司計議官周鼎戍瀘及援重慶功賞轉右武大夫陞帶右屯衛大將軍依舊任……一八六一
朝奉大夫新除寶章閣待制提舉江州太平興國宮林彬之特授朝散大夫依所乞守本官職致仕……一八六一
右武大夫高州刺史左領衛大將軍吕師龍將藾草坪所得兩官及父文德回授兩官轉左武大夫……一八六二
左武大夫高州刺史左領衛大將軍吕師龍將節次所得參官特與轉行遥郡團練使……一八六二
潘墀除秘書監兼國史兼太子侍讀……一八六三
吳蒙除司農寺丞……一八六四
吳蒙除刑部郎官……一八六四
劉良貴除秘書丞兼金部郎官……一八六五
劉叔子除太府寺丞……一八六五
趙時願除太常博士……一八六六
孫桂發除太常寺簿兼太子舍人……一八六六

翁孟桂除國子監簿……一八六六
朱埴除太學博士萬道同除太學録……一八六七
鮑成祖除軍器監簿……一八六七
謝奕楙除直寶謨閣知漳州……一八六八
曾鎬除尚右郎官……一八六九
常挺唐鑑徹章轉朝議大夫……一八六九
季鏞除將作監……一八七〇
季鏞除陞直焕章閣依舊知紹興府兼主管兩浙東路安撫司公事……一八七一
王鎔職事修舉除直秘閣仍舊福建提刑……一八七一
胡太初職事修舉除直秘閣仍舊知饒州……一八七二

後村先生大全集卷之七十一

……一八七三

外制

……一八七三
錢可則陞直徽猷閣除浙東提舉……一八七三
趙希訜除湖南提舉兼知衡州……一八七三
武功大夫淮西副總管御前武勝左統制李貴爲鄂城功賞除帶行閤門宣贊舍人……一八七四

武功大夫淮東總管孫立柳世隆淮西總管金之才兩淮制司帳前都統制孫應武武略大夫淮西副總管吳思忠武義大夫淮西副總管朱世英爲漣水戍役功賞並除帶行閤門宣贊舍人……一八七四
吳湜除廣東提舉……一八七五
新定郡夫人陳氏贈泰國夫人……一八七六
游文除樞密院編修官……一八七六
舒有開除樞密院編修官……一八七七
楊錡除太社令……一八七七
鄭璹除大理評事……一八七八
張稱孫除軍器監兼權右曹郎官兼删修勅令……一八七八
馬廷鸞除國子司業兼太子諭德……一八七九
葉寔除國子監丞……一八七九
金九萬除國子博士兼莊文教授……一八八〇
王鎔除侍左郎官……一八八一
陳懋欽楊文仲並除太學博士……一八八一
曾穎茂除寶章閣待制依舊江西轉運使兼知隆興府……一八八二

楊修之除直秘閣潼川運判兼提刑提舉……一八八二
文林郎楊潮南盜賞循儒林郎……一八八三
朝奉郎新除監察御史兼崇政殿説書韓□常特授朝請郎守本官致仕……一八八四
周龍歸除太常寺丞兼沂靖惠王府教授……一八八四
李獻可除司農寺丞兼國史……一八八五
趙逢龍除司農少卿兼太子侍讀……一八八五
親屬楊鑑楊鐸楊鑰爲周漢國公主遺表各轉一官……一八八六
秘書郎王世傑宗學博士黄應春爲周漢國公主遺表各轉一官……一八八六
朝散郎直寶章閣新權發遣池州軍州事趙滔承事郎添差通判信州軍州事趙淇爲白鹿磯第二功各轉兩官……一八八七
文及翁彭方迥並除秘書省正字……一八八七
留夢炎除秘閣修撰福建提舉……一八八八
雷宜中除廣東提刑……一八八九
林彬之贈中大夫……一八九〇
牟子才除寶章閣待制知温州……一八九〇
曹孝慶陞直寶章閣除浙東提刑……一八九一

吳君擢直煥章閣知嘉興府……一八九一
僉書樞密院事楊棟乞以特轉一官回贈故姊楊氏得旨贈安人……一八九二
魏洪除知安吉州……一八九三
劉震孫除太常少卿……一八九四

後村先生大全集卷之七十二……一八九五

外制……一八九五

皇弟太師武康軍節度使判大宗正事嗣榮王與芮三代謚贈……一八九五
故高祖太師秦國公子奭追封周王賜謚元肅……一八九五
故曾祖太師齊國公伯昕追封楚王賜謚孝節……一八九六
故祖太師魯國公師意追封吳王賜謚宣獻……一八九六
故高祖太師秦國公子奭追封周王……一八九七
高祖妣秦國夫人王氏贈周晉國夫人……一八九七
故曾祖太師齊國公伯昕追封楚王……一八九八
故曾祖妣齊國夫人劉氏贈楚越國夫人……一八九八
故祖太師魯國公師意追封吳王……一八九九

故祖妣魯國夫人石氏贈吳魯國夫人……一八九九
榮文恭王故外孫魏關孫贈承奉郎直秘閣……一九〇〇
太保右丞相兼樞密使兼太子少師賈似道封贈三代……一九〇〇
故曾祖太師魯國公嗣業追封魯國公……一九〇〇
故曾祖母魯國夫人於氏贈魯國夫人……一九〇一
故曾祖母魯國夫人於氏贈魯國夫人……一九〇一
故祖太師越國公偉追封越國公……一九〇二
故祖母越國夫人於氏贈越國夫人……一九〇三
故祖母越國夫人陸氏贈越國夫人……一九〇三
故父太師魏國公涉特進封魏郡王……一九〇四
故母魏國夫人史氏特贈魏韓國夫人……一九〇五
生母秦國夫人胡氏特封秦齊國夫人……一九〇六
故妻華國夫人綦氏特贈楚國夫人……一九〇六
朝請大夫試中書舍人兼直學士院洪勳弟朝請郎直敷文閣兩浙運判燾封贈父母勳
贈妻……一九〇七
故父端明殿學士謚忠文已贈宣奉大夫咨夔可特贈銀青光禄大夫……一九〇七

故母普寧郡夫人阮氏可特贈平陽郡夫人……一九〇八
勳故妻宜人張氏可特贈令人……一九〇九
通議大夫守刑部侍郎兼國子祭酒兼侍讀江萬里弟承議郎新差充提領犒賞酒庫所
主管文字萬頃封贈父母……一九〇九
故父爗任奉議郎致仕已贈朝請今擬贈奉直大夫……一九〇九
故母令人陳氏今擬贈碩人……一九一〇
萬里故妻令人黄氏今擬贈碩人……一九一〇
萬里妻鄧氏今擬封碩人……一九一〇
事奉大夫試工部侍郎兼太子詹事楊棟弟武節郎擢權知江陰軍事履之封贈父……一九一一
故父任武德郎已贈大中大夫端仲特贈通奉大夫……一九一一
朝請郎權禮部侍郎兼侍講詹文杓封贈父母妻……一九一二
故父九齡贈奉議郎……一九一二
故母安人陳氏贈令人……一九一三
故繼母安人周氏贈令人……一九一三
妻安人陳氏特封令人……一九一三
中大夫試吏部侍郎兼太子左庶子王爚弟奉議郎權知台州軍州華甫封贈父母……一九一四

故父任朝奉郎致仕已贈朝請大夫夢得特贈中散大夫……一九一四
故母令人胡氏特贈碩人……一九一四
𤎩故妻令人周氏特贈碩人……一九一五
資政殿大學士正奉大夫沿江制置使知建康府馬光祖郊恩封贈三代……一九一五
故曾祖已贈少保千里特贈太保……一九一五
故曾祖母崇國夫人葛氏特贈福國夫人……一九一六
故祖已贈少傅之純特贈太傅……一九一七
故祖母吉國夫人樓氏特贈慶國夫人……一九一七
故父已贈少師正己特贈太師……一九一八
故母惠國夫人伍氏特贈衛國夫人……一九一八
故母肅國夫人葉氏特贈相國夫人……一九一九
故妻東陽郡夫人丁氏特贈普安郡夫人……一九一九
觀文殿大學士金紫光禄大夫判平江府事浙西兩淮發運大使程元鳳封贈二代並妻……一九二〇
故祖已贈太師正特追封崇國公……一九二〇
故祖母齊國夫人方氏特贈齊國夫人……一九二一
故父已贈太師追封昌國公放特追封福國公……一九二一

故母魯國夫人吳氏特贈魯國夫人……一九二二
故妻廣國夫人吳氏特贈周國夫人……一九二三
今妻慶國夫人汪氏特封漢國夫人……一九二三

後村先生大全集卷之七十三

……一九二五

外制

……一九二五
少保保寧軍節度使充萬壽觀使謝奕昌封贈三代……一九二五
故曾祖已贈太師追封魯王景之特贈太師餘如故……一九二五
故曾祖母魯國夫人胡氏贈魯國夫人……一九二六
故祖任少傅觀文殿學士致仕益國公贈太師追封魯王謚惠正深甫特贈太師餘如故……一九二六
故祖母魯國夫人林氏特贈魯國夫人……一九二七
故祖母魯國夫人林氏特贈魯國夫人……一九二八
故父任朝奉大夫已贈太師追封衛王渠伯特贈太師……一九二八
故母韓楚國夫人郭氏贈韓楚國夫人……一九二九
故妻齊國夫人吳氏特贈齊國夫人……一九二九

通奉大夫除權吏部尚書兼直學士院陳顯伯封贈父……一九三〇
故父任迪功郎已贈太中大夫千能特贈通議大夫……一九三〇
大中大夫敷文閣待制知慶元府兼沿海制置使姚希得封贈父妻……一九三一
故父端珪贈通奉大夫……一九三一
妻令人賈氏封碩人……一九三二
寶章閣直學士朝散大夫知徽州周坦封贈父……一九三二
故父已贈朝議大夫溆贈中大夫……一九三二
朝請郎寶謨閣待制提舉江州太平興國宮潘凱封贈父……一九三三
故父勝之已贈通直特贈朝散郎……一九三三
通議大夫王景齊弟奉議郎國子博士景峴封贈父母妻……一九三四
故父任朝奉郎已贈中奉大夫保大特贈通議大夫……一九三四
故母令人吴氏特贈碩人……一九三五
景齊故妻令人高氏潘氏蔡氏贈碩人……一九三五
承務郎知信州玉山縣丞趙時淬封母……一九三六
母劉氏可特封太孺人……一九三六
迪功郎婺州東陽縣尉張龍應封父……一九三六

父壽玉特封承務郎致仕……一九三六
寶謨閣直學士正奉大夫提舉江州太平興國宮奉化郡開國侯食邑一千二百户袁商
加食邑三百户……一九三七
從官明堂加恩……一九三七
顯謨閣學士宣奉大夫提舉江州太平興國宮六合縣開國子食邑六百户徐桌加封三
百户……一九三八
朝散郎寶章閣待制知建寧府永嘉縣開國男食邑三百户陳昉加封二百户……一九三八
朝議大夫試中書舍人兼直學士院兼同修國史實録院同修撰兼崇政殿説書洪勳依
前官職特封錢塘縣開國男食邑三百户……一九三九
大中大夫敷文閣待制知慶元府兼沿海制置使鄞縣開國男食邑三百户姚希得進封
開國子食邑加二百户……一九四〇
資政殿學士提舉臨安府洞霄宮信安郡開國公馬天驥食邑三百户……一九四一
寶章閣學士通議大夫提舉江州太平興國宮嘉興縣開國伯食邑九百户陸德輿進封
嘉興郡開國侯加封三百户……一九四一
寶章閣直學士朝散大夫知徽州周坦特封瑞安縣開國男食邑三百户……一九四二
宣諭空名告詞三道……一九四三

令人……一九四三
恭人……一九四三
安人……一九四三
宣諭空名贈告詞五道……一九四四
令人……一九四四
恭人……一九四四
宜人……一九四四
安人……一九四五
孺人……一九四五
皇太子冊妃慈憲王夫人家贈告十五道……一九四五
曾祖安民不仕特贈太保追封唐國公……一九四五
曾祖母邊氏特贈唐國夫人……一九四六
祖份已贈武翼郎特贈太傅追封豫國公……一九四六
祖母單氏已贈恭人特贈豫國夫人……一九四七
父大節已贈慶遠軍節度使特贈太師追封徐國公……一九四七
妣南陽郡夫人王氏贈徐國夫人……一九四八

伯已贈忠訓郎思聰贈潭州觀察使……一九四八
伯母贈安人王氏贈碩人……一九四九
伯已贈宣教郎太中贈銀青光禄大夫……一九四九
伯母贈安人陳氏贈高平郡夫人……一九四九
兄已贈和州防禦使純夫贈保寧軍節度使……一九五〇
嫂贈令人趙氏贈淑人……一九五〇
堂弟武翼郎昭孫贈金紫光禄大夫……一九五一
弟婦孺人趙氏贈新興郡夫人……一九五一
親屬王氏特贈淑人……一九五二
榮文恭王親屬封贈告四道……一九五二
贈奉直大夫錢沆贈龍圖閣侍郎……一九五二
贈安人陳氏特贈令人……一九五三
堂姪贈朝奉郎與華特贈容州觀察使……一九五三
堂姪婦虞氏封碩人……一九五四

後村先生大全集卷之七十四

後村先生大全集卷之七十四……一九五五
外制……一九五五
執政初除封贈……一九五五
同簽書樞密院事江萬里封贈三代並妻……一九五五
故曾祖英贈太子少保……一九五五
故曾祖母沈氏贈齊安郡夫人……一九五六
繼曾祖母葉氏贈恩平郡夫人……一九五六
故祖璘贈太子少傅……一九五七
故祖母巢氏信安郡夫人……一九五七
故父燁贈太子少師……一九五八
故妣陳氏已贈淑人今贈高平郡夫人……一九五八
妻淑人鄧氏封永嘉郡夫人……一九五九
同知樞密院事兼參知政事何夢然封贈三代並妻……一九六〇
故曾祖贈太子少保汝能贈太子太保……一九六〇
故曾祖母恩平郡夫人俞氏贈臨海郡夫人……一九六〇

故曾祖母恩平郡夫人郭氏贈臨海郡夫人……一九六一
故祖贈太子少傅松贈太子太傅……一九六一
故祖母清河郡夫人杜氏贈和政郡夫人……一九六二
故父贈太子少師逵贈太子太師……一九六二
故母永陽郡夫人張氏贈饒陽郡夫人……一九六三
故母永陽郡夫人厲氏贈饒陽郡夫人……一九六三
故妻信安郡夫人陳氏贈歷陽郡夫人……一九六四
今妻齊安郡夫人郭氏封濟陽郡夫人……一九六四
同知樞密院事兼提領户部財用兼知臨安府充兩浙西路安撫使馬光祖封贈三代並
妻……一九六五
故曾祖贈太傅千里贈太師……一九六五
故曾祖母秦國夫人葛氏贈齊國夫人……一九六五
故祖贈太師之純追封永國公……一九六六
故祖母越國夫人樓氏贈魏國夫人……一九六六
故父贈太師吉國公正己追封慶國公……一九六七
故母齊國夫人伍氏贈周國夫人……一九六七

故母魯國夫人葉氏贈越國夫人……一九六八
故妻南陽郡夫人丁氏贈同安郡夫人……一九六八
觀文殿學士通奉大夫提舉臨安府洞霄宫朱熠初除贈二代……一九六九
故祖已贈太師德一特追封吉國公……一九六九
故祖母慶國夫人蘇氏贈齊國夫人……一九七〇
故父已贈太師賁亨永國公追封衛國公……一九七〇
故母福國夫人吴氏贈魏國夫人……一九七一
故妻清源郡夫人俞氏贈安定郡夫人……一九七一
端明殿學士通議大夫同僉書樞密院事兼太子賓客楊棟初除封贈三代……一九七二
故曾祖已贈和州防禦使光庭特贈太子少保……一九七二
故曾祖母令人程氏特贈虢郡夫人……一九七二
故祖已贈吉州刺史知章特贈太子少傅……一九七三
故祖母宜人宋氏特贈婕爲郡夫人……一九七四
故父任武德郎已贈正議大夫端仲特贈太子少師……一九七四
故母淑人史氏贈清江郡夫人……一九七五
故妻淑人孫氏特贈高平郡夫人……一九七五

今妻淑人孫氏特封信安郡夫人……一九七六

後村先生大全集卷之七十五……一九七七

外制……一九七七
中大夫參知政事兼太子賓客何夢然封贈三代……一九七七
故曾祖已贈太子太保汝能特贈少保……一九七七
故曾祖母臨海郡夫人俞氏特贈吉國夫人……一九七八
故曾祖母臨海郡夫人郭氏特贈吉國夫人……一九七八
故祖已贈太子太傅松特贈少傅……一九七九
故祖母和政郡夫人杜氏特贈永國夫人……一九七九
故父已贈太子太師逵特贈少師……一九八〇
故母饒陽郡夫人張氏特贈惠國夫人……一九八一
故母饒陽郡夫人厲氏特贈惠國夫人……一九八一
故妻歷陽郡夫人陳氏特贈會稽郡夫人……一九八一
今妻濟陽郡夫人鄭氏封安定郡夫人……一九八二
太傅右丞相兼樞密使兼太子少師魯國公賈似道贈高祖……一九八二

故高祖進士某贈太師 …… 一九八二
高祖母某氏贈衛國夫人 …… 一九八三
端明殿學士朝奉郎簽書樞密院事兼太子賓客孫附鳳贈三代 …… 一九八四
故曾祖行之贈太子少保 …… 一九八四
故曾祖母曾氏贈永郡夫人 …… 一九八四
故祖調贈太子少傅 …… 一九八五
故祖母陳氏贈恩平郡夫人 …… 一九八五
故父贈宣教郎子直贈太子少師 …… 一九八六
故母安人郭氏贈新興郡夫人 …… 一九八六
故妻安人李氏贈德陽郡夫人 …… 一九八七
資政殿大學士中大夫提舉臨安府洞霄宮林存郊恩贈父母妻 …… 一九八八
故父已贈太子太師子登特贈少保 …… 一九八八
故母太寧郡夫人王氏贈吉國夫人 …… 一九八八
故妻文定郡夫人曹氏贈安康郡夫人 …… 一九八九
資政殿學士通奉大夫提舉臨安府洞霄宮馬天驥初除贈父母妻 …… 一九八九
故父已贈太子太師億年特贈少保 …… 一九八九

故母文定郡夫人劉氏贈東陽郡夫人……一九九〇
故妻東海郡夫人徐氏贈奉化郡夫人……一九九〇
故妻新安郡夫人余氏特贈和政郡夫人……一九九一
在外執政侍從明堂加恩……一九九一
資政殿學士中大夫知温州林存可依前資政殿學士知温州長樂郡開國侯加食邑三百户……一九九一
寶章閣直學士大中大夫提舉佑神觀王克謙可依前寶章閣直學士提舉佑神觀會稽縣開國男加食邑三百户……一九九二
寶章閣學士通奉大夫致仕顔熙仲可依前寶章閣學士致仕龍溪郡開國侯加食邑三百户……一九九三
資政殿學士中大夫新改差知建寧府林存除資政殿大學士提舉臨安府洞霄宫……一九九三
王克謙除寶章閣學士提舉佑神觀……一九九四
楊瑱除權户部侍郎……一九九五
楊瑱除右文殿修撰知寧國府……一九九六
陳顯伯除端明殿學士提舉佑神觀……一九九六
陳顯伯贈銀青光禄大夫……一九九七

寶謨閣直學士正奉大夫提舉江州太平興國宮袁商依前寶謨直學士轉宣奉大夫致仕……一九九七
袁商贈特進……一九九八
故通議大夫右文殿修撰致仕戚士遜贈宣奉大夫……一九九九
故朝議大夫新除權户部侍郎致仕鄭雄飛贈通議大夫……一九九九
故通奉大夫寶章閣待制致仕陳振孫贈光禄大夫……二〇〇〇

後村先生大全集卷之七十六……二〇〇一

奏申狀……二〇〇一

江西倉辭免狀 己亥……二〇〇一
廣東被召辭免狀……二〇〇二
除侍右郎官辭免狀 癸卯……二〇〇二
江東提刑辭免狀 甲辰……二〇〇三
江東丐祠狀 甲辰……二〇〇四
除匠監直華文閣辭免狀 甲辰……二〇〇五
江東被召辭免狀 丙午……二〇〇六

再辭免……二〇〇七
辭免府少狀 丙午……二〇〇八
辭免賜同進士出身除秘少狀 一 丙午……二〇〇九
再……二〇一〇
三……二〇一一
四……二〇一二
辭免兼殿講第一狀……二〇一三
二……二〇一四
三……二〇一五
辭免兼權中舍狀……二〇一五
第二狀……二〇一六
乞免行上四房申省狀……二〇一七
除寶文漳州辭免狀 丁未……二〇一八
再辭免……二〇一九
回申免辭朝……二〇二〇
除宗少辭免狀 戊申……二〇二〇

再……二〇二一
除舊職知漳州回申狀……二〇二二
除秘撰福建憲辭免狀 戊申……二〇二三
除秘監辭免申省狀 庚戌……二〇二四
辭免兼直院奏狀 辛亥……二〇二五
再辭免申省狀……二〇二七
辭免兼殿講奏狀……二〇二八
二……二〇二九
辭免修史奏狀……二〇三〇
二……二〇三一
辭免兼史館同修撰奏狀……二〇三二

後村先生大全集卷之七十七……二〇三三

奏申狀……二〇三三
辭免兼侍講奏狀 辛酉三月……二〇三三
辭免申省狀……二〇三四

乞免兼中舍奏狀……二〇三五
辭免除兵侍奏狀 辛酉四月……二〇三五
再辭免奏狀……二〇三七
三辭免申省狀……二〇三八
辭免除仍兼中舍奏狀……二〇三八
再辭免奏狀……二〇四〇
乞引年奏狀……二〇四一
二……二〇四二
辭免除權工書奏狀 壬戌三月……二〇四三
再辭免奏狀……二〇四四
三辭免申省狀……二〇四五
辭免陞兼侍讀奏狀……二〇四六
再辭免申省狀……二〇四七
乞以楚王伯昨遺事宣付史館奏狀……二〇四八
壬戌乞引年奏狀……二〇四九
辭免除寶章閣學士知建寧府奏狀 壬戌八月……二〇五〇

再辭免奏狀……二〇五一
三辭免申省狀……二〇五二
甲子乞納禄奏狀……二〇五三
辭免特除龍圖閣學士仍舊致仕奏狀 戊辰六月……二〇五四
申省狀……二〇五五
再奏……二〇五六
薦林中書自代奏 特除焕學致仕日……二〇五七
薦陳禮部自代奏狀 龍學致仕日……二〇五八

後村先生大全集卷之七十八

後村先生大全集卷之七十八……二〇五九

奏申狀

奏申狀……二〇五九
辭免除起居舍人奏狀……二〇五九
再……二〇六〇
三……二〇六一
乞免兼太常少卿申省狀……二〇六二
辭免陞兼侍講奏狀……二〇六二

再……二〇六四
求宸翰奏劄　辛亥……二〇六四
乞祠狀……二〇六五
再……二〇六六
三……二〇六八
四……二〇六九
五……二〇七〇
六……二〇七一
乞掛冠狀　辛亥……二〇七一
再……二〇七二
辭免右文殿修撰知建寧申省奏狀　壬子……二〇七三
辭免兼漕申省狀……二〇七四
辭免右文殿修撰提舉明道宫申省狀　壬子……二〇七五
辭免除都大申省狀　乙卯……二〇七六
庚申乞休致申省狀……二〇七七
庚申辭免除秘書監申省狀……二〇七八

辭免除起居郎奏狀　庚申……二〇七九
辭免兼權中舍奏狀……二〇八〇
再……二〇八一
辭免權兵侍兼直院兼中舍奏狀　庚申十一月……二〇八二
再……二〇八三
三……二〇八三
辭免兼史館同修撰奏狀　庚申十二月……二〇八四
宣索文集回奏狀……二〇八五
再……二〇八六
自劾奏狀　辛酉正月……二〇八六
進文集劄　辛酉……二〇八七
回奏御筆奬諭所進猥藁劄……二〇八八
乞祠奏狀……二〇八九

後村先生大全集卷之七十九

……二〇九一
廣鹽江臬二司申奏狀……二〇九一

乞免循梅惠州賣鹽申省狀 廣東 …… 二〇九一
録回降省劄 …… 二〇九三
與都大司聯銜申省乞爲饒州科降米狀 以下並江東 …… 二〇九四
按信州守臣奏狀 …… 二〇九九
爲弋陽知縣王庚應申省狀 …… 二一〇二
減放鹽錢申省狀 …… 二一〇四
爲池州通判厲髯翁申乞平反賞狀 …… 二一〇五
辟休寧知丞洪燾充本司幹官申省狀 …… 二一〇七
爲蘇棼申省狀 …… 二一〇八
按發張記等奏檢 …… 二一〇九
按饒州路分葉淮奏狀 …… 二一一三

後村先生大全集卷之八十 …… 二一一五

掖垣繳駁 日記附 …… 二一一五
繳新知惠州趙希君免朝辭奏狀 …… 二一一五
繳龔基先淮東運判奏狀 …… 二一一七

掖垣日記……二一九

奏乞坐下史嵩之致仕罪名狀　十二日……二一九
録丞相柬　十三日……二二一
宣諭　十三日……二二一
回奏　十三日……二二二
乞寢史嵩之職名奏狀　十五日　不付出……二二二
宣諭……二二三
第二奏狀　十六日　不付出……二二三
宣諭　十六日……二二四
回奏　十六日……二二四
第三奏狀　十七日……二二五
録謝侍郎回奏　十九日……二二五
乞祠申省狀　二十日……二二六
録丞相柬并御槧　十二月二十二日夜……二二七
跋語……二二七

後村先生大全集卷之八十一……二一三七

掖垣繳駁 看詳狀附

掖垣繳駁 看詳狀附……二一三七
繳秦九韶知臨江軍奏狀……二一三七
繳趙汝攀通判淮安州奏狀……二一三九
繳師應極知漳州奏狀……二一四〇
繳令狐震己辟差知象州奏狀……二一四一
繳麋弇令赴行在奏事奏狀……二一四二
繳李桂監察御史兼崇政殿説書奏狀……二一四四
繳厲文翁依前資政殿學士知建康府沿江制置使江東安撫使兼行宮留守暫兼淮西
總領奏狀 初五日未時，同徐給事。……二一四五
再繳奏狀 初五日酉時，再同徐給事。……二一四六
三繳奏狀 初五夜二更，同徐給事。……二一四七
繳回御筆奏劄 初五夜……二一四八
與丞相簡 初五日午時……二一四九
録丞相回柬 初五日酉時……二一五〇

又柬　初五日酉時……………………二一五〇
三　初六日……………………二一五一
録丞相回柬　初六夜……………………二一五一
與丞相劄　初六夜……………………二一五二
録丞相回劄　初七日……………………二一五三
録丞相回給事柬……………………二一五三
録給事回丞相柬……………………二一五四
學士院繳奏……………………二一五五
繳史宇之除工部侍郎辭免奏　辛亥八月……………………二一五五
再繳奏　八月十一日……………………二一五七
與廟堂劄　八月十三日……………………二一五七
後省看詳申省狀……………………二一五八
浙東提舉林光世所上景定嘉言狀……………………二一五八
歐陽經世進中興兵要申省狀……………………二一六〇
太學生列劄薦奚滅申省狀……………………二一六一
看詳阮秀實進所撰文藁申省狀……………………二一六二

魏國表所上進太極通書解忠烈節孝二傳中省狀……二一六三
稽山書院山長薛據所上進孔子集語相臣撰鑑狀……二一六四
後村先生大全集卷之八十二……二一六七
玉牒初草……二一六七
寧宗皇帝 嘉定十一年……二一六七
後村先生大全集卷之八十三……二一八三
玉牒初草……二一八三
寧宗皇帝 嘉定十二年……二一八三
後村先生大全集卷之八十四……二一九九
商書講義……二一九九
盤庚中……二一九九
盤庚下……二二〇七
論語講義 一……二二一二

後村先生大全集卷之八十五……二三三一
論語講義　二……二三三一
周禮講義……二三三四
後村先生大全集卷之八十六……二三三九
進故事……二三三九
丙午九月二十日……二三三九
丙午十二月初六日……二三四〇
辛亥六月九日……二三四二
辛亥七月初十日……二三四四
辛亥九月二十日……二三四六
辛亥閏月初一日……二三四七
辛酉正月二十八日……二三四九
辛酉三月十八日……二三五一

後村先生大全集卷之八十七……二三五三
進故事……二三五三
辛酉六月初九日……二三五三
辛酉七月十五日……二三五五
辛酉八月二十日……二三五七
辛酉十月廿九日……二三六〇
壬戌寅月初十日……二三六二
壬戌三月初三日……二三六三
壬戌七月初六日……二三六五
後村先生大全集卷之八十八……二三六九
記　一十七首……二三六九
雲泉精舍……二三六九
古田縣廣惠惠應行祠……二三七〇
新修三步泄……二三七二

興化軍新城……二二七三
重脩太平陂……二二七五
重脩通判廳……二二七七
聽雨堂……二二七八
陳曾二使君生祠……二二七九
興化軍創平糶倉……二二八二
福清縣創大參陳公生祠……二二八四
漳州代輸丁錢……二二八五
登聞檢院續題名……二二八七
華亭縣建平糶倉……二二八八
汀州重建譙樓……二二八九

後村先生大全集卷之八十九……二二九三

記……二二九三
端平江閫題名……二二九三
建寧府新建譙樓……二二九四

邵武軍新建郡治譙樓……二二九六
建寧府學重建明倫堂……二二九八
龍溪縣復平糶倉……二二九九
味書閣 爲徐德夫右司作……二三〇二
漳州鶴鳴庵……二三〇三
鄂州貢士田……二三〇五
風月窩……二三〇七
修復艾軒祠田……二三〇八
建陽縣廳續題名……二三一〇
晉江縣飛烏堂……二三一二
淮東總領所寬廉堂……二三一四
南劍州創延安橋……二三一六
澧州重建州學……二三一八

後村先生大全集卷之九十……二三二一

記……二三二一

廣州重建清海軍雙門……一二三一
專壑堂……一二三三
御書撫州忠孝堂……一二三五
福建安撫司二準備差遣廳……一二三七
寧都縣新築城……一二二九
饒州新城……一二三〇
城山三先生祠……一二三二
泉州重建忠獻堂……一二三五
邵武軍軍學貢士莊……一二三六
福州濬外河……一二三七
建陽縣增買賑糶倉田……一二四〇
陟思庵……一二四二

後村先生大全集卷之九十一

……一二四五
記……一二四五
羣山囿堂……一二四五

潮州修韓文公廟……二三四七
山中祠堂……二三四九
孝思堂……二三五〇
重建忠景趙侯廟……二三五一
饒州天慶觀新建朝元閣……二三五三
雲峰院重修建法堂……二三五五
藏庵後記……二三五八
瑞金縣重修社稷壇……二三五九
孝友堂……二三六〇
林氏一門忠義祠堂……二三六一
絅錦齋……二三六四
重建九座太平院……二三六四
風亭新建妃廟……二三六七

後村先生大全集卷之九十二……二三六九

記……二三六九

汀州重修學……二三六九
獨不懼齋……二三七一
小孤山……二三七二
碧栖山房……二三七三
惟孝庵……二三七五
順寧精舍……二三七六
福清縣重建譙樓……二三七八
協應錢夫人廟……二三八〇
協應李長者廟……二三八三
惟孝庵後記……二三八六
惟友庵……二三八七
義勇普濟吳侯廟……二三八九
雪溪亭……二三九一
趙氏義學莊……二三九三

後村先生大全集卷之九十三

後村先生大全集卷之九十三……二三九七
記……二三九七
水村堂……二三九七
新築石塘……二三九九
林寒齋烝嘗田……二四〇〇
漳州諭畲……二四〇一
薦福院方氏祠堂……二四〇四
宴雲寺玉陽先生韓公祠堂……二四〇八
芹澗橋……二四一〇
鐵壁堂……二四一二
泉山書院……二四一四
雷院……二四一六
潮州司理廳……二四一七
重建靈祐廟皷樓……二四一八

後村先生大全集卷之九十四……二四二一

序……二四二一
甲申同班小録……二四二一
和平志 代人……二四二二
送陳子東……二四二三
劉圻父詩……二四二四
送高上人……二四二五
陳敬叟集……二四二六
瓜圃集……二四二七
退庵集……二四二八
艾軒集……二四三〇
野谷集 趙漕汝鐩……二四三一
賈仲潁詩……二四三二
水木清華詩……二四三三
張尚書集……二四三四

王南卿集……二四三六
石塘閑話……二四三七
竹溪詩……二四三八
王子文詩……二四三九
趙寺丞和陶詩……二四四一
趙虚齋注莊子内篇……二四四二
唐五七言絶句……二四四三
本朝五七言絶句……二四四四
中興五七言絶句……二四四五

後村先生大全集卷之九十五……二四四七

序……二四四七

王隱君六學九書……二四四七
季父易藁……二四四九
張昭州集……二四五〇
網山集……二四五二

樂軒集……二一四五三
江西詩派……二一四五五
總序……二一四五五
黄山谷……二一四五五
後山……二一四五六
韓子蒼……二一四五六
徐師川……二一四五七
潘邠老……二一四五七
三洪……二一四五七
夏均父……二一四五八
二謝……二一四五八
二林……二一四五八
晁叔用……二一四五九
汪信民……二一四六〇
李商老……二一四六一
三僧……二一四六一

高子勉……二四六一
江子之……二四六一
李希聲……二四六二
楊信祖……二四六二
吕紫微……二四六二
鐵庵遺稿……二四六六
劉尚書集……二四六七

後村先生大全集卷之九十六……二四七一

序……二四七一
王與義詩……二四七一
韓隱君詩……二四七二
林同孝詩……二四七三
迂齋標註古文……二四七五
德興義田……二四七六
送卓渙之羅浮……二四七七

山中別集……二四七九
慶元縣鄉飲酒……二四八〇
送葉大明日者……二四八一
吳歸父詩……二四八三
林同詩……二四八四
刻楮集……二四八五
竹溪集……二四八六
徐先輩集……二四八八
送謝旿……二四九一
送葉童子……二四九二
後村先生大全集卷之九十七……二四九五
序……二四九五
仙谿志……二四九五
宋去華集……二四九六
陳天定漫藁……二四九七

晚覺閑藁……二四九八
翁應星樂府……二四九九
唐絶句續選……二五〇〇
本朝絶句續選……二五〇一
中興絶句續選……二五〇二
教海要津……二五〇三
趙逢原詩……二五〇四
葉朝瑞詩……二五〇六
蕭居士書華嚴經……二五〇七
宋希仁詩……二五〇八
宋希仁四六……二五〇九
聽蛙詩……二五一〇
通鑑記纂……二五一一
詩境集……二五一二
楊彦侯集……二五一五
茶山誠齋詩選……二五一六

嘉禾縣圖經……二五一七
信庵詩……二五一九

後村先生大全集卷之九十八……二五二一

序……二五二一

刻楮集後序……二五二一
辛稼軒集……二五二二
平湖集……二五二三
曹東畑集……二五二五
林太淵文藁……二五二七
游受齋集……二五二九
宗忠簡遺事……二五三一
虞德求詩……二五三四
閑話緒餘……二五三五
勿失集……二五三六
李後林詩……二五三七

徐貢士百梅詩……二五三九
林子㬎詩……二五四〇
二林詩後……二五四一
送林太淵赴安溪……二五四二

後村先生大全集卷之九十九……二五四五

題跋……二五四五

黄録參廣西平蠻録……二五四五
何秀才詩禪方丈……二五四六
南城包生行卷……二五四六
孚若贈翁應叟歲寒三友圖……二五四七
朱相士贈卷……二五四七
夏元鼎悟真篇陰符經入藥鏡註……二五四八
姚鏞縣尉文藳……二五四九
日者葉宗山行卷……二五五〇
真仁夫詩卷……二五五〇

黄勉齋書卷後……二二五五一
王秘監合齋集……二二五五一
宋母墓表 趙昌父作。宋自適母。……二二五五二
陸氏墓誌……二二五五二
宋自適詩……二二五五三
灌園蘇翁事蹟……二二五五三
李耘子所藏其兄公晦詩評……二二五五四
輝上人攜其父所作偈求跋……二二五五四
陳户曹詩卷……二二五五五
李耘子詩卷……二二五五五
吴孝子傳……二二五五六
張季文卷……二二五五七
章援致平與坡公書……二二五五七
西山贈日者郭生序……二二五五八
蘇子美帖……二二五五九
東坡與歐陽棐帖……二二五五九

米元章焦山銘……二五六〇
閩王帖……二五六〇
東坡墨蹟……二五六一
楊補之墨梅……二五六一
惠崇小景……二五六二
趙大年小景……二五六二
東坡辭承旨乞郡奏藁……二五六二
李伯時羅漢……二五六三
恭跋欽宗皇帝宸翰……二五六四
恭跋高宗皇帝親征詔……二五六四
李賈縣尉詩卷……二五六四
徐寶之貢士詩……二五六五
仲弟詩……二五六六
單父趙氏事實　爲趙小坡而作……二五六七
梅谷集……二五六八
黄慥詩……二五六八

黄愷文卷……二五六九
王元度詩……二五七〇
劉叔安感秋八詞……二五七一
二李易説……二五七一

後村先生大全集卷之一百……二五七三

題跋……二五七三

傅自得文卷……二五七三
林去華省題詩……二五七四
吕炎樂府……二五七四
安溪縣義役規約……二五七五
表弟方遇詩……二五七六
趙司令楷詩卷……二五七七
趙司令楷沙市辨誣……二五七八
董明府叔宏溪莊圖詠……二五七八
唐察院文藁……二五八〇

唐察院判案……二五八一
許介之詩卷……二五八二
文章正宗……二五八三
趙明翁詩藁……二五八四
泉州歲賜宗室度牒聖旨跋語 代西山作……二五八五
鄭樞密與族子仲度詩……二五八六
嚴某和坡詩……二五八六
陳教授杜詩補註……二五八七
贈楊醫……二五八八
何伸詩……二五八九
益公親書艾軒神道碑後……二五八九
趙公綱摘稿……二五九〇
方寔孫樂府……二五九〇
方寔孫詠史詩……二五九一
南溪詩……二五九二
李監簿墓誌 用之之父……二五九四

西山與李用之書……二二五九五
西山與丘宣義書……二二五九五
林氏瑞雲山圖……二二五九六

後村先生大全集卷之一百丹一……二二五九九

題跋……二二五九九

宋氏絶句詩……二二五九九
趙忠定公朱文公與林井伯帖……二二六〇〇
建陽馬揖菊譜……二二六〇一
艾軒繳新除殿中侍御史書黄奏藁……二二六〇二
朱文公與陳丞相書……二二六〇三
柯崑文詩……二二六〇三
宋吉甫和陶詩……二二六〇四
卓君景福臨淳化集帖……二二六〇五
王實齋送林叢桂序……二二六〇六
李敏膚行卷……二二六〇七

先君與貴溪耿氏書後……二六〇七
御製二銘跋……二六〇八
樂平吳桑書説……二六〇九
贈上饒日者吕丙……二六一一
汪薦文卷……二六一二
裘元量司直詩……二六一三
宋自達梅谷序……二六一四
宋自達詩……二六一五
程垣詩卷……二六一五
趙戣詩卷……二六一六
葉介文卷……二六一七
贈日者許澄之……二六一七
東園方氏帖……二六一八
蔡端明茶録……二六一八
蔡端明臨真草千文……二六一九
蔡端明臨唐太宗哀册……二六二〇

蔡端明三司日録……二六二〇
山谷書范滂傳……二六二一
王元邃詩……二六二三

後村先生大全集卷之一百丹二……二六二五

題跋……二六二五

聽蛙方氏帖……二六二五
東坡穎師聽琴水調及山谷帖……二六二五
蔡端明帖……二六二六
又……二六二六
朱文公與方耕道帖……二六二七
南軒與方耕道帖……二六二八
南軒送方耕道詩……二六二八
魯簡肅吳文肅宋次道帖……二六二九
蘇才翁二帖……二六三〇
劉原父陳述古帖……二六三〇

趙清獻公帖……二一六三一
陳了翁鄭介夫帖……二一六三一
余襄公帖……二一六三二
陳懶散王晉卿帖……二一六三二
題丘攀桂月林圖……二一六三三
許教一鶚廷對策……二一六三四
跋東園方氏帖……二一六三五
韓致光帖……二一六三五
蔡端明書唐人詩帖……二一六三六
林竹溪禊帖……二一六三七
斷石本……二一六三七
定武本……二一六三八
三段石本……二一六三八
跋林竹溪書畫……二一六三九
伯時臨韓幹馬……二一六三九
戴崧牛……二一六三九

王摩詰渡水羅漢……二一六四〇
江貫道山水……二一六四一
厲歸真夕陽圖……二一六四一
韓幹三馬……二一六四二
信庵墨梅……二一六四三
李伯時畫十國圖……二一六四三
米南宮帖……二一六四四
跋放翁與曾原伯帖……二一六四五
舊潭帖……二一六四六
跋馬和之覓句圖……二一六四八
石鼎聯句圖……二一六四八
楊通老移居圖……二一六四九
又題……二一六五〇
石虎禮佛圖……二一六五〇
明皇聽笛圖……二一六五一

後村先生大全集卷之一百丹三……二六五三
題跋……二六五三
墨林方氏帖……二六五三
仁宗宸翰……二六五三
徽宗宸翰三……二六五三
欽宗宸翰四……二六五四
高宗宸翰四……二六五六
孝宗宸翰十五……二六五八
錢忠懿王帖……二六六一
趙忠獻王……二六六二
王魏公送中舍詩……二六六三
宋元憲……二六六三
文潞公……二六六四
韓魏公……二六六四
富鄭公……二六六五

杜祁公……二六六五
曾魯公韓康公……二六六六
荆公……二六六六
温公……二六六七
吴正憲……二六六八
吕汲公……二六六九
范忠宣……二六六九
劉忠肅……二六七〇
蘇魏公……二六七〇
張文懿……二六七一
小吕申公……二六七一
魯肅簡包孝肅……二六七一
趙清獻……二六七二
邵安簡……二六七二
馮樞使……二六七二
韓門下……二六七三

宋樞密王内翰詩……二一六七三
楊文公……二一六七三
歐陽文忠公……二一六七四
蔡忠惠……二一六七五

後村先生大全集卷之一百丹四……二一六八一

題跋……二一六八一

墨林方氏帖……二一六八一
梅都官……二一六八一
賈内翰……二一六八二
沈内翰叡達……二一六八二
宋龍學……二一六八三
蘇文忠公……二一六八三
李舍人……二一六九〇
唐内翰諫院……二一六九〇
錢内翰……二一六九一

張浮休……二六九一
劉元城……二六九一
陳了翁……二六九二
陳殿院帖……二六九二
鄒道鄉……二六九三
鄭介夫……二六九三
黄魯直……二六九四
秦少游……二六九五
蘇才翁子美……二六九五
陳懶散……二六九六
張義祖……二六九六
周越……二六九七
米元章……二六九八
張無盡……二六九八
丁章呂蔡……二七〇〇
鄭德言書畫……二七〇一

坡公進紫薇花詩真蹟……二七〇一
西園雅集圖……二七〇二
巨然春溪欲雨圖……二七〇二
王輔道所作河東方澧墓誌……二七〇三
陳丞相家所藏御書二……二七〇四
復齋臨蘭亭……二七〇五
虛齋書畫……二七〇五
禊三帖……二七〇五
胡笳十八拍……二七〇六

後村先生大全集卷之一百丹五……二七〇七

題跋……二七〇七
方一軒諸帖……二七〇七
閣帖……二七〇七
絳帖……二七〇九
盧鴻草堂圖……二七〇九

亞栖書……二七一〇
高宗御札……二七一一
蔡公帖十二……二七一一
杜祁公帖……二七一三
唐彦猷諸公帖……二七一四
御賜滕元發畫馬圖……二七一四
四諫帖 後有孫尚書仲益跋……二七一五
東坡玉堂詞草……二七一五
蘇黄小米帖……二七一五
元祐王樞密奏藁……二七一六
李承之諸帖……二七一七
曾子開鄒道鄉帖……二七一八
李忠定手抄詩……二七一八
許右丞諸賢書……二七一九
鄧栟櫚宇文樞密詩帖……二七二〇
江民表三賢帖……二七二一

朱張書……二七二二
夾漈艾軒帖……二七二二
小米二徐吳傳朋書……二七二三
中興三相帖……二七二三
中興諸相帖……二七二四
陳懶散帖……二七二四
小米畫……二七二五
妙善帖……二七二五
丁晉公諸帖……二七二六
花光補之梅……二七二六
蔡公書朝賢送行詩序……二七二七
再跋……二七二七
又蔡公書四軸……二七二八
唐明皇鶺鴒頌……二七二九
又……二七二九
好一集録……二七三〇

乾道學官詩卷……二一七三一

後村先生大全集卷之一百丹六……二一七三三

題跋……二一七三三

方蒙仲通鑑表微……二一七三三
方蒙仲記過集……二一七三四
趙南安餞行卷……二一七三五
何謙詩……二一七三五
趙阜示王李徐三賢書……二一七三六
方汝一文卷……二一七三七
林灝翁詩……二一七三八
再跋陳禹錫杜詩補註……二一七三九
郡學刊文章正宗……二一七四〇
林景復北地詩……二一七四一
庚戌寫真贈徐生……二一七四二
又贈陳汝用……二一七四三

楊浩禋祀賦……二七四四
黄孝邁長短句……二七四四
清源新志……二七四五
林合詩卷……二七四六
張天定四六……二七四七
方景絢詩……二七四八
方汝玉行卷……二七四九
何謙近詩……二七五〇
趙孟侒詩……二七五〇
周夢雲詩文……二七五一
胡計院七思詩卷……二七五二
趙崇彪詩……二七五二
韓氏舊聞……二七五三
方至文房四友除授四六……二七五五

後村先生大全集卷之一百丹七……二七五七

題跋……二七五七

西山帖……二七五七
爲徐國録跋西山先生帖……二七五八
管生字説後……二七五九
何統制詩……二七五九
坡公書韓詩……二七六〇
吳垚投匭書後……二七六〇
余氏四以齋銘……二七六一
跋聽蛙方氏帖……二七六二
歐蔡二公帖……二七六二
蔡公十帖……二七六三
坡二帖……二七六三
古靈帖……二七六四
曾文昭帖……二七六五

江民表帖……二七六五
又……二七六六
李趙二相帖……二七六六
吕紫微大慧帖……二七六七
陳懶散帖……二七六八
黄牧四六……二七六八
臞軒王卿帖……二七六九
趙崇安詩卷……二七七〇
周從龍長語……二七七一
李洞齋梅供詩卷……二七七二
再題林合詩……二七七二
方汝一班史贊後……二七七三
蔡忠惠公國論要目真蹟……二七七五
王用和行卷……二七七六
方實孫經史説……二七七六
龍眠畫四天王　以下三篇爲林孟芳作……二七七八

楊補之詞畫……二七七八
花光梅……二七七九
二大父遺文……二七八〇
退齋遺稿……二七八一

後村先生大全集卷之一百丹八……二七八三

題跋……二七八三

崔菊坡與劉制置書……二七八三
陳正獻家藏御札二軸……二七八五
巽嶽降靈圖……二七八五
趙南塘洪平齋湯晦静遺墨……二七八六
尤溪趙琺廷策……二七八七
起余草堂詩……二七八九
趙倅與灝條具斡腹事宜狀……二七九一
居厚弟詩……二七九四
黄孝邁四六……二七九五

再題黄孝邁長短句……二七九六
恭跋阜陵御書韋詩……二七九七
恭跋思陵書韓翃詩……二七九七
黄户曹梅詩……二七九八
林通議遺墨……二七九九
紹興獎諭詔……二八〇〇
周天益詩……二八〇二
黄珩和梅絶句……二八〇三
翀甫姪四友除授制……二八〇四
真窖遺文……二八〇五
方元吉詩……二八〇六
陳公儲作山龍自跋詩皆精妙戲題其後……二八〇八
喻景山例略賦集句詩卷……二八〇八
王實之與喻淮東書……二八〇九
楊公節論語講義……二八一〇
通上人詩卷……二八一一

後村先生大全集卷之一百丹九 …… 二八一三

題跋 …… 二八一三

術者施元龍行卷 …… 二八一三
孫夢得習齋 …… 二八一四
蘇澤先天太極論 …… 二八一四
陳邁高梅詩 …… 二八一五
劉景山教學詩 …… 二八一五
三山薛璞講義 …… 二八一六
章仲山詩 …… 二八一七
鄭大年文卷 …… 二八一八
嚴愨上舍詩卷 …… 二八一八
曹夢祥石巖集 …… 二八一九
劉灝詩集 …… 二八二〇
建寧縣平寇録 …… 二八二一
陳秘書集句詩 …… 二八二二

信庵爲包君用作墨梅……二八二三
二戴詩卷……二八二四
董樸發幹文藁……二八二四
爲徑山聞老跋宸翰……二八二五
蕭棟所藏畫卷……二八二六
方梅卿和御製聞喜燕詩……二八二六
再跋宇文肅愍公詩……二八二七
黄龍南禪師真蹟……二八二七
宗上人所藏楊文公劉寶學朱文公三帖……二八二八
給事徐侍郎先集……二八二八
包侍郎六官疑辨……二八二九
劉瀾樂府……二八三一
吳必大檢察山林素封集……二八三一
歐良司户文卷……二八三二
蔣廣詩卷……二八三三
毛震龍詩藁……二八三四

黄挺之詩卷……二八三四
贈鄭潛……二八三五
魏司理定清梅百詠……二八三五
江山王明府尚友堂詩跋……二八三六
松山趙氏義莊規約……二八三七
崇蘭圖詩跋……二八三八
再題……二八三八
姚南一齋名……二八三九
李炎子詩卷……二八三九
跋梅窗程公坦詩卷……二八四一

後村先生大全集卷之一百一十……二八四三

題跋……二八四三
聽蛙方氏墨蹟七軸……二八四三
三處士贈告……二八四五
綱山……二八四五

樂軒……二八四五
寒齋……二八四六
朱文公帖……二八四七
李巖孫詩卷……二八四八
刁通判詩卷……二八四九
蘇才翁二帖……二八五〇
林子彬詩……二八五〇
趙卿遺藁……二八五一
跋鄭子善通守諸帖 至……二八五二
淳化帖……二八五二
法帖第九卷……二八五三
禊帖 一……二八五三
禊帖 二……二八五三
樂毅論……二八五四
黄庭經……二八五四
遺教經……二八五四

率更千字文……二八五四
徐會稽題經……二八五四
懷素草書……二八五五
五季遺墨……二八五五
閱古堂詩刻……二八五五
坡公石鍾山記……二八五五
二蘇公中秋月詩……二八五六
總跋……二八五六
慈濟籤……二八五八
鄭子善絳帖……二八五九
顔權縣福清詩卷……二八六〇
朱文公書一軒二字……二八六〇
通首座手書二經……二八六一
高端禮詩卷……二八六二
江咨龍註梅百詠……二八六三
徐氏習射括要……二八六四

題龍溪蔡德容道院……二八六四
徐總管詩卷 汝乙……二八六五
莊龍溪民謡……二八六六
柯豈文近詩……二八六七
福清黄尉字説……二八六八
竹溪所藏方次雲與夾漈帖……二八六九
恭跋穆陵宸翰……二八七〇
恭跋昭陵飛帛書……二八七一
黄貢士詩卷……二八七二
傅渚詩卷……二八七四
鄭南恩家陳復齋遺墨……二八七五

後村先生大全集卷之一百一十一……二八七七

題跋……二八七七
吳帥卿雜著……二八七七
恕齋記……二八七七

恕齋詩存藁……二八七八
恕齋平心録……二八七八
恕齋讀易詩……二八七九
恕齋講義……二八七九
徐氏二誥……二八八〇
又……二八八一
右軍畫讚……二八八二
右軍禊帖……二八八三
率更千文……二八八三
蘭亭辨考……二八八三
趙志仁百韻柞木詩……二八八四
坡公題背面美人行……二八八五
林和靖遺墨……二八八五
徐總管雨山堂詩……二八八六
蒲領衛詩……二八八七
林和靖帖……二八八八

鍾肇史論……二八八八
毋惰趙資政奏藁……二八八九
毋惰趙公辭執政恩數箚……二八九一
毋惰趙公與兄子書……二八九二
湯埜孫長短句又四六……二八九三
張文學詩卷……二八九五
桐鄉艾軒所作富文行狀誌銘……二八九六
方名父松竹梅三友除授四六後語……二八九七
顧貢士文英詩傳演說柳氏國語辨非後叙……二八九八
方俊甫小藁 元英……二九〇〇
徐貢士百梅詩註 用虎……二九〇一
趙靜齋詩藁後叙……二九〇二
建德縣賑糶本末……二九〇四
章南舉小藁……二九〇六
丘撫幹遺藁 升……二九〇七
莊侍郎行實……二九〇八

魏鶴山南平江使君墓碑……二九〇九
山甫家書……二九一〇
李翰林集……二九一〇

後村先生大全集卷之一百一十二

……二九一一

字說 雜記附

……二九一一
二趙……二九一一
陳倩玉女……二九一二
周士姪……二九一二
趙倅建叔……二九一三
達卿姪……二九一四
方郎居之……二九一五
方郎立道……二九一六
黃有容……二九一七
心泉……二九一八
謚議……二九一九

侍講朱公覆謚議……二九一九
雜記……二九二一

後村先生大全集卷之一百一十三……二九三三

表牋……二九三三
袁州到任謝表……二九三三
廣東提舉到任謝表……二九三四
廣東除運判謝到任表……二九三五
江東提刑謝到任表……二九三六
貢布表　袁州……二九三七
謝戒諭贓吏表　江東憲司……二九三七
明堂禮成賀表……二九三八
賀皇后牋……二九三九
進銀狀……二九四〇
謝明堂赦表……二九四〇
除將作監直華文閣謝表……二九四一

謝賜同進士出身表……二九四二
經筵進講禮記徹章謝轉官表……二九四三
除秘撰福建提刑謝到任表……二九四四
謝賜宸翰表……二九四五
謝除權兵侍兼中書直院表……二九四六
謝皇太子牋……二九四七
謝兼侍講表……二九四八
謝皇太子牋……二九四九
謝除兵侍表……二九四九
謝皇太子牋……二九五〇
侍從賀宣繫駙馬表……二九五一
謝除權工書表……二九五二
謝皇太子牋……二九五二
謝陞兼侍讀表……二九五三
謝皇太子牋……二九五四
周漢國公主薨從官慰皇太子牋……二九五五

謝宣賜御書扇金器纈羅香茶表……二九五五
謝除寶章閣學士知建寧府表……二九五六

後村先生大全集卷之一百一十四……二九五九

表牋……二九五九
賀皇太子妃誕育皇孫表……二九五九
賀皇后牋……二九五九
賀皇太子牋……二九六〇
賀天基節表 癸亥……二九六〇
賀皇后牋……二九六一
賀皇太子牋……二九六一
賀明堂禮成表 癸亥……二九六二
賀皇后牋……二九六二
賀皇太子牋……二九六三
賀冬至表 癸亥……二九六三
賀皇后牋……二九六四

賀皇太子牋……二九六四
賀天基節表 甲子……二九六五
賀皇后牋……二九六五
賀皇太子牋……二九六六
賀正旦表……二九六六
賀皇后牋……二九六七
賀皇太子牋……二九六七
謝進封開國子表……二九六八
謝皇后牋……二九六八
謝皇太子牋……二九六九
謝除煥章閣學士致仕表……二九六九
謝皇太子牋……二九七〇
大行皇帝升遐慰皇帝表……二九七一
慰皇太后表……二九七一
賀皇帝登極表……二九七二
今上登極賀皇太后表……二九七二

壽崇節賀表……二九七三
賀皇太后表 丙寅……二九七四
賀皇帝表……二九七四
賀皇后牋……二九七五
丙寅賀冬……二九七五
皇帝表……二九七五
皇太后表……二九七六
皇后牋……二九七六
丁卯賀年 按：「年」字原無，據小草本補。……二九七七
皇帝表……二九七七
皇太后表……二九七八
皇后牋……二九七八
丁卯賀郊祀……二九七九
皇帝表……二九七九
皇太后表……二九七九
皇后牋……二九八〇

乾會節賀皇帝表 丁卯 …… 一九八〇
賀皇太后表 …… 一九八一
賀皇后牋 …… 一九八二
賀冬至 丁卯 …… 一九八二
皇帝表 …… 一九八二
皇太后表 …… 一九八三
皇后牋 …… 一九八三
賀年表牋 戊辰 …… 一九八四
皇帝表 …… 一九八四
皇太后表 …… 一九八四
皇后牋 …… 一九八五

後村先生大全集卷之一百一十五

後村先生大全集卷之一百一十五 …… 一九八七
表牋 …… 一九八七
乾會節賀皇帝表 丁卯 …… 一九八七
賀皇太后表 …… 一九八八

賀皇后牋……二九八八
壽崇節賀皇太后表 丁卯……二九八九
賀皇帝表……二九八九
賀皇后牋……二九九〇
郊恩進封開國伯加食邑三百户謝表……二九九〇
謝皇太后表……二九九一
壽崇節賀皇太后表 戊辰……二九九二
賀皇帝表……二九九二
賀皇后牋……二九九三
乾會節賀皇帝表 戊辰……二九九三
賀皇太后表……二九九四
賀皇后牋……二九九四
賀生皇太子表牋……二九九五
皇帝表……二九九五
皇太后表……二九九六
皇后牋……二九九六

除龍學謝皇帝表……二九九七
謝皇太后表……二九九八
謝皇后牋……二九九八
代作……二九九九
擬謝宣召入院表 代西山……二九九九
擬謝學士表 代西山……三〇〇〇
擬謝衣帶鞍馬表 代西山……三〇〇一
代西山丐祠表……三〇〇二
代西山辭資政殿學士京祠侍讀表……三〇〇三
代西山上遺表……三〇〇三
擬謝吏侍兼給事中表 爲洪丈作……三〇〇五
代謝兵部尚書表 爲余子壽作……三〇〇七
代曾知院上遺表……三〇〇八

後村先生大全集卷之一百一十六……三〇一一

啓……三〇一一

上傅侍郎……三〇一一
賀制置李尚書……三〇一二
謝制置李尚書……三〇一四
謝傅侍郎舉著述……三〇一五
賀安宣撫除少保……三〇一七
賀傅諫議休致……三〇一八
代通趙西宗……三〇二〇
赴辟廣西通帥……三〇二一
謝聶侍郎舉著述……三〇二二
改官謝丞相……三〇二三
謝胡禮侍衛舉著述……三〇二四
謝鄉郡應詔薦舉……三〇二五
謝傅諫議應詔薦舉……三〇二六
通安撫王侍郎……三〇二七
通建守葉尚書 時……三〇二八
回交代葉承議……三〇三〇

謝臺官舉陞陟……三〇三一
謝聶閣學舉自代……三〇三二
謝葉尚書舉政績……三〇三三
謝沈提舉薦政績……三〇三五
謝葉秘監舉陞陟……三〇三六

後村先生大全集卷之一百一十七……三〇三九

啓……三〇三九

謝王侍郎舉所知……三〇三九
上鄭給事……三〇四〇
謝程内翰舉所知……三〇四一
除潮倅謝丞相……三〇四二
謝臺諫……三〇四四
除仙都觀謝丞相……三〇四五
謝臺諫……三〇四六
除吉倅謝丞相……三〇四八

代上西山……三〇四九
代謝西山……三〇五一
賀鄭丞相……三〇五二
除匠簿福建參議謝西山……三〇五三
謝丞相……三〇五四
謝兩參政……三〇五五
謝洪中書舉自代　咨夔……三〇五六
謝余中書舉自代　鑄……三〇五七
除宗簿謝丞相……三〇五八
除玉局觀謝二相……三〇六〇
除雲臺觀謝丞相……三〇六一
謝諸府……三〇六二
廣東提舉謝李丞相……三〇六三
通唐經略……三〇六四
賀右丞相還朝……三〇六五
廣東漕謝二相……三〇六六

後村先生大全集卷之一百一十八……三〇六九

啓

啓……三〇六九
除崇禧觀謝丞相……三〇六九
謝三府……三〇七〇
謝史端明……三〇七一
再除崇禧觀謝丞相……三〇七二
謝史端明……三〇七三
謝諸府……三〇七四
賀范左相……三〇七五
賀杜右相……三〇七六
賀鄭丞相除少保醴泉觀使兼侍讀……三〇七八
江東憲謝鄭少保……三〇七九
謝丞相……三〇八〇
謝給舍侍從……三〇八一
謝臺諫……三〇八二

賀謝司諫……三〇八三
賀劉察院……三〇八五
賀江察院……三〇八六
賀鄭少傅……三〇八七
除將作監直華文閣謝丞相……三〇八八
謝臺諫給舍侍從……三〇八九
賀鄭少師……三〇九〇
賀游丞相……三〇九二

後村先生大全集卷之一百一十九

後村先生大全集卷之一百一十九……三〇九五
啓……三〇九五
賀湯司諫……三〇九五
賀江小坡……三〇九六
賀鄭侍御……三〇九六
賀謝殿院……三〇九八
謝閣學王侍郎薦自代　遂……三〇九九

受告謝程中書 公許……三一〇〇
謝王侍郎舉自代 埜……三一〇一
回賈制置……三一〇二
答韓徽州……三一〇二
答池州魏通判……三一〇三
賜第謝丞相……三一〇四
謝鄭少師……三一〇五
謝趙知院……三一〇六
謝陳大參……三一〇七
賀鄭丞相……三一〇七
二府……三一〇九
除秘撰閫憲謝丞相……三一一〇
謝三府……三一一一
謝侍從給舍……三一一二
除秘書監謝丞相……三一一三
諸府……三一一四

臺諫……三一一五
復右文殿修撰提舉明道宮謝丞相……三一一六
賀董丞相……三一一七
賀程樞參……三一一八
賀蔡樞密……三一二〇

後村先生大全集卷之一百二十

後村先生大全集卷之一百二十……三一二三
啓……三一二三
除明道祠謝丞相……三一二三
謝二府……三一二四
賀抑齋元樞休致……三一二五
回洪提刑……三一二六
賀賈丞相……三一二八
除寶學知建寧謝丞相……三一二九
謝三府……三一三〇
致仕謝丞相……三一三一

謝執政……三一三三
與馬中書……三一三四
回林中書……三一三五
謝廟堂 轉正議大夫……三一三六
賀賈丞相拜太師……三一三七
賀賈太師再相……三一三八
賀太師平章……三一三九
又別幅……三一四〇
進開國伯謝平章……三一四一
除龍學謝平章……三一四二
謝宰執……三一四三
謝馮給事……三一四四
謝盧中書……三一四五
答陳尚書……三一四五

後村先生大全集卷之一百二十一……三一四七
啓……三一四七
太夫人生日回張守 丁酉……三一四七
又 戊戌……三一四八
袁州回通判壽詩……三一四八
宜春方宰壽詩……三一四九
張守……三一四九
方蒙仲……三一四九
王實之……三一五〇
方德潤右史……三一五一
張使君……三一五二
顧知縣……三一五二
成丞……三一五三
戊申生日
王權郡……三一五三

徐國録……三一五四
王教授……三一五四
林知縣……三一五五
見任官……三一五五
諸士友……三一五六
方教蒙仲……三一五六
卓教授 得吉……三一五七
卓知縣 得慶……三一五八
彭特魁……三一五八
黃縣丞 龍應……三一五八
壬子生日……三一五九
張守秘丞……三一五九
徐國録……三一六〇
王教授 庚……三一六〇
方貢士 汝一……三一六一
方監元 實孫……三一六二

癸丑生日……三一六二
張秘丞……三一六二
張倅……三一六三
又……三一六四
徐國録……三一六四
李國正……三一六五
方北倅……三一六六
方制幹……三一六六
方貢士……三一六七
韓孔惠……三一六七
甲寅生日……三一六八
權郡黄倅……三一六八
莆田黄宰……三一六八
又……三一六九
葉寺丞……三一六九
李國正……三一七〇

興化張宰……三一七〇
林知録……三一七一
趙司理……三一七一
陳巡轄 德林……三一七二
韓孔惠 斗……三一七二
丁縣尉 南一……三一七三
方貢士 汝則……三一七三
林貢士 逢丁……三一七四
林省元……三一七四

後村先生大全集卷之一百二十二……三一七七

啓……三一七七

丙辰生日回啓……三一七七
黄教授 龍應……三一七七
回潘使君……三一七八
林直院……三一七八

徐監簿……三一七九
吳郎中……三一八〇
葉寺丞……三一八一
卓常簿……三一八一
趙監簿……三一八二
李國正……三一八二
趙寺丞……三一八三
高教授……三一八三
林知録……三一八四
陳司理仙遊黄尉……三一八四
諸士友詩……三一八五
諸士友詞……三一八五
方聽蛙……三一八六
林貢士 逢丁……三一八六
丁巳生日回啓……三一八七
宋守監丞……三一八七

林侍郎……三一八八
見任官……三一八八
戊午生日回啓……三一八九
宋監丞……三一八九
林侍郎……三一九〇
徐監簿……三一九〇
方書監……三一九一
莆田謝宰……三一九二
魏知録……三一九二
己未生日回啓……三一九三
徐監簿……三一九三
林侍郎……三一九四
鄉守趙寺丞……三一九四
又 送壽儀……三一九五
梁倅……三一九五
李宮教卓常簿趙監簿……三一九六

莆田謝宰……三一九六
沈教授……三一九七
方僉判……三一九七
夏縣丞……三一九八
知録司法……三一九八
許主簿……三一九九
林潮州……三一九九
庚申生日……三二〇〇
鄉守趙寺丞……三二〇〇
林侍郎……三二〇一
李宮教……三二〇二
卓常簿……三二〇二
趙監簿……三二〇三
方監簿……三二〇三
葉寺丞……三二〇三
梁倅……三二〇四

辛酉生日回啓……三二〇四
諸上舍……三二〇四
王新班傳司理……三二〇五

後村先生大全集卷之一百二十三……三二〇七

啓……三二〇七

壬戌生日回啓……三二〇七
陳正言……三二〇七
癸亥生日回啓……三二〇八
徐常丞……三二〇八
諸士友詩……三二〇九
諸士友詞……三二〇九
方聽蛙……三二一〇
吳侍郎……三二一〇
陳大卿……三二一一
曹守司直……三二一一

教授……三二二
判官……三二二
曹官……三二三
林通判……三二三
甲子生日……三二四
徐常丞……三二四
仙遊鄧宰……三二四
吳侍郎……三二五
又……三二六
諸士友詩……三二六
諸士友詞……三二七
曹守……三二七
又……三二八
鄭倅……三二八
又……三二九
林農卿……三二九

趙工部……三三〇
方常簿……三三〇
林尚管……三三〇
趙循州……三三一
方寺丞……三三一
林知縣……三三二
卓漳州……三三二
答卓漳州親書……三三三
乙丑生日回啓……三三四
上寓……三三四
秘閣徐提刑……三三四
又……三三五
蒲領衛 壽宬……三三五
曹守司直……三三六
陳尚書……三三六
李禮部……三三七

莆田仙遊兩宰……三三八
兩教授……三三八
曹職官……三三九

後村先生大全集卷之一百二十四……三三一

啓……三三一

丙寅生日回啓……三三一
陳尚書……三三一
林中書……三三二
林農卿……三三二
徐提刑……三三三
卓刑部……三三三
趙工部……三三四
林太博……三三四
權郡……三三五
又……三三五

李禮部……三二三六
趙梅州……三二三六
鄭太社……三二三七
林安溪……三二三七
陳宰 僩……三二三八
蕭教授 起大……三二三八
韓山長 伯高……三二三八
職曹官……三二三九
王縣丞 得三……三二三九
張監務 邦洵……三二四〇
方山長 至……三二四〇
楊縣丞 思謙……三二四一
士友……三二四一
卓刑部……三二四二
諸友醵飲……三二四二
黃教授……三二四三

丁卯生日……三二四三
林中書……三二四三
陳提刑……三二四四
鄉守趙計院……三二四五
趙倅……三二四五
林農卿……三二四六
卓刑部……三二四六
趙梅州……三二四七
趙工部……三二四七
林尚管……三二四八
莊省門……三二四八
李書監……三二四九
南劍林倅……三二四九
邵武林倅……三二五〇
徐提舉……三二五〇
方秘書……三二五一

黄帥機林安溪……三三一五一
戊辰生日回啓……三三一五二
徐提舉……三三一五二
鄉守趙計院……三三一五三
江倅……三三一五三
林中書……三三一五四
林農卿……三三一五四
卓刑部……三三一五五
趙工部……三三一五五
方秘書……三三一五六
李書監……三三一五六
蒲領衛……三三一五七
見任官……三三一五七
林秋陳簿陳權糾楊法……三三一五八
兩教授韓山長……三三一五八
邵武林倅……三三一五九

陳尚書……三三五九
諸知縣……三三六〇

後村先生大全集卷之一百二十五……三三六一

雜啓……三三六一

王守工部 克恭……三三六一
又……三三六一
楊守監丞 夢信……三三六二
新守陳夢龍……三三六三
潘守宮教 墀……三三六四
鄉守樂語……三三六六
潘守餽歲……三三六七
又……三三六八
潘守樂語……三三六八
趙守樂語……三三六九
趙守寺丞……三三七〇

徐守寺丞樂語……三二七一
曹守司直……三二七二
曹守重陽節儀……三二七三
曹守樂語……三二七三
曹守歲儀……三二七四
曹守送重陽節儀……三二七五
曹守冬至節儀 一……三二七五
曹守冬至節儀 二……三二七六
汪守樂語……三二七六
汪守端午節儀……三二七七
趙守計院……三二七七
趙守樂語……三二七八
趙守重陽節儀……三二七九
趙守至節儀……三二八〇
江倅至節儀……三二八〇
趙守年儀……三二八一

江倅年儀……三一八一
鄉守告朔……三一八二
通判……三一八三
鄉倅端午節儀……三一八三
涵頭鄭監鎮……三一八四
莆田翁縣尉……三一八五
興化周簿……三一八六
沈教授 因夏……三一八六
仙遊林尉……三一八六
魏知録 必昌……三一八六
朱仙遊 濬……三一八七
仙遊鄧宰 桂發……三一八八
新莆田陳宰 倜……三一八八
趙司理……三一九〇
陳教授……三一九〇
蕭教授……三一九〇

韓山長……三三一九一
失題……三三一九一
張添教 詵……三三一九一
趙録參 若琟……三三一九二
林司理 季穎……三三一九三
後村先生大全集卷之一百二十六……三三一九五
雜啓……三三一九五
答湯伯紀論四六……三三一九五
回湯仲能撫屬……三三一九六
回京尹……三三一九七
回游提刑入國門……三三一九八
回馬揖投贈……三三一九八
回杜制置送御書……三三一九九
謝黄慥制機惠文藁……三三一九九
答李宮教樂語……三三一九九

答衢守陳吏部樂語……三三〇〇
答衢守謝大監樂語……三三〇〇
回直院洪中書……三三〇〇
回馬編修贈木主公贊書……三三〇〇
答賈都大謝贊書……三三〇一
答江東漕趙待制謝贊書……三三〇一
賀馬相公……三三〇二
回陳正言鄉會助筵……三三〇三
答安溪黄宰謝薦……三三〇四
賀陳大諫……三三〇五
賀馬中書……三三〇五
答卓漳州謝順寧精舍記……三三〇六
回陳尚書……三三〇六
賀陳尚書生日　一……三三〇七
賀陳尚書生日　二……三三〇八
回林中書……三三〇八

答劉提舉……三三〇九
與丞相 繳壽詞劄附……三三一〇
婚書附……三三一〇
季子聘書……三三一〇
又請期……三三一一
去華姪聘方氏……三三一一
又請期……三三一二
答李氏聘書 爲姪孫女……三三一二
又請期……三三一二
答方氏婚書 蒙仲子……三三一三
又請期……三三一三
姪孫士寅將仕聘潘氏……三三一四
答余氏婚書……三三一四
勝女回方氏定日書……三三一五
沂孫請期書……三三一五
涣孫趙氏婚書……三三一六

後村先生大全集卷之一百二十七……三一七

上梁文　樂語、四友除授制附……三一七
慈濟殿……三一七
建陽西齋　紹興甲寅，温陵儲用創東偏；淳熙癸卯，三山黃謙創西偏。……三一八
徐潭草堂……三二〇
碧雞草堂……三二二
後村新居……三二三
宜休堂……三二五
樂語……三二七
宴張都承　袁州……三二七
宴前湖南趙帥……三二八
宴唐經略　廣東……三二九
宴新帥劉侍郎……三三一
宴吉倅王實之……三三二
四友除授制……三三四

代中書令管城子毛穎進封管城侯加食邑實封制……三三四
代毛穎謝表……三三五
代石鄉侯石虛中除翰林學士誥……三三六
代石虛中謝表……三三七
代陳玄除子墨客卿誥……三三九
代陳玄謝啓……三三九
賜褚知白詔……三四〇
代褚知白謝表……三四一

後村先生大全集卷之一百二十八……三四三

書……三四三
丁丑上制帥……三四三
戊寅與制帥論海州……三四七
庚辰與方子默僉判……三四八
辛巳答傅諫議……三五一
乙酉答真侍郎……三五二

乙酉答傅諫議……三三五六
乙酉與胡伯圜待制……三三五八
戊子答真侍郎論選詩……三三六一

後村先生大全集卷之一百二十九……三三六五

書……三三六五
與鄭丞相一……三三六五
與鄭丞相二……三三六七
與鄭丞相三……三三六八
與鄭丞相四……三三六九
與鄭丞相五……三三六九
與鄭丞相六……三三七〇
與鄭丞相七……三三七二
與鄭丞相八……三三七三
與鄭丞相九……三三七四
與鄭丞相一〇……三三七五

與鄭丞相 一一……三三七七
與鄭丞相 一二……三三七八
與鄭丞相 一三……三三七九
與喬丞相……三三八〇
與李丞相 一……三三八一
與李丞相 二……三三八二
與李丞相 三……三三八三
與游丞相 一……三三八四
與游丞相 二……三三八五
與游丞相 三……三三八七
與游丞相 四……三三八九
與游丞相 五……三三九〇

後村先生大全集卷之一百三十……三三九三

書……三三九三

與游丞相 六……三三九三

與游丞相　七……三三九四
與范丞相　一……三三九五
與范丞相　二……三三九六
與范丞相　三……三三九七
與范杜二相……三三九八
與宰執……三四〇一
與高樞密……三四〇二
與郭小坡……三四〇四
與吳叔永尚書……三四〇五
與鄭邵武……三四〇七
答南雄翁教授……三四〇九
答林公掞監場……三四一一

後村先生大全集卷之一百三十一……三四一三

書……三四一三
答翁仲山禮部……三四一三

與鄭丞相論史……三四一四
答陳卓然……三四一六
與陳抑齋……三四一八
答翁仲山吳明輔……三四一九
答鄉守潘宮教……三四二〇
答鄉守趙寺丞……三四二一
答鄉守楊編修……三四二二
又……三四二三
答李元善侍郎……三四二四

後村先生大全集卷之一百三十二……三四二五

書……三四二五
答趙丞相……三四二五
與泉守吳刑部……三四二六
回劉拱求墳庵記……三四二七
答葉新之侍郎……三四二八

與趙保相……三四二九
與賈丞相 一……三四二九
與賈丞相 二……三四三一
與賈丞相 三……三四三三
回吕太尉……三四三四
與平江發運王尚書……三四三五
回董相矩堂……三四三七
又……三四三八
答劉少文……三四三九
謝賈丞相餞行詩……三四四〇
回信庵書……三四四一
後村先生大全集卷之一百三十三……三四四三
書……三四四三
徐内翰……三四四三
答洪帥侍郎 一……三四四四

答洪帥侍郎　二……三四四五
爲林先輩與廟堂書……三四四六
與洪帥侍郎……三四四八
與徐漳州書……三四四九
與李泉州書……三四五一
答劉嵊縣書　同祖……三四五二
與石壁胡卿書……三四五三
與竹溪林中書書……三四五三
與李應山制置書……三四五四
答洪帥侍郎書……三四五六
又……三四五七
回劉汀洲書……三四五八
與徐憲書……三四六〇
與淮閫賈知院書……三四六〇
與方蒙仲制幹書……三四六二
答余安遠令　師夔……三四六三

與趙憲 與諲……三四六四

後村先生大全集卷之一百三十四……三四六五

書……三四六五
與平江包尚書……三四六五
答信庵丞相書……三四六六
回劉汀州書……三四六七
答鄉守潘宮講……三四六八
答林中書書……三四六九
與馬中書書……三四七〇
與丞相書……三四七一
又……三四七二
又 慰國哀……三四七四
與丞相書……三四七六
又……三四七八
答歐陽秘書書……三四七九

又……三四八二
答趙檢察書……三四八三
答陳主簿開先書……三四八四
答吳帥卿……三四八六
内簡……三四八八

後村先生大全集卷之一百三十五……三四九一

祝文 九十四首……三四九一

謁夫子廟 以下並建陽作……三四九一
謁諸廟……三四九一
縣土地……三四九二
士師……三四九二
文公 丙戌春祀……三四九二
勉齋……三四九三
文公 丙戌秋祀并奉安新祠……三四九三
勉齋……三四九三

文簡劉公……三四九四
文公 丁亥春祀……三四九四
勉齋……三四九五
文簡……三四九五
文公 丁亥秋祀……三四九五
勉齋……三四九六
文簡……三四九六
水退謝諸廟……三四九六
諸廟祈晴……三四九七
又 庵山廟……三四九七
又 蓋竹院……三四九八
諸廟謝晴……三四九八
庵山廟謝晴……三四九九
蓋竹廟謝晴……三四九九
奉安四君子祠堂……三四九九
兩太史……三四九九

兩聘君 …… 三五〇〇
文公 戊子春祀 …… 三五〇〇
勉齋 …… 三五〇〇
文簡 …… 三五〇一
文公 戊子秋祀 …… 三五〇一
勉齋 …… 三五〇一
辭夫子廟 …… 三五〇二
辭諸廟 …… 三五〇二
土地 …… 三五〇二
仰山 以下並袁州作 …… 三五〇三
韓文公廟 …… 三五〇三
夫子 …… 三五〇三
諸廟 …… 三五〇四
土地祝文 …… 三五〇四
祈雨 …… 三五〇四
諸廟再禱 …… 三五〇五

仰山謝雨……三五〇六
行宫并諸廟……三五〇六
再祈雨……三五〇七
迎潙仰四聖……三五〇八
送神……三五〇八
再祈雨……三五〇九
辭夫子廟……三五一〇
韓文公……三五一〇
仰山 堵田……三五一一
諸廟……三五一一
謁南海廣利王廟 以下並廣東作……三五一一
到任謁諸廟……三五一二
聖妃廟……三五一二
土地……三五一二
謁學……三五一三
除漕謁學……三五一三

濂溪祠……三五一三
南海廟……三五一四
聖妃廟……三五一四
土地……三五一五
辭學……三五一五
濂溪祠……三五一五
諸廟……三五一六
土地……三五一六
江東謁學　以下並江東作……三五一六
諸廟……三五一七
三賢祠　顔魯公　范文正　王梅溪……三五一七
諸廟祈雨……三五一七
社稷神……三五一八
送鳴山……三五一八
送玉淵龍水……三五一九
諸廟祈雨……三五一九

社稷……三五二〇
諸廟謝雨……三五二〇
社稷……三五二〇
辭夫子廟……三五二一
三賢堂……三五二一
諸廟……三五二一
土地……三五二二
焚黃祝文……三五二二
寶慶乙酉　通奉大夫……三五二二
紹定戊子　正奉大夫……三五二三
紹定辛卯　宣奉大夫……三五二三
紹定癸巳　銀青……三五二四
嘉熙丁酉　特進……三五二四
嘉熙己亥　少保……三五二五
淳祐癸卯　少師……三五二五
淳祐己酉　齊國……三五二六

端平乙未 安人……三五二六
淳祐癸卯 宜人……三五二七
淳祐己酉 恭人……三五二七
淳祐辛亥 令人……三五二八
景定壬戌 碩人……三五二八
咸淳乙丑 淑人……三五二九
魯國方夫人 乙丑……三五二九
魏國林夫人 乙丑……三五三〇

後村先生大全集卷之一百三十六……三五三一

祭文……三五三一

趙仲白……三五三一
豐宅之郎中……三五三二
方孚若寶謨……三五三三
袁侍郎……三五三四
李監丞 東……三五三五

傅諫議……三五三六
方武成……三五三七
方氏表弟 代作……三五三八
又掩坎……三五三八
李蘄州……三五三九
趙縣丞……三五四〇
李尚書……三五四〇
王夔漕中甫……三五四二
亡室……三五四三
又喪歸……三五四四
又還里……三五四五
又掩坎……三五四六
陳北山……三五四六
外舅林寶章……三五四八
胡仲方尚書……三五四九
祖奠外舅……三五四九

陳師復寺丞……三五〇
胡伯圜尚書……三五二
周淳仁……三五三

後村先生大全集卷之一百三十七……三五五

祭文……三五五

真西山……三五五
又路祭……三五六
又墓祭……三五七
曾知院……三五八
鄭子敬左司……三五九
張敏則都丞……三六一
余子壽尚書……三六一
丁元暉給事……三六三
南塘趙尚書……三六四
菊坡崔丞相……三六五

祖祭 又同諸司 …… 三五六六
黃舶 同諸司 …… 三五六六
又 同諸司路祭 …… 三五六七
文清李左相 …… 三五六八
顧君立 …… 三五六九
婦弟林養直 …… 三五七〇
林煥章 …… 三五七一
游勉之侍郎 …… 三五七二
唐伯玉常卿 …… 三五七三
少奇姪 …… 三五七四
趙保昌 叔愚 …… 三五七五
湯仲能 …… 三五七六
都官兄 …… 三五七八
徐仁伯 …… 三五八〇

後村先生大全集卷之一百三十八……三五八一

祭文……三五八一

季父習靜……三五八一
工部弟……三五八二
又祖奠……三五八三
又掩坎……三五八四
古田弟……三五八四
從母陳恭人……三五八六
林寒齋……三五八七
方鐵庵……三五八八
王實之少卿……三五八九
又掩坎……三五九一
鄭伯昌吏部……三五九二
杜於耕尚書……三五九三
魏國大殮……三五九五

又祖奠……三五九六
又掩坎……三五九七
代祭故相 不用……三五九八
仲妹……三五九九
鄭丞相……三六〇〇
游丞相……三六〇一

後村先生大全集卷之一百三十九……三六〇五

祭文……三六〇五
王留耕參政……三六〇五
李用之秘監……三六〇六
林元晉武博……三六〇七
惠州弟……三六〇八
鄭元樞……三六〇九
林母王宜人……三六一〇
趙虛齋端明……三六一一

又掩坎…………三六一三
妹夫方采伯…………三六一三
伯姊…………三六一四
鄭常博…………三六一五
代祭周士姪…………三六一六
又自祭…………三六一七
弟婦方宜人…………三六一八
代姪孫在祭祖母…………三六一九
抑齋陳公…………三六一九
六二弟…………三六二一
方蒙仲祕書…………三六二二
方教孺纓…………三六二四
意一徐元樞…………三六二五
方聽蛙 審權…………三六二七
季子生母掩坎…………三六二八
吳茂新侍郎…………三六二八

後村先生大全集卷之一百四十……三六三一
祭文……三六三一
洪伯魯尚書……三六三一
吳君謀少卿……三六三二
汪守 元春……三六三三
鄭山長 與言……三六三四
南林葉寺丞……三六三五
丁宋傑……三六三七
族兄寺丞……三六三七
陳司直……三六三九
李艮翁禮部……三六四〇
又祖奠……三六四一
又墓祭……三六四二
陳光仲常卿……三六四二
趙閩宰……三六四四

莆田謝丞……三六四五
秦伯舉哀詞 少作……三六四五
後村先生大全集卷之一百四十一……三六四九
神道碑……三六四九
丁給事……三六四九
杜尚書……三六五六
後村先生大全集卷之一百四十二……三六七三
神道碑……三六七三
寶學趙尚書……三六七三
煥學尚書黄公……三六七七
虚齋資政趙公……三六八二
後村先生大全集卷之一百四十三……三六九三
神道碑……三六九三

孟少保　奉敕撰 …… 三六九三
寶學顏尚書 …… 三七〇五
後村先生大全集卷之一百四十四 …… 三七一五
神道碑 …… 三七一五
待制徐侍郎 …… 三七一五
曹待制豳神道碑 …… 三七一九
後村先生大全集卷之一百四十五 …… 三七二三
神道碑 …… 三七二三
囦山林侍郎 …… 三七二三
龍學余尚書 …… 三七二九
後村先生大全集卷之一百四十六 …… 三七四三
神道碑 …… 三七四三
忠肅陳觀文 …… 三七四三

後村先生大全集卷之一百四十七……三七六五
神道碑……三七六五
警齋吳侍郎……三七六五
毅齋鄭觀文……三七七二
後村先生大全集卷之一百四十八……三七八九
墓誌銘……三七八九
趙仲白……三七八九
林沅州……三七九二
叔母方宜人坎誌 代作……三七九四
林程鄉……三七九五
方武成……三七九七
閣皁道士楊固卿……三七九九
卓推官……三八〇〇
臞菴敖先生……三八〇二

方子默……三八〇五
孺人鄭氏……三八〇八
王翁源……三八〇九
亡室……三八一一

後村先生大全集卷之一百四十九……三八一五

墓誌銘……三八一五

巴陵通守方君……三八一五
直秘閣林公……三八一七
姚元泰……三八二二
顧安人……三八二三
林龍溪……三八二五
李節婦……三八二七
陳太孺人……三八二八
丁元有……三八三〇
方子約……三八三一

柯孺人……三八三三
方東叔……三八三四
黄柳州 簡……三八三七
周夫人……三八三九

後村先生大全集卷之一百五十……三八四一

墓誌銘……三八四一

杜郎中……三八四一
知常州寺丞陳公……三八四六
賢首座……三八四八
直焕章閣林公……三八五〇
林養直……三八五三
孫花翁……三八五五
林判官……三八五七
承奉郎林君……三八五九
趙孺人……三八六〇

林處士……三八六二
後村先生大全集卷之一百五十一……三八六五
墓誌銘……三八六五
王孺人……三八六五
林寒齋……三八六六
少奇……三八六九
審淵弟……三八七〇
習静叔父……三八七一
陳孺人……三八七三
方寧鄉 壬……三八七五
方揭陽……三八七七
鐵菴方閣學……三八七九
後村先生大全集卷之一百五十二……三八八九
墓誌銘……三八八九

劉君方氏……三八八九
刑部趙郎中……三八九〇
潘庭堅……三八九六
陳安人……三九〇〇
方潛仲……三九〇二
臞軒王少卿……三九〇三
張碩人……三九〇九

後村先生大全集卷之一百五十三……三九一三

墓誌銘……三九一三

魏國……三九一三
工部弟……三九一五
古田弟……三九一九
陳魯山……三九二二
方安人……三九二四
林公輔……三九二五

武義劉丞……三九二六
方氏子……三九二八
徐處士……三九二九
劉贛州……三九三〇

後村先生大全集卷之一百五十四……三九三七

墓誌銘……三九三七

阮安人……三九三七
超師……三九三九
聶令人……三九四〇
趙安人……三九四二
太學博士吳公……三九四三
林貢士……三九四六
胡藤州……三九四八
大理卿丘公……三九五二
鄭德言……三九五六

後村先生大全集卷之一百五十五……三九五九
墓誌銘……三九五九
禮部王郎中……三九五九
左藏吳君……三九六四
鄭君傅……三九六六
安撫殿撰趙公……三九六七
陳惠安……三九七五
林景大……三九七七
趙教授……三九七九
後村先生大全集卷之一百五十六……三九八三
墓誌銘……三九八三
雪觀居士……三九八三
惠州弟……三九八五
顧監丞……三九九〇

何君仲……三九三
楊監税……三九五
鄭玶宣教……三九八
丁倩監舶……三九九
韓母李氏……四〇一
林經略……四〇三

後村先生大全集卷之一百五十七……四〇九

墓誌銘……四〇九
方采伯……四〇九
仲妹……四一一
林君……四一三
方君薛氏……四一四
林貴州……四一五
馮巽甫……四一八
林韶州……四二一

韓隱君……四〇二五
方君巖仲……四〇二七

後村先生大全集卷之一百五十八……四〇三一

墓誌銘……四〇三一
趙克勤吏部……四〇三一
方景楫……四〇三六
朱鑑……四〇三八
趙孺人……四〇四一
弟婦方宜人……四〇四三
明禪師……四〇四五
趙孺人……四〇四七
方清卿……四〇四九

後村先生大全集卷之一百五十九……四〇五三

墓誌銘……四〇五三

薛潮州……四〇五三
外孫淑女……四〇五七
宋經略……四〇五八
通守江君……四〇六五
林實甫……四〇六九
誠少林日九座……四〇七一
周士姪……四〇七三
宋通判……四〇七五

後村先生大全集卷之一百六十……四〇七九

墓誌銘……四〇七九
南窗陳居士……四〇七九
六二弟……四〇八一
弟婦林氏……四〇八三
忠訓陳君宜人李氏……四〇八四
宣教郎林君……四〇八六

方教授……四〇八八
規甫姪……四〇九一
林户録……四〇九二
方景絢判官……四〇九五
方甥貢士……四〇九八
英德趙使君……四一〇〇

後村先生大全集卷之一百六十一……四一一三

墓誌銘……四一一三

野塘趙處士……四一一三
雷母宜人王氏……四一一六
夫人宗氏……四一一九
山甫生母……四一二四
特奏名林君……四一二五
劉安人……四一二八
鄭甥主學……四一三一

方隱君……四一三三
程孺人……四一三五
瓊州户録方君……四一三七
後村先生大全集卷之一百六十二……四一四一
墓誌銘……四一四一
林德遇……四一四一
方秘書蒙仲……四一四四
徑山佛鑑禪師……四一四九
鄭逢原……四一五三
秘書少監饒公……四一五六
直寶章閣羅公……四一六二
後村先生大全集卷之一百六十三……四一七三
墓誌銘……四一七三
王孺人……四一七三

制置杜大卿……四一七五
葉寺丞……四一八六
黃德遠……四一九〇

後村先生大全集卷之一百六十四……四一九三

墓誌銘……四一九三

陳處士黃夫人……四一九三
我軒何君……四一九五
丁宋傑……四一九六
羅晉伯……四一九九
李艮翁禮部……四二〇一
吳君謀少卿……四二〇六

後村先生大全集卷之一百六十五……四二一三

墓誌銘……四二一三

劉寶章……四二一三

陳光仲常卿……四二一六
去華姪……四二二二
陳司直……四二二四
趙通判……四二二六
趙閫宰……四二二八
秘書少監李公……四二二九
致政蕭君……四二三三
後村先生大全集卷之一百六十六……四二三五
行狀……四二三五
直秘閣林公……四二三五
寶謨寺丞詩境方公……四二四〇
後村先生大全集卷之一百六十七……四二五一
行狀……四二五一
龍學竹隱傅公……四二五一

後村先生大全集卷之一百六十八……四二六五
行狀……四二六五
西山真文忠公……四二六五
後村先生大全集卷之一百六十九……四三一七
行狀……四三一七
樞密鄭公……四三一七
秘閣東巖趙公……四三二九
後村先生大全集卷之一百七十……四三三五
行狀……四三三五
丞相忠定鄭公……四三三五
後村先生大全集卷之一百七十一……四三五三
疏……四三五三

啓建天基節　以下密院三首……四三五三
滿散……四三五三
進功德……四三五四
啓黃籙醮　以下袁州七首……四三五四
謝晴……四三五五
祈雨……四三五五
再祈雨……四三五六
仰山祈雨……四三五六
送仰山回殿……四三五七
再祈雨……四三五八
安奉玉淵聖水　以下江東三首……四三五八
永寧寺祈雨……四三五九
謝送玉淵聖水……四三五九
代追薦魏國迎羅漢……四三六〇
接茶……四三六〇
爲二侄追薦惠州弟設靈官齋……四三六一

天基聖節功德 癸亥……四三六一
又 甲子……四三六二
大行皇帝功德……四三六二
穆陵中祥 乙丑……四三六三
穆陵大祥 丙寅……四三六四
乾會節功德疏 有旨免進 乙丑……四三六五
又 丙寅……四三六六
又 丁卯……四三六六
又 戊辰……四三六七
壽崇節功德疏 丙寅……四三六七
又 丁卯……四三六八
又 戊辰……四三六八
脩協應廟……四三六九
重建龍岫廟……四三七〇
龍岫廟緣茶供……四三七一
重建九座山太平禪院……四三七一

重建嶽廟……四三七二
重修仙水廟……四三七三
聖壽資國院重建佛殿疏　蕭水部所創……四三七四

後村先生大全集卷之一百七十二……四三七五

青詞原作「辭」，據宋刻本、小草本改……四三七五
袁州入宅……四三七五
廣東倉入宅……四三七六
江東憲入宅……四三七六
袁州祈雨……四三七七
江東祈雨……四三七八
太淑人保安　庚寅……四三七九
太淑人生日　己丑……四三七九
又　庚寅……四三八〇
又　辛卯……四三八〇
又　癸巳……四三八一

太夫人生日 戊戌……四三八二
又 己亥……四三八二
又 庚子……四三八三
又 辛丑……四三八四
福國生日 壬寅……四三八四
又 癸卯……四三八五
又 甲辰……四三八六
又 乙巳……四三八七
又 丙午……四三八七
又 丁未……四三八八
又 戊申……四三八九
新居設醮……四三九〇
保安 丁未……四三九〇
又 戊申……四三九一
又 壬子……四三九二
又 乙卯……四三九三

陳氏女保安……四三九三
又……四三九四
山甫婦保胎……四三九五
又……四三九五
里社禳災……四三九六
又 庚申……四三九七
又……四三九八
又 癸亥……四三九八
再祈禱……四三九九
又……四四〇〇
又……四四〇一
魏國追薦工部弟……四四〇二
追薦工部弟……四四〇三
代追薦工部……四四〇四
又……四四〇四
代作工部弟中祥……四四〇五

魏國九幽醮……四四〇五
代追薦工部弟大祥……四四〇六
又……四四〇七
魏國卒哭……四四〇七
又……四四〇八
追薦惠州弟……四四〇八
爲二姪追薦惠州弟……四四〇九
又……四四一〇
爲二姪追薦惠州弟小祥……四四一一
代赤姪孫薦母……四四一一
追薦六二弟……四四一二
代續姪孫薦父……四四一三
又……四四一三
代强甫婦薦母……四四一四
謝恩……四四一五

後村先生大全集卷之一百七十三……四四一七
詩話　前集……四四一七
後村先生大全集卷之一百七十四……四四三七
詩話　前集……四四三七
後村先生大全集卷之一百七十五……四四五九
詩話　後集……四四五九
後村先生大全集卷之一百七十六……四四七七
詩話　後集……四四七七
後村先生大全集卷之一百七十七……四四九七
詩話　續集……四四九七

後村先生大全集卷之一百七十八 …… 四五一七

詩話 續集 …… 四五一七

後村先生大全集卷之一百七十九 …… 四五三七

詩話 續集 …… 四五三七

後村先生大全集卷之一百八十 …… 四五五九

詩話 續集 …… 四五五九

後村先生大全集卷之一百八十一 …… 四五七七

詩話 新集 …… 四五七七
陳拾遺 …… 四五七七
李杜 …… 四五八一

後村先生大全集卷之一百八十二……四六〇三
詩話　新集……四六〇三
此一卷專爲杜陵補遺……四六〇三
後村先生大全集卷之一百八十三……四六一九
詩話　新集……四六一九
後村先生大全集卷之一百八十四……四六三九
詩話　新集……四六三九
後村先生大全集卷之一百八十五……四六六一
詩話　新集……四六六一
後村先生大全集卷之一百八十六……四六八一
詩話　新集……四六八一

後村先生大全集卷之一百八十七

後村先生大全集卷之一百八十七……四七〇三
長短句……四七〇三
哨遍　昔坡翁以《盤谷序》配《歸去來詞》，然陶詞既檃括入律，韓序則未也。暇日游方氏龍山別墅，試效颦爲之，俾主人刻之崖石云。……四七〇三
六州歌頭　客贈牡丹……四七〇四
水調歌頭　遊蒲澗追和崔菊坡韻……四七〇四
再　喜歸……四七〇五
三　解印有期戲作……四七〇六
又　八月上澣解印，別同官，席上賦……四七〇六
又　客散，循堤步月而作……四七〇七
又　次夕觴客湖上，賦葛仙事……四七〇七
又　十三夜，同官載酒相別，不見月作……四七〇七
又　癸卯中秋作……四七〇八
又　和倉部弟壽詞……四七〇九
沁園春　夢孚若……四七〇九

又　送孫季蕃弔方漕西歸……四七一〇
又　送包尉……四七一〇
又　答九華葉賢良……四七一一
又　同前……四七一一
又　癸卯佛生，翌日將曉，夢中有作。既醒，但易數字。……四七一二
又　和吳尚書叔永……四七一三
又　吳叔永尚書和予舊作，再答……四七一三
又　維揚作……四七一四
又　答陳上舍應祥……四七一四
又　平章生日　丁卯……四七一五
又　二鹿……四七一六
又……四七一六
又　寄竹溪……四七一七
又　夢中作梅詞……四七一七
又　和林卿韻……四七一八
又　再和……四七一八

又　三和……四七一九
又　四和……四七一九
又　五和　韻狹不可復和，偶讀《孔明傳》，戲成。……四七二〇
又　六和……四七二〇
又　七和……四七二一
又　八和　景定壬戌，經筵讀《唐鑑》徹章，余忝勸誦，蒙恩賜賚内墨二笏。後四年發篋見之，有感。……四七二二
又　九和……四七二二
又　十和　林卿得女……四七二三
漢宮春　秘書弟家賞紅梅……四七二三
又　再和前韻……四七二四
又　三和……四七二四
又　四和……四七二五
又　呈張別駕……四七二五
又　癸亥生日……四七二六
又　吴侍郎生日……四七二六

又　丞相生日　乙丑……四七二七
又　陳尚書生日……四七二七
又　題鍾肇長短句……四七二八

後村先生大全集卷之一百八十八……四七二九

長短句……四七二九

念奴嬌　木犀……四七二九
又　菊……四七二九
又　壬寅生日……四七三〇
又　壽方德潤……四七三〇
又　丙午鄭少師生日……四七三一
又　居厚弟生日……四七三二
又　七月望夕觀月，昔方孚若每以是夕泛湖觴客，云修坡公故事。……四七三二
又……四七三三
又　和誠齋休致韻……四七三三
又　再和……四七三四

又　三和……四七三四
又　丙寅生日……四七三五
又　二和……四七三五
又　三和……四七三六
又　四和……四七三六
又　五和……四七三七
又　六和……四七三八
又……四七三八
又　丁卯生朝……四七三八
解連環　戊午生日……四七三九
又　甲子生日……四七四〇
又……四七四〇
又　乙丑生日……四七四一
木蘭花慢　壽王寔之……四七四一
又　癸卯生日……四七四二
又　送鄭伯昌……四七四二

又　丁未中秋……四七四三
又　漁父詞……四七四三
又　趙守生日……四七四四
又　己未生日……四七四四
又　客贈牡丹……四七四五
摸魚兒……四七四五
又　海棠……四七四六
又　用寔之韻……四七四六
轉調二郎神　余生日，林農卿贈此詞，終篇押一韻，效顰一首。……四七四七
又　再和……四七四七
又　三和……四七四八
又　四和……四七四八
又　五和……四七四九
長相思　惜梅……四七五〇
又　寄遠……四七五〇
又　餞別……四七五〇

又……四七五一
又……四七五一
昭君怨　牡丹……四七五一
又　瓊華……四七五二
又……四七五二
生查子　元夕戲陳敬叟……四七五二

後村先生大全集卷之一百八十九……四七五三
長短句……四七五三
滿江紅……四七五三
又　二月廿四夜海棠花下作……四七五三
又　題梅谷……四七五四
又　送宋惠父入江西幕……四七五四
又……四七五五
又　送王寔之……四七五五
又　壽王寔之……四七五六

又　和王寔之韻送鄭伯昌……四七五六
又　四首並和寔之……四七五七
又……四七五七
又……四七五八
又……四七五八
又　壽唐夫人……四七五九
又　和叔永吳尚書，時吳喪少子。……四七五九
又　丹桂……四七六〇
又……四七六〇
又……四七六一
又……四七六一
又……四七六二
又……四七六二
又　端午……四七六三
又　丁巳中秋……四七六三
又　林元質侍郎生日，四月二十九日。……四七六四

又　慶抑齋元樞八十……四七六四
又　次韻徐使君癸亥燈夕……四七六五
又　再和……四七六五
又　傅相生日　癸亥……四七六六
又　傅相生日　甲子……四七六六
又……四七六六
又　海棠……四七六七
又　離別……四七六七
水龍吟　己亥自壽二首……四七六八
又……四七六九
又　自和前二首……四七六九
又……四七七〇
又　辛亥　安晚生朝……四七七一
又　癸卯生日　時再得明道祠……四七七一
又　丙辰生日……四七七二
又……四七七三

又　丁巳生日……四七七三
又　徐仲晦、方蒙仲各和予去歲箋字韻爲壽，戲答二君。……四七七四
又　方蒙仲、王景長和予丙辰、丁巳二詞，走筆答之。……四七七四
又……四七七五
又……四七七五
又……四七七六
又　林中書生日　六月十九日……四七七七
又　丁卯生日……四七七七
風流子　白蓮……四七七八
滿庭芳……四七七八

後村先生大全集卷之一百九十……四七八一

長短句……四七八一
賀新郎……四七八一
又　送陳真州子華……四七八一
又　杜子昕凱歌……四七八二

又跋唐伯玉奏藁……四七八二
又送唐伯玉還朝……四七八三
又送黄成父還朝……四七八四
又戊戌壽張守……四七八四
又端午……四七八五
又九日……四七八五
又寄題聶侍郎齋孤臺……四七八六
又……四七八六
又宋菴訪梅……四七八七
又游水東周家花園……四七八七
又和詠荼蘼……四七八八
又用前韻賦黄荼蘼……四七八八
又再用約字……四七八九
又客贈芍藥……四七九〇
又郡宴和韻……四七九〇
又再和前韻……四七九一

又　題蒲澗寺……四七九一
又　王寔之喜予出嶺，命愛姬歌新詞以相勞，輒次其韻。……四七九二
又　蒙恩主崇禧，再用前韻。……四七九三
又　三和……四七九三
又　席上聞歌有感……四七九四
又　生日用寔之來韻……四七九四
又　再和前韻……四七九五
又　寔之三和有憂邊之語，走筆答之。……四七九六
又　四用縷字韻爲王寔之壽……四七九六
又　寔之用前韻爲老者壽，戲答。……四七九七
又　張倅生日……四七九七
又　九日與二弟二客郊行……四七九八
又　己未九日同季弟子姪飲倉部弟兑庵，艮翁宫教來會。……四七九八
又　居厚艮翁皆和，余亦繼作。……四七九九
又　……四七九九
又　四用韻……四八〇〇

又　五用韻　讀坡公和陶詩，其九篇爲重九作，乃叙坡事而賦之。……四八〇〇
又　六用韻　叙謫仙事爲宫教兄壽……四八〇一
又　傅相生日　壬戌……四八〇二
又　癸亥九日……四八〇二
又……四八〇三
又　甲子端午……四八〇三
又　二鶴……四八〇四
洞仙歌　癸亥生朝和居厚弟韻，題謫仙像。……四八〇五
又　和居厚弟韻……四八〇五

後村先生大全集卷之一百九十一

……四八〇七

長短句

……四八〇七
八聲甘州　雁……四八〇七
燭影摇紅　用林卿韻……四八〇八
祝英臺近……四八〇八
最高樓　戊戌自壽……四八〇九

又　題周登樂府……四八〇九
又　乙卯生日……四八一〇
又……四八一〇
又……四八一一
又……四八一一
又　林中書生日……四八一二
風入松　福清道中作……四八一二
又　同前……四八一三
又　癸卯至石塘，追和十五年前韻。……四八一三
又……四八一四
臨江仙　戊申和寔之燈夕……四八一四
又　縣圃種花……四八一五
又　庚子重陽，余以漕攝帥，會前帥唐伯玉、前漕黄成父於越王臺。明年是日，寓海豐縣驛作。……四八一五
又　潮惠道中……四八一六
浪淘沙　丁未生日……四八一六

又……四八一七
又……四八一七
又……四八一八
又　素馨……四八一八
鳳凰閣　生日用倉部弟韻……四八一九
法駕導引……四八一九
一剪梅　袁州解印……四八二〇
又　余赴廣東，寔之夜餞於風亭。……四八二〇
踏莎行　甲午重九牛山作……四八二一
又　巧夕……四八二一
玉樓春　戲林推……四八二一
鵲橋仙　戊戌生朝……四八二三
又　桃巷弟生日……四八二三
又　答桃巷弟和篇……四八二三
又　林侍郎生日……四八二三
又　居厚弟生日……四八二四

又　鄉守趙寺丞生日……四八二四
又　庚申生日……四八二四
又　足痛……四八二五
又　生日和居厚弟……四八二五
又　林卿生日……四八二六
又　居厚生日……四八二六
又　鄉守趙計院生日……四八二六
柳梢青　賀方聽蛙八十……四八二七
鷓鴣天　腹疾困睡　和朱希真詞……四八二七
又　戲題周登樂府……四八二八
卜筭子　惜海棠……四八二八
又……四八二九
又……四八二九
又　良翁禮部生日……四八二九
又　曹守生朝　十二月初六日……四八三〇
又　燕……四八三〇

又　茉莉……四八三一
朝天子……四八三一
清平樂　五月十五夜翫月……四八三二
又……四八三二
又　贈陳參議師文侍兒……四八三二
又　丹陽舟中作……四八三三
又　居厚弟生日……四八三三
又　居厚弟生日……四八三三
好事近　壬戌生日和居厚弟……四八三四
菩薩蠻　戲林推……四八三四
憶秦娥　暮春……四八三五
又　上巳……四八三五
又……四八三五
又……四八三六
又……四八三六
西江月　腰痛。舊傳陳復齋名方，歲久失之。……四八三七

朝中措 元質侍郎生日……四八三七
又 艮翁生日……四八三八
又 艮翁生日……四八三八
又 陳左藏生日……四八三八

後村先生大全集卷之一百九十二……四八三九

書判 江東臬司……四八三九
建康府申已斷平亮等爲宋四省身死事……四八三九
太平府通判申追司理院承勘僧可諒身死推吏事……四八四〇
饒州兼僉樂平趙主簿催苗重疊斷杖事……四八四〇
弋陽縣民户訴本縣預借事……四八四一
貴池縣申吕孝純訴池口丘都巡催科事……四八四二
貴池縣高廷堅等訴本州知録催理絹綿出給隔眼事……四八四二
饒州申備鄱陽縣申催科事……四八四三
帖樂平縣丞申乞帖巡尉追王敬仲等互訴家財事……四八四四
黟縣申本縣得熟即無旱傷尋具黟縣雨暘帳呈……四八四五

徽州韓知郡申蠲放旱傷事……四八四五
户案呈委官檢踏旱傷事……四八四六
安仁縣妄攤鹽錢事……四八四七
浮梁縣申余震龍等不伏充役事……四八四七
鄱陽縣申差甲首事……四八四七
祈門縣申許必大乞告示兄必勝充隅長事……四八四八
鉛山縣申場兵增額事……四八四八
饒州宗子若璛訴立嗣事……四八四九
上饒縣申劉熙爲舉掘祖墳事……四八四九
貴溪縣毛文卿訴財産事……四八五〇
持服張輻狀訴弟張載張輅妄訴贍塋産業事……四八五〇
德興縣董黨訴立繼事……四八五一
坊市阿張狀述年九十以上乞支給錢絹事……四八五二
信州申解胡一飛訴劉惟新與州吏楊俊榮等合謀誣賴乞取公案赴司……四八五二
饒州州院申徐雲二自刎身死事……四八五三
饒州州院推勘朱超等爲趯死程七五事……四八五四

後村先生大全集卷之一百九十三

後村先生大全集卷之一百九十三……四八五九
書判
江東臬司……四八五九
饒州司理院申張惜兒自縊身死事……四八五九
建昌縣鄧不僞訴吴千二等行劫及阿高訴夫陳三五身死事……四八六〇
鄱陽縣申勘餘干縣許珪爲毆叔及妄訴弟婦墮胎驚死弟許十八事……四八六二
饒州州院申潜彝招桂節夫周氏阿劉訴占産事……四八六三
鄱陽縣東尉檢校周丙家財産事……四八六五
鉛山縣禁勘裴五四等爲賴信溺死事……四八六六
饒州司理院申勘到徽州都吏潘宗道違法交易事……四八六七
饒州州院申勘南康衛軍前都吏樊銓冒受爵命事……四八六七
建昌縣劉氏訴立嗣事……四八六九
都昌縣申汪俊達孫汪公禮訴産事……四八七五
貴溪縣繳到進士翁雷龍公劄訴熊大乙將父死尤賴事……四八七五
樂平縣汪茂元等互訴立繼事……四八七六

後村先生大全集卷之一百九十四……四八七九
行述……四八七九
宋修史侍讀工部尚書龍圖閣學士正議大夫致仕莆田縣開國伯食邑九百户贈銀青
光禄大夫後村先生劉公行狀……四八七九
後村先生大全集卷之一百九十五……四八九九
墓誌銘　門人顯文閣直學士朝議大夫洪天錫撰……四八九九
後村先生大全集卷之一百九十六……四九〇九
謚議……四九〇九
顯文閣直學士朝議大夫提舉江州太平興國宫洪天錫爲先師龍圖閣學士工部尚書
贈銀青光禄大夫臣劉克莊請謚奏狀……四九〇九
奉議郎太常博士夏囗錫初謚議……四九一〇

後村先生詩文拾零卷之一……四九一三
詩……四九一三
春暮……四九一三
春暮……四九一三
初冬……四九一四
春寒……四九一四
乍晴……四九一四
晝……四九一五
晴晝……四九一五
桂花……四九一五
柳……四九一六
種柳……四九一六
雪……四九一六
江行……四九一七
寺……四九一七

寺……四九一七
書……四九一八
硯 二首……四九一八
笛……四九一八
鵬……四九一九
鸛……四九一九
鶯梭……四九一九
雁陣……四九二〇
子規……四九二〇
蝶……四九二〇
蜂……四九二〇
李術士善醫卜……四九二一
道士……四九二一
朝天即事……四九二一
壽漕使……四九二二
壽建寧葉守 二首……四九二二

壽葉倅　武子　二首……四九二三
東阿王紀夢行……四九二三
齊人少翁招魂歌……四九二三
趙昭儀春浴行……四九二四
蓼花……四九二四
壽建寧太守　二首……四九二四
慶建州葉守　八首……四九二五
金陵作……四九二六
梅花……四九二六
梅……四九二七
燕……四九二七
壽黄丞母……四九二七
跋宣和殿畫鵲……四九二八
六言三首……四九二八
至人六言……四九二八
玉蘂花……四九二九

題莒口鋪詩……四九二九
將進酒……四九二九
謝范參政月華丹 二首……四九三〇
藥師寺懷洪上人……四九三〇
答俗客……四九三〇
芳樹……四九三一
和人筇竹杖用韻……四九三一
臨平……四九三一
長安道……四九三二
有圃……四九三二
秋晚四明道中……四九三二
一出兩年秋復見菊花……四九三三
西鄰杏花開相招作五字……四九三三
尋梅……四九三三
僧求菖蒲……四九三四
泥滑滑……四九三四

老馬……四九三四
君馬黄……四九三五
雉子班……四九三五
紫騮馬……四九三五
風雨聞子規……四九三六
馴鼠……四九三六
幽居……四九三六
惟揚客舍……四九三七
山居苦……四九三七
友人郊居……四九三七
早涼軒……四九三八
半竹軒……四九三八
間猿亭……四九三八
西軒……四九三九
築室西溪二首……四九三九
用韻和伯原謝公權仲逢過訪園居……四九三九

閑居三首……四九四〇
寄懶軒……四九四〇
七言絕句……四九四〇
集句……四九四一
古悠悠行……四九四一
上之回……四九四一
讀書二首……四九四二
讀唐史……四九四二
黄陵廟……四九四三
送吳沂郎中赴闕……四九四三
句……四九四三
長短句……四九四四
水調歌頭 和西外判宗湖樓韻……四九四四
賀新郎 瓊花……四九四四
滿江紅 壽湯侍郎……四九四五
水調歌頭 壽胡詳定……四九四五

乳燕飛 壽幹官（按調此首乃念奴嬌）……四九四五
水龍吟 壽趙癯齋……四九四六

後村先生詩文拾零卷之二……四九四七

外制……四九四七
承議郎諸軍計院充江州分司檢閱文字成公策爲拘榷茶課及數特授太府寺主簿依舊任制……四九四七
李伯玉除淮西運判兼沿江制置司參謀官制……四九四七
表……四九四八
賀天基節……四九四八
賀冬至……四九四八
謝除學士……四九四九
淮東倉到任……四九五〇
除將作監直華文閣謝表……四九五一
書判……四九五一
争山妄指界至……四九五一

母在與兄弟有分……四九五三
妻以夫家貧而仳離……四九五四
女家已回定帖而翻悔……四九五四
定奪争婚……四九五六
已嫁妻欲據前夫屋業……四九五七
兄弟論賴物業……四九五九
兄侵凌其弟……四九六〇
兄弟争財……四九六一
吏姦……四九六二
屠牛於廟……四九六三
宰牛者斷罪拆屋……四九六三

後村先生詩文拾零卷之三

……四九六五

啓

……四九六五
代回薛架閣……四九六五
代賀劉寺丞……四九六五

上福建楊帥 長孺……四九六六
上宋總領……四九六七
賀廣西憲得郡除漕……四九六九
賀諸葛提刑除漕使……四九七〇
上趙運使……四九七一
通王運使……四九七二
通兩浙運使朱都承……四九七三
通章提刑……四九七四
通王提舉……四九七五
賀真州洪守……四九七六
上豐真州 有俊……四九七七
通南劍守游郎中……四九七八
通建寧葉西判倅……四九七九
通福州鄭府判 守仁……四九八〇
通廣西蕭機宜……四九八一
通福建余運管啓……四九八一

與陳運幹……四九八二
與李檢法……四九八三
與趙判官……四九八三
與張察推 澄……四九八四
與鮑知録 埜……四九八五
回沈教授……四九八五
與真州陳教授……四九八六

後村先生詩文拾零卷之四……四九八七

啓……四九八七

回永福知縣……四九八七
回建陽黄縣丞……四九八八
回包仙尉 志崇……四九八八
回趙仙尉……四九八九
回薛監庫……四九八九
回李巡轄……四九九〇

回楊宰 醴陵，已赴官……四九九一
回黄尉 直卿……四九九一
回學職……四九九二
謝曾大參 從龍……四九九二
舉陞陟……四九九二
代陳真州 韡……四九九三
到任謝丞相……四九九三
與交代江司理……四九九四
代改除淮東倉謝丞相……四九九四
代湖南提舉就任謝丞相……四九九五
除憲謝宰相……四九九六
除守謝史丞相……四九九七
謝制置李尚書舉改官……四九九八
謝胡總領舉改官……四九九九
先君得遺表恩謝丞相……五〇〇〇
劄……五〇〇一

通王安撫……五〇〇一
通王運使……五〇〇三
回交代葉判縣……五〇〇五
回新黄判丞……五〇〇六

後記

後記……五〇〇九

前言

一

劉克莊（一一八七—一二六九），初名灼，後改今名，字潛夫，號後村，南宋福建路興化軍莆田（今福建莆田）人。祖諱夙，官至著作佐郎。父諱彌正，官至吏部侍郎。其祖、父皆博洽有文，剛介有守，傳爲劉氏家風，甚爲時人所重。宋寧宗嘉定二年（一二〇九），克莊以蔭補將仕郎，授靖安縣主簿。「潔齋袁公時以倉兼府，尤以文字見重。」《行狀》後爲真州錄事參軍，辟沿江制置司準備差遣，一時名人崔與之、李珏、黄幹皆愛重之。「及謀進取，公有異議，主謀者忌之，公求南嶽廟去。」《行狀》時嘉定十二年也。其後又入桂帥胡槻幕府，至嘉定十七年，始改宣教郎知建陽縣。任滿，通判潮州。以詠《落梅》詩得禍，閑廢多年。宋理宗端平元年（一二三四），爲閫帥真德秀所辟，除將作監主簿兼帥司參議官。後入京供職，除宗正寺主簿，遷樞密院編修官，兼權侍右郎官，尋罷。嘉熙元年（一二三七），除知袁州，歷廣東提舉，陞轉運使，攝安撫使、市舶使。爲言者誣奏，罷主崇禧觀。淳祐四年（一二四四），除江東提刑。六年，召入京奏事，道除太府少卿。

入京，特賜同進士出身，除秘書少監，任史事。復又兼國史院編修官、實録院檢討官、崇政殿説書，時暫兼權中書舍人。復爲言者誣奏，出知漳州，辭。八年，始拜漳州之命，又除福建提刑，丁憂去。十一年，除秘書監，兼太常少卿，直學士院，兼崇政殿説書、史館同修撰，復除起居舍人，兼侍講。又爲言者所論，詔除職予郡。次年，除右文殿修撰知建寧府，兼福建轉運副使。言者再論，遂罷新命，奉祠里居。景定元年（一二六〇），以秘書監召，道除起居郎、兼權中書舍人。入都，除權兵部侍郎、兼中書舍人，兼直學士院，兼史館同修撰。次年，除兵部侍郎，再兼中舍。三年，除權工部尚書。是年八月乞休致，特除寶章閣學士知建寧府。五年，以目眚謝事，除焕章閣學士，守本官致仕。咸淳四年（一二六八），特除龍圖閣學士，仍舊致仕。次年卒，享年八十三，謚曰文定。

縱觀克莊之一生，雖仕途坎坷，然累仆累起，終至顯要。究其緣由，文名甚盛之外，其卓越之政績、剛介之風操亦屬一端。茲以外任與立朝分論之。

克莊在外，歷任縣、州之僚屬及正官，又曾參議數幕府，且遍歷路分監司即所謂帥、漕、憲、倉，於民生疾苦、士風吏治、邊防要害，皆了然於胸，故其後立朝論政，侃侃而言，皆有據依。其宰建陽也，表儒先，崇風教，究心民事，庭無留訟，如古循吏。又節約用度，增創賑糶二千斛，大書其門曰：「聊爲爾民留飯碗，豈無來者續心燈。」其師真德秀爲作《倉記》。此舉爲頻受災害威脅之縣民留一生路，民受益非淺，故克莊及其後人經過建陽，縣之父老皆迎送挽留，數十年如一日，其感人至深如此。其仕廣東，「以嬰孺視嶺民，以冰玉帥寮屬，歲計羨而商征寬，民夷安之」。「史獨相，經理兩淮屯田，敷耕牛於廣右，公以事關邊儲，急爲區畫，既應令而民不知。」「留粤兩年，更攝帥、舶，俸給例卷皆卻不受，買田二百畝以贍仕於南而以喪歸者，南人刻石紀之。」其爲江東提刑，「一意訪求民瘼，澤物洗冤。劾廣信貪守，黥南康黠胥，皆有奧援者，公論稱快」。克莊之政績卓越，甚難枚舉，大抵「自領邑建陽，最聲已著，爲麾爲節，剖決如神，處事侔侔有方略。在藩在臬，獄案千紙，一覽盡得其情，而處之以恕」。以上引文並見《行狀》今存於《大全集》者，有《書判》二卷，又散佚於《明公書判清明集》者多篇，可見克莊斷案精明，而又宅心仁厚，行之以恕，實有古良吏之風，入之《循吏傳》而無愧。

克莊宰縣則以「邑最」名，知州亦以「郡最」著，其立朝則以剛直之風震天下，此亦其父祖相傳之家風使然也。其所言大抵皆據親身實歷，耳目聞見，傳以先賢議論，直陳民間疾苦、軍國大政。其門生洪天錫撰《墓誌銘》有云：「身兼兩制，詞頭填委，而論事不休。淫雨有疏，大水有疏，拯飢有疏，捐御莊以助和糴、覈冗牒以恤死事各有疏，又有五管見焉。每奏動數千言，懇切至到，異乎以文字發身者。」其大議論、大建白今多存集中，不煩贅述，僅以濟王之議、史嵩之致仕二事，以明其剛直之風。

所謂濟王者，本宗室子，名竑。宋寧宗無後，立爲皇子。趙竑與權相史彌遠有隙，彌遠既懼且恨，因布置耳目，暗中窺伺。又別擇宗室子趙昀，選官以訓導之。嘉定之末，寧宗駕崩，趙竑當立，而彌遠矯詔立趙昀，即宋理宗，而封竑爲濟王，且促其就第。後有爲亂者，謀立趙竑以爲號召，竑不得已勉從，尋親帥州兵而平之。史彌遠借機報怨，使人逼竑自盡。其後又唆使小人繳奏，追奪其贈典、王爵。時在廷名臣真德秀、魏了翁等皆以爲言，輒爲彌遠斥之。可見此事乃理宗、彌遠之隱私，言者必觸禍機。克莊於端平元年（一二三四）始入朝，正值詩禍閑廢之後，不改舊操，不顧安危，不計仕途進退，即上疏云：「陛下受命於天，柄臣掠功於己。因私天位，遂德柄臣；因德柄臣，遂疏同氣。」又言：「霅川之事（指濟王事），出於迫脇，向者止議其罪，不原其情。近者雖復其爵，未雪其枉。陛下何不下尺紙之詔，曰『故王有東海王疆、寧王憲之志，不幸遭變，朕於同氣友愛素隆，前日繳駁論列之人，宜伏江充、蘇文之誅』。德音辨誣則四海之心悅矣，厚禮改葬則九原之憾釋矣。」《墓誌銘》如此言論，可謂激切，當時名臣多擊節稱賞。至歎曰：「不意二劉之後，有此佳作。」雖其後果因此而罷官，然直聲震天下矣。

所謂史嵩之致仕一事，淳祐六年（一二四六）之末，權相史嵩之父喪未終，自乞掛冠。至十二月，理宗御筆云：「嵩之今已從吉，守本官職致仕。」克莊上奏云：「嵩之有無父之罪四，無君之罪七。舊相致仕，合有誥詞，今臣行嵩之之詞，未知爲褒爲貶。若從其自乞，則合用杜衍、歐陽修之例，何以示天下後世？若爲貶詞，則不坐下罪名，秉筆者何所依據？」理宗宣諭，令以自陳行詞。其後又有御筆云：「史嵩之除觀文殿大學士致仕。」此於嵩之，可謂太優。蓋宋人最重職名，而觀文殿大學士僅授予元勳重德，嵩之姦邪，實非其倫。克莊據理力爭，理宗反復開諭，皆不從，且與同志者合言之。最終，嵩之僅以金紫光祿大夫、永國公致仕，除職指揮更不施行。至是，克莊諸人不屈不撓，竭力回天，盡顯高風亮節，書之史冊而無愧。當時之丞相游似即以小簡致克莊云：「諸賢盡力回天，聖主舍己從人，書之簡冊，有光多矣。」本節引文俱見本集卷八〇《掖垣日記》

由前所述，克莊雖以文字受知，而其卓越之政績、剛直之風操，亦爲其累仆累起之因素。宋理宗嘗云：「卿愛君憂國，至老不衰，所以欲得相見。」《墓誌銘》此景定初年之語也。由於正史不爲克莊立傳，他書記其行事亦不甚詳，故後人多知克莊爲一文人，而不知其政績如此。即以文人而言，世人亦僅詳其文學成就，而不知其爲儒者、史家，故略述之如後。

克莊年僅十七，即代其父作《侍講朱公覆謚議》，以七百餘言，歷述孔孟之道之傳承興廢，朱熹之功業成就，堪稱言簡意賅，義正詞嚴，知其少年時代即於儒學有較深之認識。其後入官，又以真德秀爲師，而立論行事，大略近之。其於儒學，雖不以著述見長，然頗能以儒術飭身行政。其《進德》詩有云：「進德功夫有淺深，一毫間斷即差參。醉無謬誤明持敬，恕亦中和見養心。爲善豈須朋友責，積勤常若父師臨。向來歲月悠悠過，垂老方知痛自箴。」本集卷九於此可見其以儒治身之意。其爲地方官，亦本先儒「寬一分則民受一分之賜」之論，多行仁政，蔚有治聲。其於中朝，數任說書、侍講、侍讀等經筵侍從官，大抵皆憑藉儒家經義，借鑒前朝興衰，歷歷爲君主言之，有裨君德，有補時政。故理宗皇帝嘗云：「片言隻字，據經按史，謂非有裨於緝熙顧問，可乎？」且目其爲「醇儒」、「哲匹」。《墓誌銘》今存於集中之《進故事》、《經筵講義》，可見其儒學之一斑，故不贅述。

克莊亦富有史學。其立朝多任史職，如樞密院編修官、國史院編修官、實錄院檢討官、史館同修撰等。其中尤以史館同修撰爲要，略如現代之副總編。宋理宗嘗稱其「史學尤精」，著名史家李心傳亦甚重其才，意欲辟爲屬官。克莊本人亦嘗提及，曾任《地理志》、傳記之編撰，惜未能傳於後世。今集中尚可體現克莊史才者，有《玉牒初草》二卷、《雜詠》詩二百首。《初草》爲實錄體，文字當簡明，而克莊獨較詳記載經筵臣寮進講之語，此則其以經術輔國政之一貫思想。其《雜詠》二百首，遍及遠古帝王、三教九流，議論多有深意。游似見之，手之不置，曰：「一章雖二十字，皆史斷也。」《行狀》於此可略見克莊之史學、史識、史才。

固然，克莊聞名當時，主要在其文學成就。其立朝嘗任起居舍人、中書舍人、直學士院等職，皆爲文學侍從之職。當時朝廷大典冊、大詔令多出其手，其餘著述亦富。宋理宗至宣索其文集，且有「賦典麗而詩清新，記腴贍而序簡古」之褒。僅此而言，入之《文苑傳》而無愧。因其文學成就將於後文述論，此則從略。

二

上節略述克莊之生平、政績、學術，可見其人列之《循吏傳》而無愧，入之《文苑傳》而無愧，即置之《儒林傳》亦無不可，然《宋史》竟不爲其立傳，其故安在哉？或者以爲，克莊於賈似道入相之年，再度出山，且有賀啓多篇，稱頌過當，可謂晚節不保，故《宋史》不爲立傳。然則晚年一出、賀啓數篇，真可爲克莊名節之累乎！兹事大有不然者，須加申述焉。

自宋末元初，已有論者言克莊不當復出。兹摘録數條於次。

陳思《兩宋名賢小集》卷三一一《南岳詩藁》條云：

晚年爲賈似道一出，君子惜焉。

又劉壎《隱居通議》卷一一《半山詠揚雄》條云：

後村劉潛夫《詩話》有一論攻揚雄之短，劉蓋出於賈似道之門者，其人固非名節士也，乃識大義如此。

又明黄仲昭《未軒文集》補遺卷下云：

克莊晚爲賈似道一出，君子惜之，抑《春秋》責賢者備也。

又《四庫全書總目》卷一六三《後村集》條云：

克莊初受業真德秀，而晚節不終，年八十，乃失身於賈似道……則其從事講學，特假借以爲名高耳，不必以德秀之故，遂從而爲之詞也。

又同書卷一九五《後村詩話》條云：

克莊晚節頽唐，詩亦漸趨潦倒。

又清趙翼《讀史二十一首》有云：

放翁一代才，落筆見瑰異。從軍陝蜀間，不忘恢復志。如何一着錯，輕作《南園記》。後村劉潛夫，學植最淵懿。彈劾史嵩之，鯁直無所避。晚爲賈相出，亦遂滋物議。二公著述材，身擅不朽事。豈借權貴力，推挽助聲氣。然此事後觀，當時見則未。不覺一念移，遂爲終身累。始知勢要場，自守良不易。重内外乃輕，此際須道義。

以上所引諸條，多有爲賢者惋惜之意，然劉壎「固非名節士」一語、館臣「假借以爲名高」之評，幾有否定一切之意，過矣。趙翼後出，以史家之卓識，心平氣和，詞婉意深，可謂有德者之言。其中「然此事後觀，當時見則未」一聯，大有「不識廬山真面目，只緣身在此山中」、「此情可待成追憶，只是當時已惘然」之意，愛賢惜賢之心可見。然此意加之放翁猶可，施之克莊亦苛。蓋放翁作記，有賣字求官之嫌，難辭其咎；克莊復出，無阿附苟從之事，當察其情。茲以克莊復出之由、立朝之概分論之。

克莊晚年之出，實非本意，大概以詔書頻催，不敢違命，是以一出。自道中至入都，一再加官進爵，君恩浩蕩，是以不敢言去。雖其間不無賈似道之扳援，然與理宗皇帝之賞識信任亦密不可分。觀其入朝之初，理宗即云：「知卿愛君憂國，至老不衰，所以欲得相見。」其後又命中使宣索克莊著述，讀後又親灑宸翰：「卿風姿沉邃，天韻崇谹。今觀所進近作，賦典麗而詩清新，記腴贍而序簡古，片言隻字，按經據史，謂非有裨於緝熙顧問，可乎？」且有「醇儒」、「哲匠」之褒。理宗之言，可盡克莊平生，學術精深、節操高尚是也。其文章高妙，名滿天下，世人皆知，尚可不論，而「愛君憂國」，實理宗之心語，非信口而言也。蓋克莊此前三度立朝，每進鯁言讜議，多因得罪權姦而去，理宗知之深也。其後二年，克莊每有論奏，多見允從，詳見後述。由是可見，克莊晚年之出，實有君命難違、君恩深重、情不忍棄之苦衷。克莊與人書，有「庚申再出非其志也，迫而來，來而不能脫」本集卷一三二《回董相矩堂書》之語，大概正是此意。

即就賈似道扳援而言，克莊之出，亦有可得而論者。後人目賈氏爲姦臣，蓋就其後期擅朝亂政而言，其前期固守江淮，抵禦外辱，勳勞自不可泯沒。而景定元年（一二六〇），正當賈氏平蜀援鄂，敗蒙古於白鹿磯、蘋草坪之時，可謂功蓋一時，理宗即軍中拜爲右丞相。其入朝之初，意欲有一番作爲，故召名流而聚於本朝，克莊其一也。且以克莊之素論而言，非但不以賈氏爲姦，更視爲一代名賢。衆所周知，自宋寧宗、理宗以來，韓侂胄、史彌遠、史嵩之、丁大全先後擅政，危及社稷。其間雖有某些清操之士爲相，或魄力不足以斡旋，或度量不足以容納，故朝野終無堅凝之志，時事危殆，江山飄搖。克莊每以國家擇將相而不得其人爲憂，形諸詩文，集中多見，不煩贅引。而克莊於賈氏，則以爲少年有爲，氣度恢宏，勘爲宰相。如本集卷一〇八《跋崔菊坡與劉制置書》有云：

昔者聞之西山先生，可爲制帥者可爲宰相，謂其度量能容受、氣力能負荷而已。上頃以相印起清獻，豈此意歟！今大使秋壑賈公跋，稱清獻料邊事如燭照數計。壑公建淮閫十年，忠勞百倍於清獻之時，而懷賢服善，了無毫髮矜功伐能之意。西山「可以相」之語，清獻未及爲之事，不在斯人者乎？

克莊此跋作於賈氏任兩淮制帥之時，即入相之前，已於賈氏贊賞有加，稱其有度量，能負荷，堪爲宰相。由是言之，克莊之出，有與人爲善之意，無助紂爲虐之嫌也。又先儒有言：「窮則獨善其身，達則兼善天下。」若克莊之出，有補新政，造福天下，則其出當褒而不當貶，焉可以其晚年一出爲終身名節之累乎！故論克莊功過，尚當於其立朝實迹而考之。

克莊再度入朝，仍以文史二職爲主，兼有後省封駁之權、經筵講讀之務，可謂集衆職於一身，日不暇給。然其於書詔填委、史事叢脞之餘，仍多嘉言讜論。其文載於集中，不煩贅引，姑以封駁二事以明之。

本集卷八一有繳厲文翁除沿江制置使等職奏狀，克莊以爲厲文翁素行與宦業皆不足以當此重任，凡三度繳還詔命。理宗至命賈似道傳諭，欲使克莊等勿上繳疏。賈氏云：「某既不能遏於未命之時，今又乃任調停於已播敷之後，愧莫甚焉。如能體上意，付之忘言，是又出於望外也。」其言可謂委婉，然仍望克莊等遵旨而行。克莊以爲此職關係重大，終不肯從命，進言曰：「反復思之，必不得已，乞且令爲海閫，責以後效。」似道以克莊之言進呈，且亦力諫。理宗從之，僅授沿海制置使知慶元府，即厲文翁之舊任，而初擬除之知建康府、江東安撫使、兼行宮留守、暫兼淮西總領諸要職皆免。此克莊不阿君相、論事回天、直節仍舊之一證也。

同卷又有繳李桂除監察御史奏狀，此事更爲壯舉。如衆所知，宋代臺諫官自仁宗以來，號爲天子耳目，事權極重，建員極少，大凡控制一二臺諫官，便可掌控政局。故權姦擅政，亦必借助臺諫，以空善類，蔡京、秦檜皆是也。南宋自孝宗朝始，建員最多時不過五六人，亦有僅二三人者，故其人賢否，實關朝政利害。韓侂胄、史彌遠、史嵩之、丁大全，無一不借臺諫興風作浪。臺諫官既有權臣爲援，又號爲天子耳目，必受到天子之保護，故其入官，甚難撼搖。熙寧中王安石欲用李定爲監察御史裏行，當時有宋敏求、蘇頌、李大臨三舍人，皆以李定資歷人品不合任臺官，不肯奉詔草制，相繼罷去，世稱「熙寧三舍人」。南宋孝宗淳熙中，謝廓然賜出身，除殿中侍御史，時大儒林光朝當草制，亦以不奉命而罷，直聲震天下。至此，克莊亦效先賢之爲，力言李桂人品宦業皆無可稱，「必若用桂，不但辱臺，又且辱國」。時李桂已入臺，次日疏出，全臺待罪，朝紳皆謂與光朝疇昔繳謝某同。時度宗皇帝在東宮，亦謂宮官曰：「劉中書此舉甚高。」（《行狀》）克莊此舉之高，非尋常可比，蓋此官非皇帝親命，即宰相擬除，須有大氣魄、大力量方能勝之。熙寧三舍人、淳熙大儒雖有氣節，然無力回天，反遭罷譴，克莊一舉而去李桂，蓋有宋三百年唯此一例也。

由前二事，可知克莊非僅愛君憂國至老不衰，即剛介之風亦不遜少年時也。其出當褒而不當貶，焉可以其晚年一出爲終身名節之累乎！

克莊之大節無可厚非，已略如前述，則區區賀啓數篇，似不必深論。然流傳既久，影響頗鉅，於正確評定其人其作皆有礙，故不得不辨析之。

自宋末元初，方回即有克莊「詩文諛鄭及賈已甚」之說，語具《瀛奎律髓》卷二七，尚屬泛論。至清人王士禎出，則摘引數啓，加以評議，措辭可謂激烈。茲節錄《居易錄》卷二所載於後：

後村論揚雄《劇秦美新》，及作《元后誄》，言「天之所廢，人不敢支」、「歷世運移，屬在新聖」云云。蔡邕代作群臣上表，言卓「黜廢頑凶，援立聖哲」云云。又論阮籍跌宕棄禮法，晚爲《勸進表》，志行掃地。詞嚴義正。然其《賀賈相啓》略云：「像畫雲臺，令漢家九鼎之重；手扶日轂，措天下泰山之安。昔茂弘嘆丘墟百年，孔明欲宮府一體。彼徒懷乎此志，公允踐於斯言。」《賀賈太師復相》云：「孤忠貫日，隻手擎天。」「聞勇退則眉攢杜陵老之愁，覩登庸則心動石徂徠之喜。」《再賀平章》云：「屏群陰於散地，聚衆賢於本朝。」「無官可酬，爰峻久虛之位；有謀則就，所謂不召之臣。」諛詞諂語，連章累牘，豈真以似道爲伊、周，武鄉之比哉？抑蹈雄、邕之覆轍而不自覺？按後村作此時年已八十，惜哉！

四庫館臣從而和之，且言「較陸游《南園》二記猶存規戒之旨者，抑又甚焉」，并以此否定克莊一生之學業。此皆文人膚淺之見，非爲史家公允之評也。蓋啓類文字，乃私人應酬之作，王士禎及館臣將其與《勸進表》、《南園記》相提並論，已爲一失。又賈似道有功禦敵，無力回天，其功罪尚須評議，然與有意篡漢之王莽、董卓相比，自是不侔。王士禎則混爲一談，又爲一失。至於克莊之賀啓，多有實迹可指，并非虛語，已見前述。而王士禎所云比擬伊、周、武鄉非倫，此則文體使然，無可厚非。蓋啓類文字皆用四六體，講求對仗工整、辭藻富麗、用典精巧。僅以用典而言，有用字面者，有略用其意者。若言兄弟俱有文學，則云「機雲」、「二蘇」之類。若其人爲守土之臣，則多云「巡遠」。若其人有武力，則多云「賁育」、「關張」。若其人爲相，則多云「伊周」。又以地理而言，治蜀有績者多擬「武侯」，安江東者多擬「王導、謝安」。此皆文人慣用之典，借其形似，非必以爲與前賢相當也。若以王士禎之意，欲從四六文字中尋求克莊阿諛似道之跡，則其所引尚爲乏力，吾人當爲其另舉一例。本集卷一一二《雜記》有云：

辛酉，國史、實錄院，日曆、會要、玉牒、經武要略、敕令所進書，太保、右丞相賈某拜太傅，加食邑。時余兼儤直，預備一制。及宣鎖，余適不當日，遂藏藁不出。朝士多見之，惟洪仲魯侍郎錄副而去。後失其藁，不能追省，猶彷彿記三數語，首聯云：「總羣書，奏《七略》，載嘉汗竹之勞；立太傅，曰三公，爰峻面槐之拜。」中間云：「昔夫子却萊夷之後，定古文之百篇；周公踐商奄而歸，作太平之六典。向非天資學力之俱到，安能文事武備之兩全。」尾聯云：「於戲！倚相楚之良史，豈惟讀上古之墳典索丘；謝傅晉之偉人，可以繫中國之衣冠禮樂。」語意稍著題，與尋常進書加恩者不同。

克莊預草賈似道進書加官制，以當時所進之書名目繁多，有國朝正史、典章制度、軍事要略諸類，故泛以「七略」目之，且與下聯「三公」相對，可謂簡潔妙巧。中間以孔子、周公制訂典章爲言，兼及文武之事。末後又言良史之才、安邦之功。一制之中，拈出孔子修書、周公訂禮、倚相撰史、謝安安邦諸事，豈以賈似道可比四賢哉，不過取其著書立言、文事武備之迹似而已。且謝安官至太傅，亦恰與賈氏同，故克莊用之。若以此爲頌諛之作，則此制遠過前云數啓。蓋草制乃代王言，屬大詔令、大製作，將公諸天下，與私家應酬之啓事迥殊。若當時便以賈氏爲姦臣，以上諸文爲有意頌諛而作，則克莊及其子孫當刪之唯恐不及，而克莊乃於失藁之餘，惓惓不忘，述之於《雜記》中，豈非自留口實。詳克莊之意，不過自矜四六高妙，津津樂道，以「語意稍著題，與尋常進書加恩者不同」而已。可見四六之作，限於文體，必用典故，又須「著題」，方稱精妙，則不可以形似之言而指爲實迹。若换作書信，則可從容鋪敘。如本集卷一三二《與賈丞相書》有云：

> 宸翰所云「吾民賴以更生，王室同於再造」，可謂實錄矣。班師入覲，上方托國於公，中使郊勞，百官班迎，獨提一筆坐政事堂，爲天子建盛世之策而開太平之基，某何幸身親見之！抑小人願有獻焉。立功名易，保功名難，聖如周公，跋疐胡尾；賢如謝傅，挽鬚流涕。杜陵「功大心轉小」之句，曹武惠「江南幹當回」之語，大丞相講之熟矣，某奚所容喙？某兩年來奏記丞史，預言俟公當筆，即請掛冠。今前言果驗，謹課啓事一通賀廈，及申省狀一封告老。

詳其文意，此書乃與《賀賈相啓》同時所作。以書信不受四六限制，故可大段鋪述，而不必多用典故。書中雖亦提及周公、謝安，乃是以二賢晚節有憾相戒，即「立功名易，保功名難」，用心可謂良苦。且宋人書、啓多是同時送達，身矜「四六乃吾家事」之劉克莊，必借啓事作一精美之「著題」文字，故賀啓必以頌美、慶賀爲辭。至於規戒之語、瑣碎之事，自可於書信言之。王士禎、館臣不明乎此，僅憑應酬之駢語，未對看書信，且未考察其立朝之實迹，即加誣詆，實爲文人肤淺之見，而非史家公允之評也。

尚須留意者，克莊一生最重名節，其相爲師友者，亦多爲有才學、有氣節之士，如朱熹之子孫、弟子，以及真德秀、魏了翁、葉適、洪咨夔、王遂、王邁、方大琮、潘牥、徐經孫、徐鹿卿、洪天錫、江萬里、文天祥等，皆爲南宋中後期第一流人物。其他將相、侍從、臺諫稍正直者，多與克莊爲友。克莊若能稍加委曲，登進宰輔之地亦不爲難。然克莊始終一節，遇大是大非，決不退避，故累起累仆。真德秀爲其師，而德秀之出，克莊以書止之，辭色不稍假借。鄭清之爲其恩相，曾援之於危難，又兩度扳援入朝，而克莊立言論事，或觸其隱私，或政見相左。清之至嘆曰：「千辛萬苦喚得來，又向那邊去。」《行狀》最後一出，雖由君相賞重，然入朝即言：「國以危懼存，以佚樂亡，臣願陛下毋忘胡馬飲江時，大臣毋忘入峽時，毋忘漢陽舟中與白鹿磯時。」其言直指君相，一針見血，非名節之士能爲此語乎！然則劉壎「固非名節士」、館臣「假借以爲名高」之說，實乃千古之寃案，至此可一洗而清之乎！

三

克莊之文學成就甚高，於詩、詞、文皆所擅長，一時天下推重。林希逸作《後村居士集序》，有云：「夫文章非一體，能者互有短長。王粲他文不如賦，子美無韻者難讀，溫公不習四六，南豐文過其詩，此皆前輩評論也。以余觀於後村，自非天稟迥殊，學力深到，何其多能哉！詩雖會衆作而自爲一宗，文不主一家而兼備衆體，摹寫之筆工妙，援引之論精詳。其錯綜也嚴，其興寄也遠，或舂容而多態，或峭拔以爲奇。融貫古今，自入爐鞴，有《穀梁》之潔而寓《離騷》之幽，有相如之麗而得退之之正。霜明玉瑩，虎躍龍驤，閎肆瑰奇，超邁特立。千載而下，必與歐、梅、六子并行，當爲中興一大家數也。」又於《行狀》中有云：「茫茫宇宙，人物何限，其能擅一世盛名，自少至老，使言詩者宗焉，言文者宗焉，言四六者宗焉，雖前乎耆舊、後乎秀傑之士，亦莫不退遜而推先，卒至見知於人主者，古今能幾人哉。」林希逸之言，雖不免朋友間之頌揚，然言克莊兼善多能，確爲的評。又林氏之論，蓋統而言之，若以今日之觀念，則可就文學創作、文藝批評、史料價值而分論之。

克莊之文學創作，歷時甚久。其十七歲所作《文公覆諡議》，時人即有「老筆」之嘆，則其初作必在數年前，至年八十三卒，幾有近七十年之創作經歷，故著述甚富。僅以詩而言，林希逸即云有「六七千首」之多。其詩初學唐律，中年兼善古體，晚節效法放翁。其樂府歌行，尤爲時人稱道，以爲可比唐之李賀。又六言之作，唐宋作者皆不多，精品尤少。洪邁選唐人六言，僅得三十餘首，克莊選宋詩，亦只得七十篇，而其自作則近四百篇，且「事偶尤精，近代詩家所難也」。《愛日齋叢鈔》卷三可知林希逸「詩雖會衆作而自爲一宗」之評，不爲虛語也。其少年之詩，已爲著名學者葉適所稱道，以爲當建詩壇大將旗鼓。真德秀編選《文章正宗》，也以詩歌一門屬之。後人至以放翁、誠齋、後村三家相提並論。克莊之詞作亦倍受好評。《雨村詞話》卷三有云：「劉後村克莊有《滿江紅》十二首，悲壯激烈，有敲碎唾壺、旁若無人之意，南渡後諸賢皆不及。」又《藝概》卷四云：「劉後村詞，旨正而語有致。」又《蒿庵論詞》云：「後村詞與放翁、稼軒，猶鼎三足。其生丁南渡，拳拳君國似放翁，志在有爲、不欲以詞人自域似稼軒。」「又其宅心忠厚，亦往往於詞得之。」「胸次如此，豈剪紅刻翠者比邪！升庵稱其壯語，子晉稱其雄力，殆猶皮相也。」而克莊最自負者，當屬駢儷之作，嘗云「四六乃吾家事」。其師真德秀亦擅四六，而自遜不如。林希逸作《行狀》云：「至於駢語，雖祖半山（王安石）、曲阜（曾肇），而隱顯融化，鍵奧機沉。表制之外，誥啓尤妙，自成一家。他人或相仿傚，神氣索然矣。甲子以來，又爲渾深簡到之語，嘗語余曰：『我四六又一變矣。』」劉壎亦稱克莊四六「筆力高妙，不假雕鐫，而用事尤精切」。「予讀山東制詔，見其雄奇超卓，信非後村公莫能也。」《隱居通議》卷二一今其四六存於《大全集》者不下千首，警聯精語，層出不窮，信爲一代大手筆也。以上略及克莊詩、詞、四六之作，尚不及其他，已見其文學創作之富且精，可以繼前賢而開後學，實爲吾國中古文學寶庫之珍品。

《大全集》中又有序跋十八卷、《詩話》十四卷。克莊於此類文字中，論及古今典籍、詩人詩作，兼及書畫之辨僞與鑒賞，可納入文藝批評之範疇。其人既博通古今，加之歷年長久，創作不懈，深知个中甘苦，故評論多中肯綮。如云：「唐文人皆能詩，柳尤高，韓尚非本色。入宋則文人多，詩人少。三百年間，雖人各有集，集各有詩，詩各自有體，或尚理致，或負材力，或逞辨博，少則千篇，多至萬首，要皆經義策論之有韻者爾，非詩也。」《後村集》卷二三。後人推爲至論。又如推梅聖俞爲本色詩人，論黃庭堅爲有宋詩家宗祖，皆有識見，至今學者援以爲說。又其論及先秦至宋末之典籍，其原書不存者，賴之得見梗概，其詩句失傳者，亦賴之得存一二，故爲輯佚家之淵藪。自宋末以來，學者多據克莊之序跋、《詩話》爲說。馬端臨修《文獻通考》，援引數十百條，《四庫全書總目》引其說者亦不下此數。其餘詩話、詞話引以爲說者，殆不可勝數。四庫館臣雖極詆克莊人品，而不得不云：「要其大旨，則精核者多，固迴在南宋諸家詩話上也。」《四庫全書總目》卷一九五由是可見，克莊此類文字，於吾國古代文藝批評史，卓有建樹焉。

此外，《大全集》尚有不容忽視之史料價值。如衆所知，南宋中晚期史籍甚爲缺略，且多譌誤，治史者病焉。克莊歷年既久，著述又富，且其各類作品皆依年代先後序列，故可資考證。其間如制詔一類，可見一時人物進退，甚有裨於史事。又如《玉牒初草》二卷，乃實錄體，記載嘉定十一、十二年史事，可與正史相參。它如記、序、題跋、雜記之屬，亦多及史事。尤爲可觀者，乃行狀、碑誌數十卷，洋洋數十萬言，涉及宰輔、將帥、侍從、臺諫等朝廷要員，亦多載學者、詩人生平事迹。其間有正史不載者，直可補其缺；有正史語焉不詳者，則可補其遺。由是言之，《大全集》之史料價值，真不可小視之也。

四

《大全集》之重大價值既如前述，則整理研究，不可不力。惜今存諸本，皆多殘缺譌誤，無一可以通讀，專家學者已病之，青年學子尤望之興嘆。故此書之整理，頗耗心力，且與他書之點勘方式有所不同。茲先述其版本流傳，次言整理之凡例。

克莊之著述問世，首自青年時代之《南嶽詩藁》，即葉適所謂當「建大將旗鼓」者。淳祐九年，林希逸爲刊前集五十卷，《南嶽詩藁》亦入其中，然已有散佚或刪削者。後有林式之者，續成六十卷，見於林同《竹溪鬳齋十一藁續集序》。其後又有後、續、新三集，刊而行之。克莊卒後，所行之集已多缺略脱誤，甚子山甫合而刊之，名以《大全》，共二百本。流傳至明代，雖《内閣藏書目錄》卷三尚有「二百本」之記載，然已稱不全。至《國史經籍志》卷五所記，則僅爲一百九十六卷，與今存諸本合。今觀一百九十六卷之中，克莊自撰者爲一百九十三卷，其餘三卷則他人所作行狀、墓誌、謚議之屬，且篇幅甚小，有勉強成卷之嫌。由是言之，《大全集》必有散佚，只是爲數不多而已。《大全集》外，今存於世者，有五十卷本兩種，即北京圖書館藏宋刻本及影印文淵閣四庫全書本（簡稱四庫本），即所謂「前集」是也。又有一種六十卷本，即明代謝肇淛小草齋抄本（簡稱小草本）。此本不取詩賦、制詔、碑誌之類，唯取記、序、題跋、表啓、詩話、長短句之屬，然各類文字首尾完具，多有今本《大全集》所不載者，且脫誤較少，想其當時必得見一善本也。此外尚有部分詩文選抄本，及《詩話》、《題跋》、《長短句》、《玉牒初草》之單行本，不一一具述。

所存《大全集》諸本，易得而見者，唯《四部叢刊》初編影印之明賜硯堂抄本。其他如清代馮氏醽經閣舊抄本（簡稱馮本）、盧氏抱經樓舊抄本（簡稱盧本）、翁同書校秦氏石硯齋抄本（簡稱翁校本）、張氏愛日精廬抄本（簡稱張本），則多藏於國家圖書館，唯以縮微膠卷供查閱。以上諸本雖文字互有出入，然其大段殘缺、錯簡、脫簡，大略相同，或由同一祖本而出，而抄手有優劣也。其餘脫字、錯字、衍字之誤，爲數甚多。僅以通行本言，各類錯誤達一萬五千條，其不可通讀也明矣。

大凡典籍之整理，必擇一善本作底本，而以另一足本通校之，再參校其餘。鑒於前述《大全集》之版本狀況，不得不變通而爲之。故本次整理，以通行之《四部叢刊》初編本爲底本，而其内容與前述兩五十卷本、一六十卷本合者，即以此三本主校。此三本實爲兩書，即「前集」與全集之選抄本，皆稱善本。兩書合計一百一十卷，除去重複，得八十六卷，則全集近半數之文字可得到較好之點勘，亦不幸中之幸事也。其餘文字，則以翁校本通校，再參考馮、盧、張諸本。其有單行而精善者，如《適園叢書》本《後村詩話》、《後村題跋》，《彊村叢書》本《後村長短句》，四庫本《後村詩話》等，亦多所援據。又有部分文字，各本皆殘缺脱誤，而散見於他種典籍者尚爲完好，如《翰苑新書》、《永樂大典》、《名公書判清明集》等，亦援以爲説。又有碑誌之類，諸本無從校正者，則索之史傳，所獲亦豐。

除以上述方式，使大部分文字得以校正外，仍有少許文字無從考索，校點者只得以己意從事。其間些許字句之誤，尚可憑字形、文意、音韻而爲之解。至若大段脱簡、錯簡，則令人神傷。其中有一文之中大段脱簡者，有二文相互錯簡者，有三文循環錯簡者，又有因脱簡合二文爲一者，亦有因脱簡而遺失他文者。凡此皆須時時存念，讀後思前，反復斟酌，故尤爲艱辛。然意改之詞，未必盡當，讀者識其苦心，或不以一眚而掩之也。

底本之外，克莊詩文散見於他本、他書者尚不爲少。今次整理，凡見於他本者，則視作本集詩文，繫於底本相關之位置。唯其他典籍所載者，方視作佚文，另行編次。今從他本補入者，計詩、詞、文共七十餘首。其佚作則爲詩一百零六首、詞六首、制詞二篇、表五篇、書判十二篇、啓劄四十八篇，總一百七十九篇，分爲四卷，名曰《後村先生詩文拾零》。

此稿初成於二十年前，終因底本欠佳，疑竇尚多，未敢問世。至是重加審訂，似已可讀，爰以付梓。底本謬誤約一萬五千條，多以校記注明。然有少許誤字，終校之時方始勘出，爲免推版滋誤，則於文中徑改，如（傅）〔傳〕、（穎）〔潁〕之類。其中圓弧號内爲誤字，六角號内爲正字。疏略之處，讀者其諒諸。

本書詩詞類由向以鮮先生校點，散文雜著之屬，則王蓉貴、刁忠民二先生分任其責，且由刁忠民先生審訂全稿。其中文類初稿，承蒙曾棗莊、劉琳、李文澤、郭齊、楊世文、吳洪澤諸先生審閱，多所匡正。又電腦照排、文字校對者，則周家會、汪利華、吳玉鳳、魏銀、張曉蘭、何紅、胡玲娟、羅曉紅、霞紹暉、劉平中、王華、王琴、李紅、劉莉諸君與有力焉，謹致謝忱。唯校點者識見有限，疏誤難免。摘瑕指謬，是所望於方家；拾遺補缺，尚有待於通人。讀者不吝賜教，是則吾人所欣盼焉。

編　者

二〇〇八年十一月二十日

後村先生大全集序

後村先生以文章名當世〔一〕。《初集》本未刊時，四方之士隨所得争傳録之，而見者恨未廣也。予戊申備數守莆，方得《前集》刊之郡庠，於時紙價倍常。及後村兩自京還，石塘、小孤山二友始求公近稿，鋟於其家〔二〕，積二十年，共成後、續、新三集，今此書傳流遍江左矣。後村夢奠〔三〕，諸郎分任送終之責，各盡其心。季子季高既成負土之役，又取先生四集合爲一部而彙聚之〔四〕，名以《大全》，共二百本。其本差小，將以便士友之傳誦也〔五〕。將成，先以寄余。余曰：太白没，伯禽尚幼，遂以文稿托之當塗令陽冰〔六〕。樂天因姪兒蚤夭，自以文集録爲三本，分寄聖善、南禪、香山三寺〔七〕。二公珍愛其文如此〔八〕，而不能有子以傳之，死生之際，遺憾蓋可知也。今先生之文既行於世，而季高又拳拳及此，先生之無遺憾，謫仙醉吟所不及多矣。季高名山甫，先生第三子也。咸淳六年歲庚午，秋九月菊日，竹溪林希逸書。

〔一〕章名當世：小草本作「名世甚早」。

〔二〕「鋟於其家」及下句「積」，原缺，據小草本補。

〔三〕「夢奠」及下句「諸郎分」，原缺，據小草本補。

〔四〕取先生四集合：原缺，據小草本補。
〔五〕以便士友之傳：原缺，據小草本補。
〔六〕托之當塗令：原缺，據小草本補。
〔七〕禪香山三：原缺，據小草本補。
〔八〕二公：原作「諸上人」，據小草本改。

後村先生大全集序

六一翁嘗言：「讀班固《藝文志》、唐《四庫書目》，見著書之士不可勝數，而百不一二存，毋異草木榮華之飄風，鳥獸好音之過耳，瞬息銷磨，古今同恨。」韓退之有言：「莫爲之後，雖美而不傳。」其故實在於斯。至若以文名世者，家有賢子孫，能紹祖父書香，昭箕裘於不墜，則其文久而彌彰，流傳不朽矣。吾家季高自少時即妙言語，人以小東坡目之。暨長，學益進，文益工，聲名益盛，幾與坡并稱。季高父後村公以文章名天下，有前集刊於莆，既而後、續、新三集復刊於玉融，四方□□□□板爲書坊翻刻，而卷帙訛繁，非巾箱之便。季高姪乃以□□□□□人便於收覽。會閩閫有受後村之知者，或告以所刊略□□□□□公移令郡縣，索板而毀。予聞而語鄉牧石磵陳侯宜，且□□□□□學職審訂，果略則益之，訛則改正之，脱毀之則恐流傳稍□□類毀坡集之公案，人未易家曉也。陳侯曰然，於是不果毀而上其板於閫，以故中輟。或謂季高曰：「近代省齋、誠齋集皆其子曰綸曰長孺與士友編定，鋟木於家，故迄今皆善本，而陸務觀《渭南集》亦其幼子遹刊於溧陽學宮。爲父刊文集，非不應爲者，宜不在併案之科，子何疑焉？」至是始成部帙，遂志所云於竹溪序引之後，以解識者之惑。若夫典麗清新、腴贍簡古之褒，則有先朝之宸奎在，屋下人何容贊一辭！季高名山甫。咸淳壬申中春，姚街劉希仁書。

後村先生大全集卷之一

詩

公少作幾千首，嘉定己卯，自江上奉祠歸，發故篋盡焚之，僅存百首，是爲《南嶽舊藁》。

郭璞墓

先生精數學，卜穴未應疏。因捋虎鬚死，還尋魚腹居。如何師鬼谷，却去友靈胥。此理憑誰詰，人方寶葬書。

魏太武廟

荒凉瓜步市，尚有佛貍祠。俚俗傳來久，行人信復疑。亂鴉争祭處，萬馬飲江時。意氣今安在，城笳暮更悲。

徐孺子墓

今曉安墳意，梅仙舊廨傍。醯成龍不至，羅設鳳高翔。黨錮人俱燼，先生骨尚香。小詩拈未出，何以侑椒漿。

北來人二首

試説東都事，添人白髮多。寢園殘石馬，廢殿泣銅駝。胡運占難久，邊情聽易訛。淒凉舊京女，妝髻尚宣和。

十口同離仳，今成獨雁飛。飢鉏荒寺菜，貧著陷蕃衣。甲第歌鍾沸，沙場探騎稀。老身閩地死，不見翠鑾歸。

北山作

骨法枯閑甚，惟堪作隱君。山行忘路脉，野坐認天文。字瘦偏題石，詩寒半説雲。近來仍喜聵，閒事不曾聞。

早 行

店嫗明燈送，前村認未真。山頭雲似雪，陌上樹如人。漸覺高星少，纔分遠燒新。何須看堠子，來往暗知津。

黄檗山

出縣半程遥，松間認粉標。峰排神女峽，寺創德宗朝。鸖老巢高木〔一〕，僧寒曬墮樵。早知人世淡，來住退居寮。

〔一〕鸖：原作「鶴」，據《兩宋名賢小集》卷三一一、《宋詩鈔》卷八九改。

第三龍湫

絶頂謁龍公，森寒石作宮。路盤青壁上，瀑瀉白雲中。僧説聞雷出，人疑與海通。幾時陰晦夜，來此看拏空。

客中作

漂泊何須遠，離鄉即旅人。炊薪嘗海品〔一〕，書刺謁田鄰。家寄寒衣少，山來曉夢頻。小兒仍病瘧，詩句竟無神。

〔一〕薪：原作「新」，據宋刻本改。

小寺

小寺無蹊徑，行時認蘚痕。犬寒鳴似豹〔一〕，僧老瘦於猿。澗水來旋磨，山童出閉門。城中梅未見，已有數株繁。

〔一〕似豹：原倒，據宋刻本、四庫本及翁校本乙。

晚 春

花事匆匆了，人家割麥初。雨多田有鸛，潮小市無魚。禿筆回僧簡，褎衣看古書。經年稀見客，磬折轉生疏。

哭葉孝錫教授

瘴雲深處死，太息奈君何〔一〕。詩友俱來吊，埋銘久未磨〔二〕。箕裘無子繼，書畫落人多。舊宅今移主，斜陽掩涕過。

〔一〕太息：原作「大鳥」，據宋刻本、四庫本及翁校本改。

〔二〕銘：原作「名」，據宋刻本、四庫本改。

夜過瑞香庵〔一〕

夜深捫絶頂，童子旋開扉。問客來何暮，云僧去未歸。山空聞瀑瀉，林黑見螢飛。此境唯予愛，他人到想稀。

〔一〕「庵」下，宋刻本、四庫本皆有一「作」字。

送薛明府

長官三載内，屢被督郵嗔。鎮静笞刑少〔一〕，公清縣庫貧。減租需野老，掃榻待詩人。祇恐鳧飛後，民間事事新。

〔一〕鎮静：原倒，據宋刻本、四庫本乙。

蒜嶺

到此思家切，寒衣半淚痕。燒餘山頂禿，潮至海波渾。僕怕昏無店，人言近有村〔一〕。吾生輸野老，笑語掩柴門。

〔一〕言：原作「閒」，據宋刻本、四庫本改。

示觀老

住山仍黑瘦，瓶錫極蕭然。頂髮千莖雪，跏趺一縷烟。禪堪拈出衆，詩亦長於前。燒盡西窗燭，相看各不眠。

武陟道中〔一〕

一路荒凉極，無端過此頻。官於鹽起税，俗事蠱爲神。暝色初逢驛，溪聲只隔林。留題空滿壁，不見有詩人。

〔一〕陟：宋刻本、四庫本及翁校本皆作「步」。

浦城道中

纔入僊霞路，重裘尚不支。居人收柏實，客子辨梅詩。地濕然箕坐，霜寒隔被知。向來真錯計，不買草堂基。

幽居寺

相傳有儒者，唐季隱兹峰。電已收遺藁，雲方鎖暮鐘。木碑無世次，石洞斷人蹤。此士何曾死，林深不可逢。

大目寺〔一〕

來人云虎出，留此到昏鐘。寺小於諸刹，山高似衆峰。未寒先得雪，已夏尚如冬。老子曾游浙，微微有辯鋒。

〔一〕大：原作「天」，據宋刻本、四庫本改。

哭容倅舅氏二首

老赴容州辟，移書勸不回。客迎蕭寺哭，喪附海舟來。瘴雨銘旌暗，空山梵磬哀。未知墳上柏，此去幾時栽。

尚記陪言笑，如今叫不膺。兒分身後俸，僧上殯前燈〔一〕。宅有遺基在，田無一畝增。問天何至此，在日以廉稱。

〔一〕前：原作「中」，據宋刻本、四庫本改。

吴大帝廟

露坐空山裏，英靈喚不廻。久無祠祭至，曾作帝王來。壞壁蟲傷畫，殘爐鼠印灰。今人渾忘却，江左是誰開。

鐵塔寺

細認苔間字，方知鑄塔時。不因兵廢壞，似有物扶持。古殿人開少，深窗日上遲。僧言明受事，相對各攢眉。

聰老

聰老才堪將，髡緇意未平。僧中能結客，禪外又談兵。喜聽詩家話，多知虜地情。何當長鬚髮，遣戍國西營〔一〕。

〔一〕遺：原作「遺」，據宋刻本、四庫本及翁校本改。

哭薛子舒二首

醫自金壇至，猶言疾可爲。瀕危人未信，聞死世皆疑。友共收殘藁，妻能讀殮儀。借來書冊子，掩淚付孤兒。

忍死教磨墨，留書訣父兄。讀來堪下淚，寄去怕傷情。墓要師爲誌，詩於世有名。夜闌秋枕上，猶夢共山行。

贈川郭

川郭顛狂甚，平生挾術游。老猶攜侍女，貧不諂公侯。用藥多投病，酬錢或掉頭。金陵官酒貴，應典舊貂裘。

贈錢道人

除了布裘外，都無物自隨。跣能行大雪，飢但嚥華池。説相言多驗，嫌錢事更奇。一般難曉處，裝背貴人詩。

張麗華墓

臺上柏蕭蕭，空堂閉寂寥。芳魂三尺土，往事幾回潮。墮翠尋難見，埋紅恨未銷。猶勝江令在，白首入隋朝。

送鄒景仁

衝寒何處去，新戍尚來年。客勸休辭幕，君言已買船。霜清江有蟹，葉脱木無蟬。若過東林寺，攜家往問禪。

二將 石俣、韓仔〔一〕

二將同時死，路人聞亦哀。力窮鏖轉急，圍厚突難開。戰骨尋應在，殘兵間有迴。傷心郵遞裏，隔日捷書來。

〔一〕仔：原作「存」，據宋刻本、四庫本及翁校本改。

陳虛一

幾載皖山耕，忽提孤劍行。戰場中有骨，尺籍上無名。馬自尋歸路，身空試賊營。却疑兵解去，曾説煉丹成。

揚州作

幾多精甲没黄沙，野哭遥憐戰士家。瓜渡月明空粉堞，蕪城烟斷只昏鴉。似聞漢使攽王醢，尚喜胡兒剖帝羓。惆悵兩淮蠶織地，春風不復長桑芽。

南浦亭寄所思

只是從前瘦病身，官卑活計太清貧。買來晉帖多成贋，吟得唐詩轉逼真。生擬棄家尋劍客，死當移家近騷人。秋風爛漫吹雙鬢，目送停雲欲愴神。

蒜嶺夜行

嶺頭無復一人來，漁火收燈户不開。松氣滿山凉似雨，海聲中夜近如雷。擬披醉髪横簫去，只寄鄉書與劍迴。他日有人傳肘後，尚堪收拾作詩材。

別敖器之

舊説閩人苦節稀，先生獨抱歲寒姿。老年絳帳聊開講，當日烏臺要劾詩。東閣不游緣有氣，草堂未架爲無貲。輕烟小雪孤山路，折贈梅花寄一枝。

哭楊吏部通老

白首除郎已晚哉，民間桑柘手親栽。蓋棺只着深衣去，行李空擔語録廻。主祭遺孤猶未冠，著書殘藁漫成堆。可憐薄命飄蓬客，虚事江西幕府來。

老　歎

肘後奇書懶更開，只今年鬢已相催。但聞方士騰空去，不見童男入海廻。無藥能留炎帝在，有人曾哭老聃來。醉鄉一路差堪向，終擬劉伶冢畔埋。

答友生

讀《易》參禪事事奇，高情已恨挂冠遲。清於楚客滋蘭日，貧似唐人乞米時。家爲買琴添舊債，厨因養鶴減晨炊。君看《江表英雄傳》，何似孤山一卷詩。

趙清獻墓

南渡先賢迹已稀，蕭然華表立山陂。可曾長吏修祠宇，便恐樵人落樹枝。幾度過墳偏下馬，向來出蜀只攜龜。自憐日暮天寒客，不到林間讀隧碑。

烏石山

客子家山亦此峰，可堪投宿聽疏鐘。旋沽村酒開霜柿，欲訪禪扉隔暮松。鄉信寫成無便寄，寒衣着綻倩人縫。遠來只爲營瓜圃，不是貪渠萬户封。

除夕

憶昔都城值歲除，高樓張燭戲呼盧。久依浄社參尊宿，難向新豐認酒徒。天子未知工草賦，鄰人或倩寫桃符。夜寒别有窮生活，點勘《離騷》擁地爐。

呈袁秘監

近日頻聞有峻除，人傳君相重師儒〔一〕。細旃坐穩方輪講，羣玉峰高未要扶。別後曾過東閣否，新來亦乞鑑湖無。幾時供帳都門外，真寫先生作畫圖。

〔一〕師儒：原倒，據宋刻本、四庫本及翁校本乙。

漁　梁

春泥滑滑雨絲絲，一路陰寒少霽時。水入陂渠喧似瀑，雲從山崦上如炊。燎衣去傍田家火，炙燭來看野店詩。落盡梅花心事惡，獨搔蓬鬢遶殘枝。

小梓人家

生來拙性嗜清幽，獨過山家爲小留。頂笠兒歸行樹杪，提瓶婦去汲溪頭。參天老竹當門碧，盡日寒泉遶舍流。我料草堂猶未架，規模已被野人偷。

送拄杖還僧

頭白高僧行脚懶，一枝笻竹久生苔。不逢太乙燃藜照，時借山翁荷蓧廻。夜挂多尋蕭寺壁，曉拈恐化葛陂雷。還師此物禪須進，曾入詩人手内來。

雪峰寺

七里深林集暮鴉，插空金碧被林遮。華堂何止容千衲，菜地猶堪置萬家。虎去有靈知伏弩，僧來敘舊約分茶。世人要識千峰冷〔一〕，六月重綿坐結跏。

〔一〕千峰：宋刻本、四庫本皆作「峰頭」，翁校本作「雪峰」。

蓋竹廟

借榻叢祠日已曛，瓣香頻此謁靈君。儻來夢事休重卜，向去詩才進幾分。明主不須人諫獵，故山空使客移文。寄書報與荆妻説，十襲荷衣莫要焚。

瓜洲城〔一〕

先朝築此要防邊，不遣胡兒見戰船。遮斷難傳河朔檄，修來大費水衡錢。書生空抱鳴鷄志〔二〕，故老能言飲馬年。慚愧戍兵身手健，箔樓各占一間眠。

〔一〕洲：原作「州」，據宋刻本、翁校本改。

〔二〕鳴：宋刻本、四庫本皆作「聞」。

送仲白

官舍蕭條葦蓋簷，拾薪獨有一長髯。同來社友因飢瘦，遠作參軍得俸廉。國士交情窮乃見，故人詩律晚方嚴〔一〕。中年各要身强健，別後寒衣切記添。

〔一〕故人：宋刻本、四庫本皆作「古人」。

鳳凰臺晚眺

經月疎行臺上路，秣陵城郭忽秋風。馬嘶衛霍空營裏，螢起齊梁廢苑中。野寺舊曾開玉帳，翠華久不幸離宫。小儒記得隆興事〔一〕，閑對山僧説魏公。

〔一〕隆：原作「龍」，據宋刻本、四庫本及翁校本改。

贈玉隆劉道士〔一〕

觀中曾訪老黄冠，爾尚爲童立醮壇。新染鷩衣披得稱，舊泥丹竈出來寒。詩非易作須勤讀，琴亦難精莫廢彈。憶上洪崖題瀑布，因游試爲拂塵看。

〔一〕隆：原作「龍」，據宋刻本、四庫本及翁校本改。

晉元帝廟

元帝新祠西郭外，野人吊古獨來游。陰陰畫壁開冠劍，寂寂絲窠上璪旒。勢比龍盤猶在眼，事隨鴻去不迴頭。葉碑廊上無人看〔一〕，欲去摩娑又少留。

〔一〕上：宋刻本、四庫本及翁校本皆作「下」。

清凉寺

塔廟當年甲一方，千層金碧萬緇郎。開山佛已成胡鬼，住院僧猶説李王。遺像有塵龕壞壁，斷碑無首立斜陽。惟應駐馬坡頭月，曾見金輿夜納凉。

冶城〔一〕

斷鏃遺鎗不可求，西風古意滿原頭。孫劉數子如春夢，王謝千年有舊遊。高塔不知何代作，暮笳似説昔人愁。神州只在闌干北，幾度來時怕上樓〔二〕。

〔一〕冶：原作「治」，據宋刻本、四庫本及翁校本改。

〔二〕幾度：宋刻本、四庫本及翁校本皆作「度度」。

雨華臺

昔日講師何處在，高臺猶以雨華名。有時寶向泥尋得，一片山無草敢生。落日磬殘鄰寺閉，晴天半上廢陵耕〔一〕。登臨不用深懷古，君看鍾山幾箇爭。

〔一〕半：宋刻本、四庫本及翁校本皆作「牛」。

新亭

此是晉人遊集處，當時風景與今同。不干鐵鏁樓船力〔一〕，似是蒲葵麈柄功。幾簇旌旗秋色裏，百年陵闕淚痕中。興亡畢竟緣何事，專罪清談恐未公。

〔一〕鏁：原作「璅」，據宋刻本改。

魏勝廟

天與精忠不與時，堂堂心在路人悲。龍顔帝子方推轂，猿臂將軍忽死綏。灑泣我來瞻畫像，斷頭公耻立降旗。海州故老彫零盡，重見王師定幾時。

真州北山

憶昔胡兒入控弦，官軍迎戰北山前。笳簫有主安新葬，蓑笠無人墾廢田。兵散荒營吹戍笛，僧從敗屋起茶烟。遥憐鍾阜諸峰好，閑鎖行宫十九年〔一〕。

〔一〕十九：宋刻本、四庫本皆作「九十」。

故宅

恰則炎炎未百年〔一〕，今看枯柳著疎蟬。莊田置後頻移主，書畫殘來亦賣錢。春日有花開廢圃，歲時無酒滴荒阡。朱門從古多如此，想見魂歸也愴然。

〔一〕恰則：四庫本作「故宅」。

送余子壽

去歲與君同聘召，何曾杯酒暫相離。兵謀元帥多親訪，心事同官盡得知。三釜忽懷歸去檄，一枰未了著殘棋。此生聚散須牢記，記上揚州戰艦時。

送周監門

一領青衫似敗荷，奈君母老秩卑何。三年幕府無人薦，常日柴門有客過。身畔擔輕藏俸少，江頭船重載書多。故人若問軍中事，爲説防秋夜枕戈〔一〕。

〔一〕夜：原作「仗」，據宋刻本、四庫本改。

挽黄巖趙郎中二首

朱公徒弟丘公婿，標致雖高氣宇和。心向奏篇尤暴白，髮因時事欲蒼皤。訃傳淮甸邊情惜，路出蕭山巷祭多。最長郎君師友盛，我知墓碣有人磨。

青衫昔作督郵時，賞鑒除公更有誰？勘獄不嫌人守法，撰文常對衆稱奇。築臺虚辱生前意，穿冢難酬地下知。欲寫哀思傳挽者，身今戎服不能詩。

寄趙昌父

世上久無遺逸禮，此翁白首不彈冠。一生官職監南嶽，四海詩盟主玉山。經歲著書人少見，有時入郭俗争看。何因樵服供薪水，得附高名野史間。

寄韓仲止

昨仕京華豪未减，脱鞾不問貴游嗔。詩家争欲推盟主，丞相差教作散人。閉户自爲千載計，人山又忍十年貧。幾思投劾從公去，背笈肩琴澗水濱。

戊辰即事〔一〕

詩人安得有春衫〔二〕，今歲和戎百萬縑。從此西湖休插柳，剩栽桑樹養吳蠶。

〔一〕即：宋刻本、四庫本皆作「書」。

〔二〕春：原作「青」，據宋刻本、四庫本及翁校本改。

晚　春

書幌泠泠子夜風，杜鵑啼月小墻東。江南詞客惜春老，清曉披衣拾墮紅。

臨溪寺二首

緑染庭蕪一尺深，老師閲世幾駒陰。自言不看《傳燈》了，只讀《楞嚴》見佛心。

一徑松花颭紫苔，東風落盡佛前梅。道人深掩禪關坐〔一〕，莫聽鶯聲出定來。

〔一〕掩：原作「遠」，據宋刻本、四庫本改。翁校本作「院」。

即事

自汲新泉養牡丹，銀壺滿貯怕春殘。晝簷一向東風惡，爲掩窗紗護曉寒〔一〕。

〔一〕紗：宋刻本、四庫本及翁校本皆作「綃」。

孺子祠

孺子祠堂插酒旗，游人那解薦江蘺。白鷗欲下還驚起，曾見陳蕃解榻時。

碧波亭

了却文書上馬遲，白蘋洲畔有心期。斜陽忽到傳觴處，落盡梨花啼子規。

豫章溝二首

溝水泠泠草樹香，獨穿支徑入垂楊。薺花滿地無人見，唯有山蜂度短墻。
野店蕭蕭掩竹門，岸沙猶記履綦痕。東風枉是吹花急，緑盡平蕪却斷魂。

題寺壁二首

柏子熏衣眉暈銷，女垣榆影冷蕭蕭。屏山一枕游仙夢〔一〕，横錫飄然過石橋。
素練寬裁白社衣，補陀烟裏現幽姿。日長讀徹《楞伽》了，閑折柑花供祖師。

〔一〕仙：宋刻本、四庫本及翁校本皆作「方」。

西山

絶頂遥知有隱君，餐芝種朮鹿爲群〔一〕。多應午竈茶煙起，山下看來是白雲。

〔一〕鹿：原作「麈」，據宋刻本、四庫本改。

宫詞四首

出海新蟾玉半鈎，風翻荷蕩起栖鷗。女郎定有穿針約，偷看明河記立秋。

凉殿吹笙露滿天，木樨花發月初圓。君王少御珊瑚枕，多就宫人玉臂眠〔一〕。

一夜秋風入碧梧，蟬聲永巷月華孤。幾回夢裏羊車過，又是銀床轉轆轤。

先帝宫人總道粧，遥瞻陵柏淚成行。舊思恰似薔薇水，滴在羅衣到死香。

〔一〕宫：原作「玉」，據宋刻本、四庫本改。

秋風

黄葉蕭蕭忽滿街，獨騎瘦馬豫章臺。莫將宋玉心中事，吹上潘郎鬢畔來。

跋小寺舊題

禪几曾陪白氎巾，柑花似雪鬬芳春〔一〕。而今柑子圓如彈，不見澆花供佛人。

〔一〕春：宋刻本、四庫本及翁校本皆作「新」。

憶殤女

靈照羈魂章水西，冷風殘雪古招提。老懷已作空花看，更把《楞嚴》曉病妻。

報恩寺

一抹斜陽上繚垣，芫花滿地栢陰繁。城中客子聞鐘鼓〔一〕，獨立空山聽斷猿。

〔一〕鼓：宋刻本、四庫本皆作「去」，翁校本作「聲」，校者又改作「磬」。

歸至武陽渡〔一〕

夾岸盲風掃楝花，高城已近被雲遮。遮時留取城西塔，蓬底歸人要認家。

〔一〕「渡」下，宋刻本、四庫本皆有一「作」字。

舟中寄景建

低蓬小雨夢殘時，忽憶同尋楚老祠。夜過豐城占斗氣，想公別後有新詩。

書山壁

斸地栽林自起墳，一燈精舍疏玄文。詩成莫寫酒家壁〔一〕，題徧青山題白雲。

〔一〕寫：宋刻本、四庫本及翁校本皆作「酒」。

華嚴寺逢舊蒼頭

曾向叢林寄幅巾，十年塵涴卧雲身。侍琴童子長於竹，去禮山僧作主人。

田舍

稚子呼牛女拾薪，萊妻自膾小溪鱗〔一〕。安知曝背庭中者〔二〕，不是淵明輩行人。

〔一〕膾：宋刻本、四庫本皆作「鱠」。

〔二〕者：宋刻本、四庫本皆作「老」。

古墓

石麟闕耳筍生苔，要讀豐碑與客來。精舍荒凉僧已出，瓦墻一朵佛桑開。

題本草

勤讀方書不爲身，里中耆舊半成塵。幾時作箇荒山主，多種黄精售與人。

下蜀驛

幄殿荒凉屋欠扶，紹興遺老故應無。舊來曾識高皇帝，尚有庭前柳一株。

出郭

江邊一雨洗秋容，北郭東郊野意濃。老大怕他人檢點，隔溪隔柳看芙蓉。

病起

病起登樓怯曉風〔一〕，愛他殘雪映前峰。傍人休問何郎瘦，不見梅花過一冬。

〔一〕怯曉：原作「却晚」，據宋刻本、四庫本改。

再贈錢道人二首

拙貌慚君子細看，鏡中我自覺神寒。直從杜甫編排起，幾箇吟人作大官。

尋師入蜀未曾逢，要看羅浮曉日紅。若見仙人知去處，却來相引到山中。

後村先生大全集卷之二

詩　嘉定己卯奉南嶽祠以後所作〔一〕

蒙恩監南岳廟

久問嫖姚乞退閑，今朝準勅放生還。人欺解罷青油幕，帝遣監臨紫蓋山。營卒展辭回玉帳，林僧講賀到柴關。丈夫不辦封侯事，猶要名標處士間。

〔一〕此注宋刻本、四庫本作「南嶽第一稿」。

烏石山

兒時逃學頻來此，一一重尋盡有蹤。因漉戲魚群下水，緣敲響石鬭登峰。熟知舊事惟鄰叟，催去韶華是暮鐘。畢竟世間何物壽，寺前雷仆百年松。

葺居

兵火間關鬢欲絲，歸來聊卜草堂基。架留手澤書堪看，爨有躬耕米可炊。畏濕先開通水竇，貪明稍斫近簷枝。旋移梅樹臨窗下，準備花時要索詩。

挽郭處士

昔聞東郭先生者，處士寧非是遠孫。空有新詩喧一邑，竟無明詔老孤村。雷琴酷愛應同殉，草字尤工惜不存。復說歸從葱嶺去，騒成何路可招魂。

老將

昨解兵符歸故里，耳聽邊事幾番新。偶逢戲下來猶識，欲說遼陽記不真。兒覓寶刀偏愛惜，奴吹蘆管輒悲辛。夜寒忽作關山夢，萬一君王起舊人。

老馬

脊瘡蹄蹇瘦闌干，火印年深字已漫。野磵有冰朝洗怯，破坊無壁夜嘶寒。身同退卒支殘料，眼見新駒被寶鞍〔一〕。昔走塞垣如抹電，安知末路出門難。

〔一〕被：宋刻本、四庫本皆作「鞁」。

老妓

籍中歌舞昔馳聲，憔悴猶存態與情。愛説舊官當日寵，偏呼狎客小時名。薄鬢易脱梳難就，半被常空睡不成。却羡鄰姬門户熱，隔樓張燭到天明。

挽趙仲白二首

生被才名譴，摧殘到死休。家留遺藁在，棺問故人求。對月悲孤詠，逢山憶共游。昔年携手地，今送入松楸。昨吊寢門外，萊妻泣最悲。因言兒上學，復爲墓求碑。零落燒丹訣，凄凉哭鶴詩。託孤朋友事，非謂九泉知。

贈風水僧

向人説葬又談空，郭璞瞿曇併入宗。背得《山經》如誦呪，頂將禪笠去尋龍。偏爲檀越裁生壙〔一〕，預定公侯出某峰。想亦自營歸寂處，一邱卯塔種青松。

〔一〕偏：原作「偏」，據宋刻本、四庫本及翁校本改。

挽鄭夫人二首 李尚書母

九秩復何憾，生榮没更哀。閨門天下則，地位佛中來。貝葉從頭看，庭槐一手栽。侍兒聞曉磬，猶恐坐禪迴。

昔事征西幕，年年拜壽闈。那知丹旐至，曾勸板輿歸。元帥拋金印，諸生返布衣。感恩惟有淚，來向路傍揮。

除夕

除夕陰寒怕捲簾，雨聲斷續下疎簷。壁穿自和乾泥補，窗損教尋廢紙粘。祇有青燈相守定，縱無白髮亦生添。更殘自算明年事，不就君平卦肆占。

挽鄭淑人 李尚書内

憶在軍中爲記室，謝公門館事皆知。謙卑若婦初嬪日，儉素猶夫未貴時。病了死生惟點首，晚憂家國每顰眉。舊人獨有任安在〔一〕，攬涕西風獻些詞。

〔一〕獨：原作「猶」，據宋刻本、四庫本改。

悼阿昇

寶惜吾兒如拱璧，那知變滅只須臾。畏啼尚宿通宵火，塗顙猶殘隔日朱。坐客相寛云夢幻，故人來吊訝清癯。荒山歲晚無行迹，心折原頭樹影孤。

送真舍人帥江西八首

諫書元不爲求名，上有穹蒼鑒至誠。索虜傳觀皆動色，豈知難悟漢公卿。

聞道泉人截鐙留，翰林從此去吾州。村中父老相持泣，但祝今侯似故侯。

舶客珠犀湊郡城，向來點涴幾名卿。海神亦歎公清德，少見歸舟箇樣輕。

應對詼諧路亦開，漢家天子日招徠。當時惟有膠西相，不向平津閣裏來。

淮漢沄沄戰血腥，蜀山鬼哭不堪聽。如何一綫江西路，獨現奎星併福星。

自昔安危等置棋，繫人着數匪天爲。何因國手來當局，要看開奩布子時。

少小聞人説復讎，至今禾黍徧宗周。自憐謝病離軍去，始聽王師下海州。

身已爲民與世疎，的無一步離村居。昨朝出郭遲公至，廢了窗間數葉書。

與客送仲白葬回登石室

絶頂荒寒斷客過，偶攜之子共捫蘿。縱觀天外皆鯨浸，下視城中等蛆窠。悼友孤懷方濩落，逢僧逆境暫銷磨。夜歸剩乞松明火，霜滿前山滑處多。

立春二首 嘉定庚辰奉南嶽祠

恰歸舊隱再逢春，村巷荒凉草没人。犬壞園中門作竇，盗規墳上樹爲薪。官如巫祝難羞賤，家似樵漁敢諱貧。聞説鄰醅低價賣，病夫一滴未沾脣。

今歲春盤始住家，也勝羈旅走天涯。圃晴菜拆經霜甲，林暖梅飛徧地花。閑有工夫憂世事，老無勳業惜年華。近來死盡吟詩者，得名聊從野叟誇。

去　春

去春烽火照江邊，曾草軍書夕廢眠。萬里旌旗真屬命，一邱耕釣且隨緣。偶然謝客元非病，間亦尋僧不爲禪。尚有惜花情味在，銅鉼終日玩芳妍。

燈夕

千炬金巵映玉蕖，臺城昨夢又年餘〔一〕。斷無絃索鳴華屋，惟見炊煙起草廬。兒報瓶空因止酒，婢言油盡暫停書。蓬窗亦有精勤士，何必燃藜向石渠。

〔一〕昨：原作「作」，據宋刻本、四庫本改。

戲孫季蕃

少日逢春一味癡，輕鞭小袖趁芳時。常過茶邸租船出，或在禪林借枕欹。名妓難呼多占定，好花易落況開遲。身今憔悴投空谷，悔不當初秉燭嬉〔一〕。

〔一〕初：宋刻本作「年」。

匹馬

匹馬曾經小店炊，一林玉雪映疏籬〔一〕。無言誰識含情處，有韻全看背面時。乍見心方驚絕艷，重來人已折繁枝。斷烟殘照山村路，銷得劉郎一首詩。

〔一〕林：宋刻本、四庫本皆作「株」。

宿囊山懷洪岳二上人

憶在山中識二僧，一亡一已拂衣行。壁間笠徙名藍掛，寺外松過壽塔生。隴月定知今夕恨〔一〕，澗泉猶咽舊時聲。隔房侍者多新剃，不似閑人却有情。

〔一〕恨：原作「限」，據宋刻本改。

訪辟支巖絶頂二僧值雨

聞有比丘隱絶巔，多年無跡下山前〔一〕。僧稱功行幾如佛，樵説神通復近僊。食少僅炊盈握米，身寒不掛半銖綿。重巖風雨妨游陟〔二〕，回眺蒼烟一惘然。

〔一〕年：原作「生」，據宋刻本、四庫本改。
〔二〕陟：原作「涉」，據宋刻本、四庫本改。

送王實之赴長沙幕　殿試第四人

賈傅遺蹤在，君於此泛蓮。不應卑濕地，猶著廣寒仙。策好人争誦，名高士責全。衡山余所管，擬結草鞵緣。

哭豐宅之吏部二首

江表依公稍自强，訃聞朝野共凄凉。纛移北府兵皆散，笳返西州宅已荒。舊戍交鋒淮水赤，新墳埋劍越山蒼。此身虚作田横客，血淚無因滴壠旁。

康時才調未全伸〔一〕，晚建油幢白髮新。畚土爲城塵滿面，握拳猶戰膽通身。一生偏任公家怨，四海皆知後事貧。多少貴交方厚禄，恤孤吊墓屬何人？

〔一〕調：宋刻本、四庫本及翁校本皆作「業」。

深村

身老深村負歲華，青苔逕裏是貧家。晚風一陣無端急，不爲山人惜柚花。

挽林進士

一門皆擢第，君獨老儒冠。試卷年年納，經書日日看。文爲前輩賞，命合主司難。遥想泉臺恨，銘旌未寫官。

柬人求驢子

聞在江寧得小驢，價高人説是名駒。行時亦肯過橋否，飢後還能飲澗無。不稱金鞍馱侍女，只宜席帽載貧儒。灞陵雨雪詩家事，乞與他年做畫圖。

寄漢陽守王中甫

自辭幕府徑歸耕，同舍分攜闕寄聲。帳下飛書空有草〔一〕，軍中上級獨無名。山深僕不聞時事，塞近君應得虜情。聞道漢東堪卧治，訊來依舊説招兵。

〔一〕草：原作「幕」，據宋刻本、四庫本改。

與客登壺山絶頂

十里稀逢寸地平，且無木影蔭人行。凫飛難學王喬舄，魚貫全如鄧艾兵〔一〕。樵子獻花簪帽重，山靈供水入瓢清。捫蘿莫怪匆匆下，恐賺林僧束炬迎。

〔一〕如：原作「無」，據宋刻本、四庫本改。

戲答同游

君到中峰力不加，却疑絶頂事皆誇。烟含晚市微分塔，日照鄰州近隔沙。

次方武成壺山韻

圖經云此有神仙，曾見壺公跳入年。斫木人多山漸瘦，結菴僧去石誰眠？鳥歸半嶺銜斜日，樵返疎村起遠烟。君若能抛塵裏事，一龕共占野雲邊。

挽林推官内方孺人 艾軒侍郎子婦

身畔無釵澤，何由葬禮奢。明時選人婦，先帝近臣家。白首持巾帨，青燈緝苧麻。寺西同窆處，風日慘寒笳。

方湖泛舟 得南字

湖波經雨緑如藍〔一〕，小艇閑攜客二三。墜絮颭萍生細浪，驚魚避鷺没深潭。入荷似覺傍無岸，穿石方知上有巖。却凭朱樓同望海，一規寒玉帖西南。

〔一〕經：宋刻本、四庫本皆作「煙」。

空寂院

院名誰遣稱空寂，入得門來寂又空。舊有田園官户占，别無衣鉢老尼窮。砌傾苔色侵堂上，厨廢炊烟起草中。或説古碑巢寇寫，栖禽不下似傷弓。

紫澤觀

修持盡是女黄冠，自小辭家學住山。簾影静垂斜日裏〔一〕，磬聲徐出落花間。祭星緑簡親書字，避客青衣密掩關。最愛粉墻堪試筆，苦無才思又空還。

〔一〕垂：原作「隨」，據宋刻本、四庫本改。

靈寶道院

兩行松繞垣，數箇竹當軒。山主出何處，道人知不言。只攜詩草至，尚覺磬聲煩。俗奉毉仙謹，儒家亦捨幡。

方寺丞新第二首

宅成天下借圖看，始笑書生眼力慳。地占百弓多是水，樓無一面不當山。荷深似入苕溪路，石怪疑行雁蕩間。只恐中原方鼎沸，天心未遣主人閑。

一生不蓄買田錢，華屋何心亦偶然。客至多逢僧在坐，釣歸惟許鶴隨船。按行花木皆僚友，主掌湖山即事權。京洛貴人金谷裏，安知世上有林泉。

小齋

小齋自理畫并琴，匣貯香薰怕蠹侵。出塞已忘傳檄夢〔一〕，入山猶有著書心。南船不至城無米，北貨難通藥闕參。却爲貧居還往少，門前留得緑蕪深。

〔一〕傳：原作「轉」，據宋刻本、四庫本改。

東巖寺避暑

若非來寺裏，無地避炎蒸。經雨房基潤，依山井氣冰。榻虚凉睡客，松濕滴歸僧。對此專宜静，爲詩亦不應。

方寺丞艇子初成

船成莫厭野人過，久欲從公具釣蓑。積雨晴來湖面闊，殘花落盡樹陰多。新營小店皆依柳，舊有危亭尚隔荷。所恨前峰含暝色，不然和月宿烟波。

友人病瘡

自檢方書坐一床，教尋蒿白採蒲黄。畫眉連日疎粧閣，鍊氣通宵住道房〔一〕。倦聽瀑聲驚睡醒，悶拈詩卷遣心凉。猶勝華髮從軍客，歸卧茅簷養戰瘡。

〔一〕宵：原作「霄」，據宋刻本、四庫本改。

乍暑一首

南州四月氣如蒸，却憶吳中始賣冰。綠浦游船常載妓，畫廊浴鼓或隨僧。夢過水榭聞涼笛，身在山房伴曉燈。惆悵烏絲欄上筆，蓬窗學寫字如蠅。

衛生

衛生草草昧周防，小郡無醫自處方。採下菊宜爲枕睡，碾來芎可入茶嘗。身因病轉添蕭颯，人到衰難再盛强。舊喜讀書今亦懶，銅爐慢炷一銖香。

先儒

先儒緒業有師承〔一〕，非謂聞風便服膺。康節《易》傳於隱者，濂溪學得自高僧。衆宗虚譽相賢聖，獨守遺編當友朋。門掩荒村人掃迹，空鈔小字對孤燈。

〔一〕業：原作「舊」，據宋刻本、四庫本及翁校本改。

同孫季蕃游净居諸庵

捨俗依空事梵王，韶顔寂寂度年芳。門前草色迷行徑，院裏花陰接步廊。弓樣展來靴尚窄，黛痕剃出頂應凉。當時若使窺鸞鏡，一步何因出洞房。

又一首

滿院静沈沈，微聞有梵音。不來陪客語，應恐誤禪心〔一〕。母處歸全少，師邊悟已深。戒衣皆自衲，因講始停針。

〔一〕誤：宋刻本、四庫本皆作「壞」。

孟夏泛方湖得同字一首

長笛橫吹露滿空，柂行渾不辨西東。岸回初見遥峰出，浦盡新疏別港通。月照鷺身明石畔，風翻螢影没荷中。書生此樂關時命，歎息無因夜夜同。

又得湖字一首

帝賜先生一曲湖〔一〕，畫船領客泛菰蒲。覆茅亭子尋猶遠〔二〕，隔柳人家看似無。渴嗜瀑泉頻遣汲，醉行釣岸屢嗔扶。假令不立功名死，史筆須編入酒徒。

〔一〕生：原作「王」，據宋刻本、四庫本改。
〔二〕子：原作「址」，據宋刻本、四庫本改。翁校本作「上」。

問友人病

病來清瘦欲通仙，深炷香篝掃地眠。野客勸尋廉藥買〔一〕，外人偷得近詩傳〔二〕。術庸難靠醫求效，俗陋多依鬼乞憐。鷗鷺如欺行迹少〔三〕，分明溪上占漁船。

〔一〕買：原作「賣」，據宋刻本、四庫本及翁校本改。
〔二〕得：宋刻本、四庫本皆作「出」。
〔三〕欺：原作「期」，據宋刻本、四庫本及翁校本改。

偶賦

身已深藏畏俗知，客來鄰曲善爲辭。偶彈冠起成何事，徑拂衣歸自一奇。村飲婦常留燭待，山行童亦挾書隨。明時性學尤通顯，却悔從前業小詩。

滄浪館夜歸二首

萬疋沙場似電奔，轟天笳吹簇轅門。而今出借東家馬，烟雨孤行小麥村。

立馬飛書萬衆看，雪花滿硯指皆寒〔一〕。自憐衰憊今如此，枕上裁詩字未安。

〔一〕皆：原作「春」，據宋刻本、四庫本及翁校本改。

贈翁定

相逢乍似生朋友，坐久方驚隔闊餘。徧問諸郎皆冠帶，自言別業可樵漁。住鄰秦系曾居里，老讀文公所著書。十七年間如電瞥，君鬚我鬢兩蕭疏。

送孫季蕃

家在吳中處處移，的於何地結茅茨。囊空不肯投牋乞，程遠多應稅馬騎。短劍易錢平近債，長瓶傾酒話餘悲。衡山老祝淒涼甚，明日無人共講詩。

哭毛易甫

至尊殿上主文衡，誰料臺中有異評。垂二十年猶入幕，後三四榜盡登瀛。白頭親痛終天訣，丹穴雛方隔歲生。策比諸儒無愧色，自緣命不到公卿。

月下聽孫季蕃吹笛

孫郎痛飲橫長笛，玉雪胸襟鐵石顏〔一〕。解噴清霜飛座上，能呼涼月出雲間。病創凍馬嘶荒塞，失侶窮猿叫亂山。可惜調高無聽者，紫髯白盡鬢毛斑。

〔一〕雪：原作「樹」，據宋刻本、四庫本改。

哀陳(王+壽)

滿懷干世策，自請戍邊城。不得兵書力，翻成禮部名。妓方調錦瑟，客已吊丹旌。都下人來說，還因喜喪生。

題方武成詩草

性僻愛詩如至寶，借君詩卷百廻看。吟來體犯諸家少，改定人移一字難。東瀑爲題猶夭矯，吞山入句尚蒼寒。嗟余老鈍資磨琢，安得同衾語夜闌。

送劉連江之官

舊說土風淳，今聞未易馴。勢侵官府弱，税去縣衙貧。襆印辭州遠，開軒與海鄰。中朝峨豸者，多用滿歸人。

挽柯東海

不持寸鐵霸斯文，疇昔曾將膽許君。撰出騷詞奴宋玉，寫成帖字婢羊欣。喪無歸費人争賻，詩有高名虜亦聞。昨覽埋銘增感愴〔一〕，纍纍舊友去爲墳。

〔一〕昨：原作「作」，據宋刻本、四庫本改。

送客

騎驢送客一壺隨，汗透中單熱似炊〔一〕。客又不來天落雨，路邊茅舍坐移時。

〔一〕單：原作「間」，據宋刻本、四庫本及翁校本改。

哭王宗可

昨現官身往，今迎影子廻。總云皃入覲〔一〕，誰料鵩爲災。巷静公人去，門荒吊客來。故園花滿架，猶似去年開。

〔一〕云：原作「緣」，據宋刻本、四庫本改。

書考一首

香火精勤閲一期，孤臣無路答鴻私。銜如已廢陳人樣，俸比初開小學時。世上升沉姑付酒，考中功狀是吟詩。五錢買得羊毛筆，自寫年勞送有司。

哭常權

予主靖安縣簿，君爲令。

曾佐下風山縣裏，長官貴重若神明。行香埜寺徐方至，白事琴堂久始迎。遠遞無書悲契闊，老襟有淚愴生平。郎君如玉聞先天，誰護丹旌問去程。

穴蟻一首

穴蟻能防患，常於未雨移。聚如營洛日，散似去邠時。斷續緣高壁，周遭避淺池。誰爲謀國者，見事反傷遲。

方寺丞除雲臺觀

河嶽腥膻憤未忘，羨公遥領舊靈光。草荒太白騎驢迹，雲冷希夷委蜕裳。定有遺民來獻土，可無散吏去焚香？吾聞同華多奇觀〔一〕，不比炎州寂寞鄉。

〔一〕同：原作「西」，據宋刻本、四庫本改。

哭方主簿汲

鶉衣不似擁千金，用破燈窗一世心。太學空聞能賦久，春官未察讀書深。柴車巾出身猶健，槐簡拈歸病已侵。寂寞殯宮來客少，故人野外獨沾襟。

陳寺丞續荔枝譜

蔡公絶筆山川歇，荔子蕭條二百年。選貌略如唐進士，慕名幾似晉諸賢。豈無品劣聲虚得，亦有形佳味不然。題徧貴家臺沼後，請君物色到林泉。

棋

十年學弈天機淺，技不能高謾自娯。遠聽子聲疑有着，近看局勢始知輸。危如巡遠支孤壘，狹似孫劉保一隅。未肯人間稱拙手，夜齋明燭按新圖。

宿千歲菴聽泉

因愛菴前一脉泉，襆衾來此借房眠〔一〕。驟聞將謂溪當户，久聽翻疑屋是船。變作怒聲尤壯偉，滴成細點更清圓。君看昔日《蘭亭帖》，亦把湍流替管弦。

〔一〕來：原作「求」，據宋刻本、四庫本改。

題方寺丞西重山瀑布亭〔一〕

與客窮源上盡山，林霏初卷嶺泥乾〔二〕。似嫌甲第施朱戟，别築茅亭俯碧湍〔三〕。龍怒豈容緣磴汲，雹寒不敢近崖看〔四〕。平生粗有登臨膽〔五〕，今日凭高立未安。

〔一〕重：原無，據宋刻本、四庫本及翁校本補。

〔二〕泥：原作「頭」，據宋刻本、四庫本改。

〔三〕俯：原作「對」，據宋刻本、四庫本改。

〔四〕雹：四庫本作「瀑」。

〔五〕粗：原作「頗」，據四庫本改。

秋夜有懷傅至叔太博父子

憶昔游君父子間，高才窮力莫追攀。讀書衆壑歸滄海，下筆微雲起太山。幼嗣尚存宗武在，遺文難附所忠還。荒邱衰草埋雙璧〔一〕，兀坐空齋涕自潸〔二〕。

〔一〕璧：原作「壁」，據宋刻本、四庫本改。

〔二〕自：原作「泪」，據宋刻本、四庫本改。

書小窗所見

幹接枝分整復斜，隨緣裝點野人家。小窗有喜無人見，蘭在林中出一花。

哭宋君輔 倚

早題淡墨魁多士，晚着青衫事護軍。方見叔孫來議禮，已傳子夏去修文。先朝纍籍爲圭璧，近世摧殘用斧斤。回首冶城棋飲地，雁悽蟬咽不堪聞。

曝書一首

秋齋近午氣尤炎，命僕開箱更發奩。蟲蝕闕文勞注乙，嵐侵脱葉費裝黏。雲迷玉帝藏書府，日在山人炙背簷。誰道閑居無一事，袒衣揮扇曝芸籤。

觀元祐黨籍碑

嶺外瘴魂多不返，冢中枯骨亦加刑。稍寬末後因奎宿，暫仆中間得彗星。蚤日大程知反覆，暮年小范要調停。書生幾點殘碑淚，一吊諸賢地下靈。

答翁定

牢落祠官冷似秋，賴詩消遣一襟愁。喜延明月常開户〔一〕，貪對青山懶下樓。客詑瀑奇邀往看，僧誇寺僻約來游。何當與子分峰隱，飢嗅巖花渴飲流。

〔一〕月：原作「日」，據宋刻本、四庫本改。

挽陳潮州伯霆一首〔一〕

當年舍選最居優，上到青雲亦白頭。律賦數篇天下誦，遺書幾卷篋中留。入游太乙曾臨地，出牧昌黎所典州。耆舊凋零今欲盡，傷心笳吹掩新邱。

〔一〕伯：原作「相」，據宋刻本、四庫本改。

聞城中募兵有感二首

調發年多籍半空，虎符招䄂至閩中〔一〕。莊農戎服來操戟〔二〕，太守儒裝學拍弓。去日初辭鄉樹綠，到時愁見戍旗紅。募金莫作纏頭費，留製衣袍禦北風。

昔在軍中日募兵，萬夫魚貫列行營。懸金都市招徠廣，立的轅門去取精。二石開弓猶恨少，雙重被甲尚嫌輕。伍符今屬他人手，歷歷空能記姓名。

〔一〕補：原作「捕」，據宋刻本、四庫本改。

〔二〕戟：原作「戰」，據宋刻本、四庫本改。

哭張玉父

華髮客朱門，文高道又尊。十分窮不屈〔一〕，一片氣長存。籬掩湖邊宅，墳依郭外村。二孤彈舊鋏，泣感孟嘗恩。

〔一〕分：原作「方」，據宋刻本、四庫本改。

友人病痁

昔聞詩可驅痁病〔一〕，今日詩人疾自嬰。勢似邊兵鏖未解，根同野草剗還生。能蠲熱障惟山色，解洗煩襟只澗聲。溪友祝君如虎健，督僧栽種課奴耕。

〔一〕病：宋刻本、四庫本皆作「疾」。

書事二首

黄旗旁午責軍需，括馬搜船遍里閭〔一〕。士稚去時無鎧仗〔二〕，武侯屯處有儲胥。粟空都内憂難繼，甲出民間策恐疎。昔補戎行今簡汰，空搔短髮看兵書。

人道山東入職方，書生膽小慮空長。遺民似蟻飢難給，俠士如鷹飽易颺〔三〕。未見馳車修寢廟，先聞鑄印拜侯王。青齊父老應流涕，何日鑾旗駐路旁。

〔一〕馬：宋刻本、翁校本皆作「匠」。
〔二〕仗：原作「伏」，據宋刻本、四庫本改。
〔三〕易：原作「欲」，據宋刻本、四庫本改。

李文饒一首

畫取維州如槁葉，策禽潞將似嬰兒。九原精爽人猶畏，想見中書秉筆時。

西風二首

性愛芙蓉淡復濃，倚欄日日待西風。池邊數本無消息，愁絶東家半樹紅。
老業猶存是苦吟〔一〕，或投野店憩寒林。西風何處無詩料，水際山顛亦去尋。

〔一〕業：原作「葉」，據宋刻本、四庫本改。

昔仕

昔仕年傷早，今歸計恨遲〔一〕。賴存《南嶽草》，可答《北山移》。

〔一〕今：原作「令」，據宋刻本，四庫本及翁校本改。

後村先生大全集卷之三

詩《南嶽第二藁》

九日次方寺丞韻

木落山凋水見涯，感時短髮半蒼華。人陪桓大將軍宴〔一〕，誰管陶潛處士家。砧動寒衣貧未剪，杯空鄰酒貴難賒。病身索漠如黄蝶，繞匝籬邊未有花。

〔一〕桓：原作「柏」，據宋刻本、四庫本改。

戲鄭閩清灼艾

點穴不須醫，針經手自披。既云丹熟後，焉用火攻爲。簡出創牽步，端居痛上眉。閉門功行滿，應有解飛時。

暝色

暝色千村静，遥峰帶淺霞。荷鋤歸別墅，乞火到鄰家。疎鼓聞更遠，昏燈見字斜。小軒風露冷，自起灌蘭花。

示寶上人

昔尋老岳到菴西，岳死菴空路已迷。師舉舊詩余不記，茫然恐是夢中題。

海口官舍

曉起齋中望，千家未啓扉。潮能驅海走，風欲挾人飛。烟寺鐘初定，霜林葉半稀。客身偏畏冷，着盡帶來衣。

瑞峰寺

寺在高山頂，天寒偶一登。孤僧營粥飯，諸佛闕香燈。潮落洲分派，林疎塔見層。危欄宜老眼，欲去幾回凭。

瑞　巖

金碧千間盡，惟庵免劫灰。佛歸何國去，僧自別峰來。巨石神鞭至，懸崖帝鑿開。幽情尋未已，木杪夕陽催。

答湯升伯因悼紫芝

紫芝曾說子能詩，開卷如親玉樹枝。古佛寫成翻水偈，天仙遺下步虛詞。的然沈謝何難識，逝矣應劉不可追。寂寞西湖三尺墓，誰攜升酒一澆之〔一〕。有中貴人葬紫芝於西湖之上。

〔一〕升：宋刻本、四庫本及翁校本皆作「斗」。

挽林宜人

曾究西方學，儒書亦習聞〔一〕。賜金存日施，遺珥病時分。白首夫同穴，青山子結墳。吾詩非溢美，字字考埋文。

〔一〕習：原作「有」，據四庫本改。

送葉知郡　禾

家在春風住二年，借侯無路意悽然。到來不飲官中水，歸去難謀郭外田。燈遠村民多點塔，擔輕津吏易排船。壺公亦似追程送，青過囊山古寺前。

送人赴廬陵尉

聞説江西路，而今不宿師。省民來著業，少府去吟詩。夜月營門鼓，春風射圃旗〔一〕。雖然溪峒事，閑暇要先知。

〔一〕射：原作「謝」，據宋刻本、四庫本改。

別翁定宿瀑上

偶送詩人共宿山，擁爐吹燭聽潺潺。已修茗事將安枕，因看梅花復啓關。崖色無苔通澗底，月光如練抹林間。平生所歷同郵寄，獨到庵中不忍還。

身在一首

身在樵村釣瀨行，秋豪不與市朝争。目云嗜酒相繩急，謗到吟詩所犯輕。沈水一銖銷永晝，蠹書數葉伴殘更。閉門孤學無窮味，笑殺韓公接後生。

臘月十日至外祖尚書家

古樹暗朱門，空堦篆蘚痕。昔容萬間屋，今止數家村。泉少池因廢，田荒廩尚存。遺書零落盡，身愧史遷孫。

命拙

命拙躬耕逢歉歲，旋營水菽度晨昏。晴天田舍禾歸窖，臘日山家酒滿盆。護竹短墻修復壞，澆花小井汲來渾。早知不是封侯相，蓑笠何因肯出村。

憶真州梅園

當年飛蓋此追隨，慘澹淮天月上時。樹密徑鋪氈共飲，花寒常怕笛先吹。心憐玉樹空存夢，塵暗關山阻寄詩。縱使京東兵暫過，可無一二斫殘枝。

歲晚書事十首

荒苔野蔓上籬笆，客至多疑不在家。病眼看人殊草草，隔林迢遞見梅花。

日日抄書懶出門，小窗弄筆到黄昏。丫頭婢子忙匀粉，不管先生硯水渾。

踏破儂家一逕苔，雙魚去换隻雞迴〔一〕。幸然不識聱牙字，省得閑人載酒來。

書生元不信機祥，老去無端慮事長。白髪社巫云日吉，明朝渫井更苫墻。

鬱壘鍾馗尚改更，青雲變幻幾公卿。人間止有章泉叟〔二〕，撲斷衡山了一生。

細君炊秫婢繅絲，綵勝酥花總不知。窗下老儒衣露肘，挑燈自檢一年詩。

門冷如冰儘不妨，由來富貴屬蒼蒼。誰能却學癡兒女，深夜潛燒祭竈香。

歲晚郊居苦寂寥，日高鹽酪去城遥。深深榕逕苔墻裏，忽有銀釵叫賣樵。

主人晚節治家寬〔三〕，婢惰奴驕號令難〔四〕。圃在屋邊慵種菜，井臨砌畔怕澆蘭。

丐客鶉衣立户前，豈知儂自窘殘年。染人酒媪逋猶緩，且送添丁上學錢。

〔一〕去：原作「出」，據宋刻本、四庫本及翁校本改。

〔二〕章：原作「漳」，據宋刻本、翁校本改。

〔三〕主人：宋刻本、翁校本皆作「主公」。
〔四〕惰：宋刻本、翁校本皆作「慣」。

元日

元日家童催早起，起搔冷髮惜殘眠。未將柏葉簪新歲，且與梅花叙隔年。甥姪拜多身老矣，親朋來少屋蕭然。人生智力難求處，惟有稱觴阿母前。

寄題李尚書秀野堂一首

江上歸來兩鬢絲，倒囊惟剩草堂貲。雲山有態争呈獻，天海無邊入指麾。怪石遠從商舶至，名花多自别州移。寄聲獨樂先生説，世事而今尚可爲。

又真止堂一首

作堂肯以止爲名，出處遥知講已精。縱使胸中横緑野，未應度外置蒼生。波頽公獨能山立，漏盡人方喜夜行。千載英雄須冷笑，孔明回首學淵明。

晚悟

晚悟才爲祟，深居學養生。乃知景升子，差勝少游兄。絶澗攜瓶汲，空山抱耒耕。兒孫聽吾語〔一〕，世世勿談兵。

〔一〕吾：宋刻本、四庫本及翁校本皆作「苦」。

書燈

童子糊新就，籠紗碧色深。喚回少年夢，照見古人心。每對忘甘寢，頻挑伴苦吟。與君交到老，莫慮葉墻陰。

書感

髧髦馳逐少年場，晚向深山學老莊。名以馬牛猶不校，嘲爲豚犬極何妨。性疎熟客來難記，意懶生書讀易忘。却笑癡人誤標榜，賢愚千古共茫茫。

山茶

青女行霜下曉空，山茶獨殿衆花叢。不知户外千林縞，且看盆中一本紅。性晚每經寒始拆，色深却愛日微烘。人言此樹尤難養，暮溉晨澆自課僮。

落梅

一片能教一斷腸，可堪平砌更堆墻。飄如遷客來過嶺，墜似騷人去赴湘。亂點莓苔多莫數，偶黏衣袖久猶香。東風謬掌花權柄，却忌孤高不主張。

又一首

昨夜尖風幾陣寒〔一〕，心知尤物久留難〔二〕。枝疎似被金刀剪，片細疑經玉杵殘。痛叱山童持帚去，苛留野客坐苔看。月中徙倚憑空樹，也勝吳兒賞牡丹。

〔一〕尖：四庫本作「東」。

〔二〕知：原作「如」，據宋刻本、四庫本改。

野性

野性無羈束，人間毀譽輕。客言詩惹謗，妻諫酒傷生。窗納鄰峰碧〔一〕，瓢分遠澗清。近來尤少睡，打坐到鐘聲。

〔一〕納：原作「約」，據宋刻本、四庫本及翁校本改。

懷保寧聽老

秣陵一見歎魁梧，每恨斯人不業儒。幾度劇談俱抵掌，有時大醉勸留鬚。探梅尚憶陪山屐，煨芋何因共地爐。我已休官師退院，肯來林下築庵無〔一〕？

〔一〕築：宋刻本、四庫本皆作「卓」。

哭五一弟先輩二首〔一〕

未冠辭家出，麻衣不肯回。瘠因身久客，貧爲性疎財。精力書中去，科名病裏來。空傳場屋義，留與鋪家開。

自小即相依，天涯影伴飛。共燈抄細字，分俸贖寒衣。已痛身長訣，猶疑客未歸。素幃惟幼女，斷續哭聲稀。

〔一〕先輩：四庫本無此二字。

腰痛

偶得休文病，行遲卧不安。益綿身尚怯，加劑脉猶寒。扶出看山易，驅教立雪難。邊頭方募士，自愧已衰殘。

上冢

落梅萬點曉泥乾，擘紙攜家去上山。寧與先君游地下，肯隨謟子乞墦間？墼墻漬雨頽偏易，沙上栽松長極艱。畢竟有慚廬墓士，林扉夜只付僧關〔一〕。

〔一〕僧：原作「松」，據宋刻本、四庫本改。

平床嶺

以下十二首辛巳游山作

一動非容易，三年議始成。倩人挑旅橐，買紙剳山程。下嶺峰如拜，登崖樹若迎。暫無塵事迫〔一〕，便覺長吟情。

〔一〕暫：原作「慙」，據宋刻本、四庫本改。又「迫」，上本皆作「泊」。

溪　西

暮止溪西宿〔一〕，喧呼聒四鄰。滿村無別姓，比屋喜生人。解榻勤爲黍，烘衣許覓薪。客房惟有月，偏照不眠身。

〔一〕止：原作「至」，據宋刻本、四庫本及翁校本改。

夾漈草堂

嶺絶瀑源窮，曾於此築宫。得知千載上，因住萬山中。廢址荒苔盡，遺書竈取空。高皇南渡始，却議及招弓〔一〕。

〔一〕及：原作「反」，據宋刻本、四庫本及翁校本改。

祺山院

昔日祺山院，今惟認土邱。有僧逃債去，無主施錢修。野叟樵難禁，巖仙弈未休。何須悲幻境，佛比作浮漚。

西林寺

將謂如廬阜，因迂數里行。問俱無古迹，來等慕虛名。借榻眠難熟，逢碑眼暫明。殘僧逃似鼠，難結社中盟。

興化縣

繞縣百千峰，初疑路不通。居民猶太古，令尹坐春風。箏遠呼難至，杯寒吸易空〔一〕。却從歸路望，飛榭半天中。

〔一〕吸：原作「反」，據宋刻本、四庫本及翁校本改。

麥斜

諺比武夷君，來游稱所聞。嵓開花似染，洞出氣如雲。屋老殘詩在，崖枯小篆焚。只疑龕室内，猶有艾軒文。

鯉湖

凡是龍居處，皆難敵此泉。下窮源至海，上有穴通天。小派猶成瀑，低峰亦起烟。莫疑乘鯉事，能住即能仙。

蔡溪巖　陳聘君隱處

愛瀑戀苔磯，難招出翠微。死因巖作墓，生以石爲扉。已嘆逃名是，猶嫌學佛非。後來無此士，不但鶴書稀。

九座山

化盡開山物，惟存窣堵坡。俗傳潭出雨，僧説火因魔。舊給唐綾暗，新鐫蔡字訛。巖前觀蟒石，尤覺可疑多。

香山寺

佛廢何關儒者事，要知開創亦辛勤。居人公拆純欏柱〔一〕，巨室深藏舊記文。鐘已毁樓移出寺，石猶鐫字徙爲墳。吾詩句句通陰隲，安得檀那子細聞。

〔一〕拆：原作「折」，據宋刻本、四庫本改。

仙游縣

不見層岡與複巖，眼中夷曠似江南。烟收緑野連青嶂，樹闕朱橋映碧潭。丞相無家曾住寺，聘君有字尚留庵。荒山數畝如堪買，徑欲誅茅老一龕。

觀溪西子弟降仙

似有物憑箕，傍觀競卜疑。曾從師授《易》，肯問鬼求詩？巖穴雖高枕，乾坤尚弈棋。老儒心下事，未必紫姑知。

自昔

自昔英豪忌苟同，此身易盡學難窮。習爲聯絶真唐體，講到玄虛有晉風。豈子盡云參妙喜，乞兒自許識荆公。安知斯世無顔閔，到死浮沈里巷中。

耕仕一首

耕不逢年仕背時，蕭然井臼掩茅茨。貧求生墓爲謀早，病學還丹見事遲。馬上功名成畫餅，林間身世似持碁。未應對客呈飢面，尚有荒園可種葵。

真母吳氏挽詞一首

系出自華宗，來嬪隱約中。貧能安苦節，貴愈積陰功。立志如歐母，生兒似富公。如聞新窆處，神告在溪東。族昔多名壻，今觀子更奇。他年槐樹讖，早歲柏舟詩。割股延姑壽，抽簪活衆飢。事皆堪入史，何必墓傍碑。

蘭

深林不語抱幽真，賴有微風遞遠馨。開處何妨依蘚砌，折來未肯戀金瓶。孤高可挹供詩卷，素淡堪移入卧屏。莫笑門無佳子弟，數枝濯濯映堦庭。

感昔二首

談攻説守漫多端〔一〕，誰把先朝事細看。棄夏西陲亡險要，失燕北面受風寒。傍無公議扶种李，中有流言沮范韓。寄語深衣揮麈者，身經目擊始知難。

先皇立國用文儒，奇士多爲禮法拘。澶水歸來邊奏少，熙河捷外戰功無。生前上亦知强至，死後人方誄尹洙。螻蟻小臣孤憤意，夜窗和淚看輿圖。

〔一〕漫：原作「謾」，據宋刻本、四庫本及翁校本改。

山丹

偶然避雨過民舍，一本山丹恰盛開。種久樹身樛似蓋，澆頻花面大如杯。怪疑朱草非時出，驚問紅雲甚處來。可惜書生無事力，千金移入畫欄栽。

燕二首

曾客烏衣看落花，春風吹影傍天涯。茅簷亦有安巢地，何必王家與謝家。

野老柴門日日開〔一〕，且無欄檻礙飛迴。勸君莫入珠簾去〔二〕，羯鼓如雷打出來。

〔一〕老：原作「客」，據宋刻本、四庫本改。

〔二〕珠：原作「深」，據宋刻本、四庫本改。

過永福精舍有懷仲白二首

永福招提小步廊，憶攜詩卷共追涼。年來行處常迂路，纔近君家即斷腸。

一樹梅花掩舊居，主人仙去客來疎。白頭留得吟詩友，每見郎君勉讀書。

詠史二首

虜入中原力不支，洛陽名勝浪相推。可憐揮麈人如璧，半夜排墻尚未知。
保惜金甌未必非，臺城至竟亦灰飛。隱侯老任梁朝事，却爲閑情減帶圍。

韓曾一首

道散斯文體尚浮，韓曾力與化工侔。山瞻泰華巖巖聳，河出崑崙混混流。長慶從官銷不得，熙寧丞相挽難留。滄州奏疏潮州表〔一〕，猶被人拈作話頭。

〔一〕州：原作「洲」，據宋刻本改。

春早四首

一春閔雨動龍顔，曉殿權停賀雪班。林下散人看邸報，也疎把酒廢游山。

去冬玉塞静無埃，春雪雖遲亦壓災。大士送歸天竺去，相公宣入浙江來。
屋山無筍圃無蔬，釜冷樽空客至疎。説與厨人稀作粥，老夫留腹要盛書。
清明未雨下秧難，小麥低低似剪殘。窮巷蕭然惟飲水，家童忽報井源乾。

黄天谷贈詩次韻二首

浪迹徧齊州，曾從劍俠游。尚嫌秦政臭，肯要郅支頭。客禮朝三殿，兒嬉弄五侯。吾猶看不破，何況道家流。

世無仙則已，有必屬斯人。丹熟將分友，雲游每念親。小窗時讀《易》，静室夜修真。符篆皆餘事，題詩亦出塵。

得曾景建書

聞君别後買傾城，酒戒中年亦放行。遠使忽來知病起，近書全未説丹成。莫嫌身去依劉表，曾有人甘殺禰衡〔一〕。何日斷原荒澗畔，一間茅屋對寒檠。

〔一〕禰：原作「彌」，據宋刻本、四庫本改。

示兒

瓜芋村邊一畝宮，閉門不復問窮通。生羞奏技伶人裹，死怕標名狎客中。講學有誰明太極，吟詩無路和薰風。身今老矣空追悔〔一〕，但祝吾兒勿似翁。

〔一〕老矣：原作「去老」，據宋刻本改。

擷陽塘

塘水年時似練湖，春來亦已化平蕪。農官久廢存遺趾，樵子公行作坦途。葦折鷺藏身不得，萍乾魚以沫相濡。桔槹伊軋聲如泣，借問龍宮睡穩無。

春日二首

睡起無人小院空，《南華》一卷磬聲中。鼻端老去齊香臭，分別柑花是晚風。
隙地新鉏一逕通，野夫手自植芳叢〔一〕。生來不慣游金谷，屋角花開也自紅。

〔一〕夫：宋刻本、四庫本皆作「中」。

憶毛易甫薛子舒一首

昔在江東會集時〔一〕，二君獨許話心期。春風蕭寺同登塔，落日荒臺共讀碑。百吏染毫供草檄〔二〕，萬花圍席看題詩。那知數尺無情土，別後雙埋玉樹枝。

〔一〕時：原作「詩」，據四庫本改。
〔二〕吏：原作「史」，據宋刻本改。

有感

殘羯如蜂暫寄巢，十年南北問干戈。穹廬昔少曾居汴，幕府今猶未過河。越石不生誰可將，奉春再出亦難和。憂時元是詩人職，莫怪吟中感慨多。

哭趙紫芝

奪到斯人處，詞林亦可悲。世間空有字，天下便無詩。盡出香分妓，惟留硯付兒。傷心湖上冢，誰葬復誰碑。

哭周晉仙

君在詩人裏，功夫用最深。古如神禹鑄，清似鬼仙吟。死定無高冢，生惟有破衾。長安酒樓上，猶記昔相尋。

中峰先塋

昔遇重華席屨前，因排貴近去翩然。叩墀袖有駞毬疏，易簀囊無沐梆錢，當日傳家惟諫草，至今贍族賴祠田。原頭宰木蒼如此，纔見山庵葺數椽。

被酒

酒户當年頗著聲，可堪病起困飛觥。醉呼褚令爲傖父，狂唤桓公作老兵。舊有峥嶸皆鏟去，新無壘塊可澆平。投床懶取騷經看，只嗅梨花解宿酲。

小園即事二首

何處瑶姬欵户來，薔薇花下暫徘徊。分明粉蝶通消息，未有人知一朵開。

因聽簫聲一念差，碧雲遮斷阿環家。春來無遣閑愁處，玉面紗巾出看花。

夢豐宅之二首

一別茫茫隔九京，夢中慷慨語如生。老猶奮筆排和議，病尚登陴募救兵。天奪偉人關氣數，時無好漢共功名。殘胡仍在王師老，寶劍雖埋憤未平。

斯人古少況於今，每恨諸賢識未深。朝給賻錢方掩骨，家無餘帛可爲衾。向來夫子真知己〔一〕，近世門生喜負心。惟有天涯華髮掾，獨揮衰泪望山陰〔二〕。

〔一〕夫：原作「天」，據宋刻本、四庫本及翁校本改。

〔二〕山：原作「仙」，據宋刻本、四庫本改。

漢儒二首

執戟浮沉亦未迂，無端著頌美新都。白頭所得能多少，枉被人書莽大夫。

賣賦長安偶遇知，後車歸載遠山眉。可憐犬子真窮相，不見劉郎過沛時。

暮　春

燕子來時春事空，杖藜來往緑陰中。静憐朱槿無根蒂，開落惟銷一陣風。

哭吴杞

七十未陞舍，目深雙鬢殘。病中依佛寺，死處近嚴灘。俗薄揮金少，家貧返骨難。遺言令火葬，聞者鼻皆酸。

橘　花

一種靈根有異芬，初開尤勝結丹蕡。白於薝蔔林中見，清似栴檀國裏聞。淡月珠胎明璀燦，微風玉屑撼繽紛。平生荀令熏衣癖，露坐花間至夜分。

薔薇花

浥露含風匝樹開，呼童浄掃架邊苔。湘紅染就高張起〔一〕，蜀錦機成乍剪來。公子但貪桃夾道，貴人自愛藥翻堦。寧知野老茅茨下，亦有繁英送一盃。

〔一〕湘：原作「相」，據四庫本及《全芳備祖集》前集卷一七所引改。

答鄭閩清

多著襦帬少裹巾，形容蒼槁意清真。舊時論語都忘記，難做深衣社裏人。

前輩

前輩日以遠，斯文吁可悲。古人皆尚友，近世例無師。晚節初寮集，中年務觀詩。雖云南渡體，俗子未容窺。

鐵塔院

鐵塔荒凉院，年深失主名。昔游基已廢，今至屋皆成。人出私錢施，僧憑願力營。如何榆塞上，却有未包城。

東方寺丞病足〔一〕

西北名山未偏經，詎宜倚杖立泠溡。脉通氣數毉難曉，病在皮膚藥易靈。金築高臺珠緣履〔二〕，錦蒙内屋肉爲屏。小儒受用嵇康論，擬獻君侯座右銘。圯上老人授良書一編〔三〕，《太公兵法》也。

〔一〕東：原作「東」，據宋刻本、四庫本改。

〔二〕以下四句與宋刻本、四庫本差異甚大，兹録四庫本之句於後：「昔走戰場常縱鞚，今居内室更施屏。平生受用嵇康論，欲獻公爲座右銘。」

〔三〕授：原作「授授」，據翁校本删。按：宋刻本、四庫本皆無詩末小注。

後村先生大全集卷之四

詩 《南嶽第三藁》

贈徐相師

許負遺書果是非，子憑何處説精微。使君豈必如椰大，丞相元來要瓠肥。袖闊日常籠短刺，肩寒春未换單衣。半頭布袋挑詩卷，也道游方賣術歸。

送孫夢宫

大帝開江左，無錐與遠孫。自言埋戰地，也勝活侯門。短褐邊風緊，孤舟海浪翻。知它三尺劍，携去報誰恩。

寄何立可提刑

故人握節守齊安，聞説邊頭事愈難。赤手募丁修險隘，白頭擐甲禦風寒。半腰城甫包圍畢，一把兵皆點摘殘。收得去年書在架，憶君燈下展來看。

和曾使君喜雨

雄烏忽變作雌霓〔一〕，太守爲壇水畔祠。多謝龍公來挹彼，寄聲風伯莫吹之。麥殘黑穟差傷晚，秧出青鍼未過期。想見鈴齋聞點滴，銀鈎滿紙又成詩。

〔一〕霓：原作「電」，據宋刻本、四庫本及翁校本改。

送饒司理端學

一郡夸饒掾，才名果不虛。忽聞歸去勇，極恨往還疎。因戴公平德，奴擔性理書。京華逢舊友，爲説閉門居。

贈防江卒六首

陌上行人甲在身，營中少婦淚痕新。邊城柳色連天碧，何必家山始有春。

壯士如駒出渥窪，死眠牖下等蟲沙。老儒細爲兒郎説，名將皆因戰起家。

昨者邳徐表奏通，聖朝除吏徧山東。新來調卒防秋浦，又與山東報不同。

身屬嫖姚性命輕，君看一蟻尚貪生。無因唤取談兵者，來向橋邊聽哭聲。

戰地春來血尚流，殘烽缺堠滿淮頭〔一〕。明時頗牧居深禁，若見關山也自愁。

一炬曹瞞僅脱身，謝郎棋畔走苻秦。年年拈起防江字，地下諸賢會笑人。

〔一〕烽：原作「峰」，據宋刻本、翁校本改。

哭黄直卿寺丞二首

久在文公几杖旁，暮年所得最精詳。貧甘香火辭符竹〔一〕，病整衣冠坐簀床。壯士軍中悲亮死，先生地下惜回亡。法雲破寺三間屋，却有門人遠赴喪。當年出塞共臨戎，箭滿行營戍火紅。督府凱旋先請去，堅城築就獨無功。身謀彼此皆迂闊，國事中間偶異同。莫怪些詞含硬噎，在時曾賞小詩工。

〔一〕貧：原作「貪」，據宋刻本、四庫本改。

不寐

萬户千門盡擁衾，據梧展轉看横參。不知身已成衰證，枉被人疑是苦吟。周漢前書忘記憶〔一〕，乾坤外事强思尋。華山老子差堪語，安得呼來論此心。

〔一〕忘：宋刻本、四庫本及翁校本皆作「盲」。

寄夔漕王中甫

舊歲書猶至漢陽，新年夢已隔瞿唐。西人久苦供軍費，南士專營出峽裝。塵暗三邊途尚梗，身游萬里鬢應蒼。蜀山聞説多仙者，試爲余求辟穀方。

送章通判

半刺已官尊，常時讀《魯論》。身居恭叔里，心在晦翁門。貧士來遮路，詩人送出村。君能齊得喪，何必戀華軒。

旱蓮一首

晴久方池可跣行，萍枯惟有草縱横。朱葩未見叢叢折，緑柄纔看寸寸生。悴若放臣臨楚澤，厄於學士蹈秦坑。輪它杭越花如錦，畫舫名姝夜按笙。

辭桂帥辟書作

一昨聞公幕府開，夢魂頻繞嶺頭梅。久抛韡袴辭軍去，忽有弓旌扣户來。茅舍相過争借問，荷衣欲出却徘徊。舊時檄筆今焚棄，孤負黄金百尺臺。

聞何立可李茂欽訃二首〔一〕

初聞邊報暗吞聲，想見登譙與虜争。世俗今猶疑許遠，君王元未識真卿。傷心百口同臨穴，極目孤城絶救兵。多少虎臣提將印，誰知戰死是書生。

何老長身李白鬚，傳聞死尚握州符。戰場便合營雙廟，太學今方出二儒。史館何人徵逸事〔二〕，羽林無日訪遺孤。病夫疇昔曾同幕，西望關山涕自濡。二君皆舊同官。

〔一〕欽：原作「卿」，據宋刻本、四庫本及翁校本改。

〔二〕事：原作「士」，據宋刻本改。

夏旱一首

滿望梅天雨，誰知日轉驕。畦蔬新住摘，盆樹久停澆。粟貴糧囷盡，泉乾汲路遥。未遑憂世事，災已到顔瓢。

憶藕一首

昔過臨平召伯時〔一〕，小舟就買藕尤奇。如拈玉塵涼雙手，似瀉金莖噉上池。好事染紅無意緒，癡人蒸熟減風姿。炎州地狹陂塘少，渴死相如欠藥醫。

〔一〕時：原作「隄」，據宋刻本、四庫本及翁校本改。

夜飲方湖

貪聽月下小叢歌，擲去金蕉吸碧荷。四面涼如浮震澤，五更渴欲挽斜河。古稱賢達誰存者，今不懽娛奈老何。長笑峴山空感慨，羊公湛輩兩消磨。

哀江帥張常一首

關破壘猶堅〔一〕，傷心援不前。生居諸將下，死在衆人先。憤極拳雙握，創多體少全。豈無人策應，擁纛坐江邊。昔我居戎幕，爲侯論戰勳。齋旄俄烜赫，書札尚殷勤。國難忠方見，天高事未聞。九江殘部曲，暗哭故將軍。

〔一〕猶：原作「何」，據宋刻本、四庫本改。

瀑上值雨

絶頂嵐烟合，危亭略見簷。不知山雨過，但覺瀑流添。悲壯張瑶瑟，迷蒙展畫縑。野人雙草屨，來往任泥霑。

懶

病入中年百事闌，頽然一榻倦衣冠。客方接話俄辭起，書未終編已輟看。架壞儘教花卧蘚，砌荒亦任草侵蘭。力求香火非無意，疎散明知涉事難。

送沈倜 考亭門人

建學多通顯，何爲尚布衣。不聞行聘久，始悟設科非。落日君尋店，深山我掩扉。幾時殘燭下，重聽講精微。

紫薇花

風標雅合對詞臣，映硯窺窗伴演綸。忽發一枝深谷裏，似知茅屋有詩人。

書第二考一首

遥領叢祠又一年，何功月請水衡錢。江南塞北雖無分，林下山間尚有緣。兵去未妨行酒令，印收不礙掌詩權。祇嫌海嶠登臨少，夢繞朱陵紫蓋邊。

送鄭君瑞知閩清

茲邑猶淳古，君行作長官。假令三尺密，終有一分寬。栗里歸差易，桐鄉愛極難。千峰青繞郭，暇日想凭欄。

猫捕燕

文采如彪膽智非，畫堂巧伺燕雛微。梁空賓客來俱訝，巢破雌雄去不歸。鶯閉深籠防鷙性，蝶飛高樹遠危機。主人置在花墩上，飽卧徐行自養威。

次方寺丞方湖韻

晚來吉語到茅簷，太華詩翁約泛蓮。況有鄒枚同預讌，可能李郭獨如仙。帝猶給我還山俸，天不需人買月錢。揮手闖門冠蓋客，急歸勿攪甕間眠。

鄰家孔雀

初來毛羽錦青葱，今與家鷄飲啄同。童子有時偷剪翅，主人常日少開籠。嶠南歲月幽囚裏，隴右山川夢寐中。因笑世間真贗錯，繡身翻得上屏風。

答傅監倉

少豪頗似括談兵，老去方慙理未明。窗下殘書千遍讀，卷中一字幾回更。撚髭人盡嗤吾拙，歃血誰當豫此盟。肯啖菜根抄脱粟，許君十載共經營。

蟾蜍硯滴

鑄出爬沙狀，兒童競撫摩。背如千歲者，腹奈一輪何。器較缾罌小，功於几硯多。所盛涓滴水，後世賴餘波。

讀崇寧後長編二首

自入崇寧政已荒，由來治忽繫毫芒。初爲御筆行中旨，漸取兵權付左璫。玉帶解來攽貴倖，珠袍脱下賜降羌。諸公日侍鈞天讌，不道流人死瘴鄉。

陳迹分明斷簡中，纔看卷首可占終。兵來尚恐妨恭謝，事去徒知悔夾攻。丞相自言芝産第，太師頻奏鶴翔空。如何直到宣和季，始憶元城與了翁。

午窗

恩賦支離粟一囊，午窗卧看世人忙。東家學究窮於我，六月褒衣上講堂。

書感

仲尼已没世無師，新學專門各自私。死守不爲它説勝，秘藏似恐外人窺。欲招程子看《通典》，兼起歐公講《繫辭》。浩歎邇來耆舊盡，緒言分付與群兒。

答客

誰謂貧難忍，三年閉户居。老兵能合藥，小僕會抄書。白髮羞彈鋏，青山去荷鉏。既於吟得趣，功業合乘除。

邛杖

珍重邛山鶴膝枝，十年南北慣攜持。扶登石壁寧嫌峻，拄過溪橋肯避危。昔涉畏途麾不去，今行平地棄如遺。主人尚要防衰老，會有重拈入手時。

寄泉僧真濟

師邃於醫者，聞諸諫議然。若非禪性悟，必有脉書傳。藥貴逢人施，方靈尅日痊。西風鉼錫冷，儻肯訪沈綿。

羊毫筆一首

拔到髯生族，多因兔潁稀。只宜茅舍用，難向玉堂揮。弄翰虛名似，吹毛本質非。兒曹貪價賤，鵶蚓掃如飛。

空村

棄置在空村，浮名豈復論。因思戎服窄，方悟緼袍尊。城遠鷄司曉，家貧犬守閽。常憐劉越石，辛苦戍并門。

題齋壁

浩如烟海積如山，紙上陳人叫不還。白首書生無事業，一生精力費窗間。

題繫年録

炎紹諸賢慮未精，今追遺恨尚難平。區區王謝營南渡，草草江徐議北征。往日中丞甘結好，暮年都督始知兵。可憐白髪宗留守，力請鑾輿幸舊京。

晚出

晚出別村幹，夜深徒步歸。飯猶懸早稼，衣尚在鄰機。關塞秋防急，田園歲入微。喟然投耒嘆，事事與心違。

伏日

屋山竹樹帶疎蟬，凈掃風軒散髪眠。老子平生無長物，陶詩一卷枕屏邊。

自警

筆枯硯燥自傷悲，文體全關氣盛衰。倚馬縱難揮萬字，騎驢尚足課千詩。奉盤誰可推盟主，撼樹人方謗老師。疑有更深於此者，入山十載試精思。

詠鄰人蘭花

兩盆去歲共移來，一置雕欄一委苔。我拙事持令葉瘦，君能調護遣花開。隸人挑蠹巡千匝〔一〕，稚子澆泉走幾廻。亦欲效顰耘小圃，地荒終恐費栽培。

〔一〕巡：原作「還」，據宋刻本、四庫本改。

夏夜

熱極不可度，起行林影中。開窗需過月，移簟就來風。豪鼠喧深夜，高蟬響半空。永言時物變，露已濕莎叢。

書田舍所見

漠漠晴埃起遠疇，占相雲日幾家愁。細民方慮填中壑，巨室何心堰上流。斬木由來基小釁〔一〕，澆瓜誰爲解私仇。寧知送老茅簷下，猶抱書生畎畝憂。

〔一〕木：原作「水」，據宋刻本、四庫本改。

郊坰

所住在效坰，田園事遍經。淺溝晴後塞，高隴雨餘青。屋潤鄰翁富，祠新社鬼靈。南州無酒禁，十户九旗亭。

客過

客過柴門歎寂寥，旋挑野菜拾風樵。無錢輟贈開衣笈，有病來求探藥瓢。偶憩荒郊思種樹，每逢斷澗欲營橋。書生一念終迂闊，猶閔蒼黔與肖翹。

孟浩然騎驢圖

壞墨殘縑閱幾春，灞橋風味尚如真。摩挲只可誇同社，裝飾應難奉貴人。舊向集中窺一面，今於畫裏識前身。世間老手惟工部，曾伏先生句句新。

有興

有興駕柴車，無心起草廬。淺傾家釀酒，細讀手抄書。門巷慵耘草，園籬課種蔬。雖非黄叔度，未易得親疏。

聞笛二首

少年毬馬逐秋風，笛起連營響裂空。今夕夢回村墅冷，一枝孤奏月明中。

初如廢將哭窮邊，又似孤臣訴左遷。何必謝公雙淚落，野人聽罷亦悽然。

健忘一首

昏昏健忘廢專精，默坐空齋忽自驚。少作回看如兩手，舊書重讀似前生。却疑安世知三篋，不曉睢陽記一城。莫怪詩成呼燭寫，曉窗追憶欠分明。

宿莊家二首

初秋風露變，偶出憩莊家。原稼無全穗〔一〕，陂荷有晚花。疎鐘踰澗響，微月轉林斜。鄰媼頭如雪，燈前自積麻〔二〕。

茅茨迷詰曲，度谷復踰陂。世上事如許，山中人不知。牛羊晴臥野，鵝鶩晚歸池。粗識爲農意，秋輸每及時。

〔一〕無：原作「多」，據宋刻本、四庫本改。
〔二〕積：原作「績」，據宋刻本、四庫本改。

妄想

妄想如冰已盡消，朱顔日向鏡中凋。玉關萬里曾投筆，草市三家却負樵。弱水古來無路到，小山歲晚有人招。吾廬寂寂何須笑，君看閑僧住退寮。

白社迓客一首

貧食官倉不自由，强扶衰病坐荒郵。送迎不是祠官事，偶見青山急下頭。

七月九日二首

海激天翻雹雹嗔，蒼松十丈劈爲薪。須臾龍卷他山去，誤殺田頭望雨人。
樵子俄從間路廻，因言溪谷響如雷。分明雨怕城中去，只隔前峰不過來。

夢賞心亭

夢與諸賢會賞心，恍然佳日共登臨。酒邊多説烏衣事，曲裏猶殘玉樹音。江水淮山明歷歷，孫陵晉廟冷沉沉。曉鐘呼覺俱忘却，獨記千門柳色深。

郊行

一雨餞殘熱，忻然思杖藜。野田沙鶴立，古木廟鴉啼。失僕行迷路，逢樵負過溪。獨游吾有趣，何必問栖栖。

懷友

老鶴孤飛久失群，天涯懷友寸心勤。狂生似膩寧堪近，佳士如香故可熏。無復挐舟乘大雪，有時倚杖送停雲。秋來逕草深三尺，誰伴青燈緝舊聞。

牢落

牢落吾何限，先賢未免窮。寧爲田舍子，不作國師公。螢影穿窗隙，蛩聲出壁中。殘書殊有味，讀到角吹終。

跋方雲臺文藁二十韻

文人何瑣碎，夫子獨雄尊。擊水移南海，追風出大宛。黑潭龍怒起，碧宇鶻孤騫。翕翕波濤湧，須臾雹奔。筆鋒山突兀，墨瀋雨傾翻。軒豁青天露，凄迷白晝昏。至微該草樹，極大括乾坤。金鼓條侯壁，旌旗渭上屯。聚如群玉圃，散似建章門。覽岱親臨頂，窮河直至源。檄書傳絶漠，詩句落中原。猛虎堪鬚捋，修鯨可氣吞。寂寥時數語，浩蕩或千言。神與經營力，誰窺斧鑿痕。流行通象桂，模刻遍湘沅。欲揀皆逢寶，將芟不見繁。居然開突奧〔一〕，詎肯鬭籬藩。坎井疑天大，溪流笑海渾。不妨兒輩撼，姑付後人論。拙詠雖卑弱，因公儻並存。

〔一〕突：原作「穾」，據宋刻本改。

雲

農家望汝卜年豐，似絮如峰陟不同。縱有濃陰工閣雨，略無定態喜隨風。往來與月爲仇敵，舒卷和天盡蔽蒙。安得竦身騰汗漫，叫開閶闔掃長空。

椶冠

羽士過門賣，新翻樣愈奇。堅如龜屋製，精似鹿胎爲。邛杖扶相稱，唐衣戴最宜。笑他蟬冕客，憂畏白鬚眉。

方寺丞招宿瀑上不果

久與瀑泉疎，勞公下檄書。極知居陋巷，不似宿精廬。奴客辭看犢，鄰人畏借驢。何時兒子壯，聊爲舉籃輿。

詩境樓觀月

人世應無第二樓，暮雲飛不到簾鈎。未開寶鑑青冥裹，先湧冰輪碧海頭。白似雪濤翻赤壁，紅如夜日出羅浮。酒醒何處吹横玉，徑欲乘風萬里游。

野　望

稍有西風起，孤笻挾自隨。名山多著寺，古木必爲祠。鳥過投林急，樵歸度嶂遲。相尋惟有月，搔首待移時。

西淙山觀雨

與客同登萬仞崖，蔽天風雨驀然來。六丁白晝誅炎魃，百怪蒼淵起蟄雷。毒蟒噴時林盡黑，怒龍裂處石中開。吾生不及觀河決，得賦斯遊亦壯哉。

宿山中十首

城中人怪我，清旦買芒鞋〔一〕。君若知其趣，還應日日來。

玉轡上沙堤，金鞍戍磧西。何如寒澗底，落日蹇驢嘶。

就泉爲碓屋，絫石作書龕。有意耕汾曲，無心起水南。

市脯店猶遠，刈芻人未歸。夜深語童子，且掩半邊扉。

路危防陟遠，溪黑阻窮深。凉月如高士，頻招未出林。

巖僧殊好事，絶頂廟龍君。勿笑一泓水，能生六合雲。

崖居供給少，不用犬防籬。只恐偷兒黠，來窺壁上詩。

山中無價寶，月色與泉聲。莫向貴人説，將爲有力争。

玉筯篆文古，銀鈎楷法精。得知千載下，時有打碑聲。
凄風轉林杪，露坐感衣單。不道山中冷，翻憂世上寒。

〔一〕買：原作「賣」，據宋刻本、四庫本改。

七月二十日自瀑上先歸方寺丞遺詩夸雷雨之壯次韻一首

城裹遥看雨出時，想公筆墨發雄奇。山深龍虎飛騰變，海運鯤鵬瞬息移。凛凛前鋒如赴敵，堂堂迴勢似歸師。驅還始悟山靈意，怕向蒼崖寫惡詩。

秋望二首

暮色蒼然上野臺，廢塘尚有數荷開。望中愛殺城南柳，只怕風霜一夜來。
舍南舍北種芙蓉，及到秋來次第紅。自是詩人才思窘，清風明月有何窮。

村校書

短衣穿結半飄空〔一〕，所住茅簷僅蔽風。久誦經書皆默記，試挑史傳亦旁通。青燈窗下研孤學，白首山中聚小童。却羡安昌師弟子，只談《論語》至三公。

〔一〕飄：原作「瓢」，據四庫本改。

聖賢

聖賢自牧極卑謙，後學才高膽力兼。悔賦不妨排賈誼，謗詩遂至劾陶潛。事見政和御史章疏。取人最忌規模狹，絕物常因議論嚴。君看《國風》三百首，小夫賤隸採何嫌。

懷李敬子

此士今徐孺，柴扉肯妄開？空聞羔雁去，不見鳳麟來。廬阜尋僧出，東湖赴講廻。何由操杖履，林下再相陪。

華巖知客寮

簷外蒼榕六月秋，小年來此愛深幽。壞墻螢出如漁火，古壁蜂穿似射侯。涉世昏昏忘舊語，入山歷歷記前游。故人埋玉僧歸塔，獨聽疎鐘起暮愁。第四句亡友趙仲白所作，今補足之。

聞黄德常除德安倅

幕下相從若弟兄，當年曾悔誤談兵。足行江北生重趼，髪爲山東白幾莖。病擁琴書専一壑，老攜檄筆赴孤城。暮雲不見關山路，空有天涯故舊情。

閑居即事

性偶安林藪，元非慕獨清。米從仁祖乞，粟是伯夷耕。廢井通鄰汲，深墻隔市聲。却因虚澹極，亦自覺身輕。

自勉

海濱荒淺幼無師，前哲籓籬尚未窺。玄詠易流西晉學，苦吟不脱晚唐詩。遠僧庵就勤求記，亡友墳成累索碑。天若假余金石壽，所爲詎肯止於斯。

少日

少日關河要指呼，晚歸田里似囚拘。氣衰不敢高聲語，腕弱纔能小楷書。座有老兵持共飲，路逢醉尉避前驅。子元兄弟何爲者，自是嵇康處世疎。

貧病

默默守柴荆，人間事頗更。病方知養性，貧始欲謀生。尚有狂奴態，元無老婢聲。邇來塵慮盡，勿怪小詩清。

示同志一首

滿身秋月滿襟風，敢嘆棲遲一壑中。除目解令丹竈壞，詔書能使草堂空。豈無高士招難出，曾有先賢隱不終。説與同袍二三子，下山未可太匆匆。

後村先生大全集卷之五

詩

和方孚若瀑上種梅五首

仙翁小試春風手，高拂茅簷矮映窗。選勝多依巖罅種，愛奇或並樹身扛。海山大士寒蒙衲，月殿仙姝夜擁幢。商略此花宜茗飲，不消銀燭綵纏缸。

天賜梅花爲受用，繽紛玉雪被層矼。素芳林下超羣品，繁蕊枝頭巧疊雙。隴月照時霜剪剪，澗風吹處水淙淙。主人筆力迴元化，催發何須杖鼓腔。

瀑映梅花何所似，蚌胎蟾彩浴寒江。夢回東閣頻牽興，吟到西湖始豎降。雪屋戀香開紙帳，月窗憐影掩書缸。若將漢晉聞人比〔一〕，不是淵明即老龐。

百匝千回看不足，管他急雪濺奔瀧。瑤林錯立明梁苑，寶璐橫陳照楚邦。愛殺嚼芳仍嗅蕊，吟狂哆口更疎龐。曉來翠羽驚飛去，應爲烟鐘樹杪撞。

欲賦梅花材藻盡，公分生意到枯樁。鉅題昔只韓聯孟，妙手今惟羿愈逢。守穀尚煩看杏虎，護花難少吠籬龙。丹崖翠壁宜揮掃，只要游人筆似杠。

〔一〕聞：宋刻本、四庫本皆作「間」。

再和五首

先生多在山中宿，爲愛横斜影上窗。苗髪僧從深澗徙，頳肩奴過别峰扛。和羹宰相調金鼎，止渴將軍擁碧幢。空谷不知如許事，沽來村酒且開缸。

厭看花開平地上，故攀絶磴履危矼。節方静女尤專一，韻比高人更少雙。堪伴愚公居北谷，宜偕漫叟隱南淙。素標尚恐詩輕媟，敢犯人間曲子腔。

手選千株高下種，似行庾嶺泛湘江。只銷一朵南枝折，盡受群花北面降。自愛空山吹縞袂，絶羞華屋照銀釭。主林神禁人殘毁，深夜應無斫樹龐。

絶顛歲晚無人到，但見山風激嶺瀧〔一〕。高藹恍如珠照乘，深葩還似寶迷邦。巢居公未甘枯槁，鼎實朝方起碩龐。詩在簡齋和靖裏，追攀真以寸莛撞。

杖履暇時常檢點，細分枝幹數株椿。試呼童子調霜弄，絶勝奴兵擂曉逄〔二〕。色映巖松寒引鶴，根連園杞夜聞龙。社中作者銛鋒穎，甘樹降幡束短杠。

〔一〕瀧：原作「龐」，據宋刻本、四庫本改。
〔二〕曉：四庫本作「鼓」。

賦西淙瀑布 得斷字

蒼山七百畝，主人新買斷。於時積霧開，素瀑掛青漢。泠泠瑟初鏗，璀璀珠乍貫。久晴雨瓢翻，忽暖冰柱泮。恍如白浪湧，翔舞下梟雁。又疑黄河決，縈祭沈玉瓚。不然蟒出穴，或是虹吸澗。客言下有潭，龍伏不可玩。攫拏起雲氣，噴薄蘇歲旱。平生愛奇心，欲此築飛觀。沿流踏淺清，陟巘騰汗漫。低頭拜主人，分我華山半〔一〕。

〔一〕我：四庫本作「此」。

送陳寺丞守南劍〔一〕

詔免延英對，輕裝見吏民。極知忙救旱，豈是急頒春。邑爲搜空壞，州因獻羡貧。此行休戚繫，未敢賀朱輪。

〔一〕南劍：原作「延平」，據四庫本及翁校本改。

送丁元暉知南海

不用急符催，先行要看梅。歲時親祭海，休沐必登臺。鮑井聊供飲，韓碑待拭苔。遥知蠻俗喜，令尹帶琴來。

醫〔一〕

脉差死活懸三指，灸誤風攣廢四支。寧餌生金飧野葛，有身不可試庸醫。

〔一〕此詩底本原無，據四庫本補。

黄檗道中崖居者

種竹成林橘滿園，牛歸童子掩籬門。主人雖不知名氏，想見孤高可與言。

横塘

水松百本映門栽，池上荷花似錦開。記取横塘風景好，歸程摹入小詩來。

蒜溪

日爍千山草樹然，海鄉極目少炊烟。蒜溪一脉涓涓水，只緑西庵數丈田。

哭囊山覺初長老二首

豈謂荼毘速，龕前一愴情。空留尊宿貌，難問小師名。骨已迎歸塔，衣多唱入城。百年如此過，何異不曾生。

雪峰寺裏曾相識，面皺顴高五十餘。削髮入山參最久，白頭出世瘦如初。覺心不共真身壞，遺偈猶能戰手書。何必塔銘并語録，吾詩自可表幽墟。

贈蕭高士

玉笥蕭高士，超然物外姿。能彈《廣陵操》，會作豫章詩。紫府非無分，丹房未有基。西山多隱者，何必遠求師。

題鍾賢良詠歸堂〔一〕 水心爲賦詩

細繹華堂扁，徵君志可知。策弘無聖詔，與點有明師。忽枉賢良剌，頻需拙惡詩。續貂吾豈敢，淚落水心碑。

〔一〕此詩底本原無，據四庫本補。

挽李端

要識君操履，全如字畫真。病能妨獻賦，窮不廢修身。月旦推先輩，春官失此人。如聞埋玉速，里巷共酸辛。

海口三首

暫游不得久婆娑，奈此龍江景物何。天勢去隨帆際盡，海聲來傍枕邊多。昏窗微見燈明嶼，霽閣遥看日浴波。定有後人尋舊迹，已留小篆識山阿。

島烟常至晏方開，沙際參差辨遠桅。風挾寒聲從樹起，潮分末勢過橋來。吏人不禁山排闥，客子思傾海入杯。歸憶斯游今冷淡，如嘗橄欖味初廻。

人烟窮處屋三間，目斷寒雲接淺山。石塔有風鈴自語，水亭無税印常閑。沙晴火伏如棋布，浪急漁舟似箭還。自古詩從登覽得，莫辭絶頂共追攀。

黄蘗寺一首

猶記垂髫到此山，重游客鬢已凋殘。寺經水後增輪奐，僧比年時減鉢單。絶壑雲興潭影黑，疎林霜下葉聲乾。平生酷嗜朱翁字，細看荒碑倚石欄。

和西外趙知宗

斤妙斲如神，源深汲愈新。岱宗疑有址，海若忽無津。傳遠須公等，鑚堅盡此身。平生師友意，非爲雨中巾。

悼秦醫

最曉陰陽證，於身獨不靈。有妻持舊肆，無子學遺經。蟲蝕抄方篋，莎生曬藥庭。城中醫絶少，堪惜爾凋零。

十月二十二日夜同方寺丞宿瀑庵讀劉賓客集

瀑山木落霜寒夜，共讀吾家夢得詩。坐對遺編忘漏盡，手遮殘燭怕風吹。森嚴似聽元戎令，機警如看國手棋。千載愚溪相對壘，未應地下友微之。

久旱即事二首〔一〕

暘烏下飲百川空，民自祠龍禱社公。豈是長官渾忘却，水車聲不到城中。

輸租常占一村先，不望明時舉力田。老畏里胥如畏虎，敗人詩思攪人眠。

〔一〕此二詩底本原無，據四庫本補。

戍婦詞三首

織錦爲書寄雁飛，功名從古恨無機。良人白首沙場裏，何日封侯建節歸。

昨日人迴問塞垣，陣前多有未招魂。營司不許分明哭，寒月家家照淚痕。

九月嚴霜塞下飛，連營回首望寒衣。將軍縱上移屯奏，無奈公卿半是非。

送楊休文〔一〕

初驚字與隱侯同，徐讀文編始嘆工。似倩麻姑抓背癢，能令孟德愈頭風。玄機固已超三昧，副本何因寫一通。消得劉君詩送路，西歸未可嘆囊空。

〔一〕此詩底本原無，據四庫本補。

游水南一首

九馬如飛不用鞭，微塵一道起晴川。有司誤謗爲山賊，好事訛傳是地仙。何處名樓風月爽，誰家修竹主人賢。橐詩三百高無價，難向旗亭當酒錢。

哭陳鑰主簿

不但心孤介，生形亦怪奇。在爲官長駡，没使邑人思。魂遠鄉猶隔，名微世未知。空存朋友誼，到此力何施。

傅諫議和予所贈傅監倉詩復用前韻一首

諫草如山不論兵，當年出處最分明。中朝安可無耆舊，故事猶應問老更。敢有鳳毛評句法，素知牛耳執文盟。詩壇亦合先生築，遥望偏師已拔營。

宿别瀑上二首

十里荒荆手共開〔一〕，屐痕歷歷在青苔。山中猨鳥愁予去，争問先生幾日回。
兩日相疏鄙吝生，今當遠别若爲情。夜窗看到千峰黑，枕上猶貪落澗聲。

〔一〕共：原作「自」，據宋刻本、四庫本改。

初宿囊山和方雲臺韻

客游萬里踐霜冰，旦旦披衣坐待明。累黍功名成未易，跳丸歲月去堪驚。即今紙被攜尋宿，當日油幢聽報更。賴有雲臺公好事，追程來送老門生〔一〕。

〔一〕來：原作「未」，據宋刻本、四庫本改。

白鹿寺

歲晚霜林葉落稠，攜家來作鹿門游。偈言恍似前生説，詩藁猶煩侍者收。身上征衫拋未得，山中靈藥採無由。十年不獨行人老，入定高僧白盡頭。謂長老洪公〔一〕。

〔一〕洪：原作「共」，據宋刻本、四庫本改。

答婦兄林公遇四首

霜下石橋滑，蛩吟茅店清。夢廻殘月在，錯認是天明。

恨余行李速，愧子酒杯長。日暮於誰屋，天寒陟彼岡。

自笑如窮鬼，相從不記年。每煩詩餞送〔一〕，不止辦車船。

挹君如玉雪，未易得親疎。何日深山裏，同燈共讀書。

〔一〕詩：原作「書」，據四庫本及《宋詩鈔》卷八九所載改。

發枕峰

蒼頭奉辟書〔一〕，嚴裝犯蕭辰〔二〕。豈不謀出處，歲儉水菽貧。曛黑投山中，明發趨江濱。漁父隱者歟，葉舟方垂緡。相逢飄然逝〔三〕，似笑來往頻。白歐我同盟，青山吾故人。即之欲與言〔四〕，邈若不可親。昔迎歸軒喜，今見行橐嗔。素願悵未諧，抱慙終此身。先賢遠志喻，千載猶如新。

〔一〕頭：四庫本作「顔」。
〔二〕蕭：原作「肅」，據宋刻本、翁校本改。
〔三〕逝：原作「遊」，據宋刻本改。
〔四〕欲與：原倒，據宋刻本、四庫本乙。

嵩溪驛

舟子初辭去，風吹薄酒醒。一莖新鬢白，數點晚山青。潦倒彈長鋏，荒涼宿短亭。鄰鷄空喔喔，不似昔年聽。

環翠閣　閣上有宣和二陸詩

大陸題詩小陸和，寶鞍畫戟傳呼過。兩片頑碑未百年，已有牧兒來打破。

崇化麻沙道中

經行愛此人烟好，面俯清溪背負山。半艇何妨呼渡去，小橋不礙負薪還。遠聞清磬來林杪，忽有朱欄出竹間。此處安知無隱者，卜鄰容我設柴關。

過劉尚書墓

建人，葬邵武〔一〕。

士林方卜道窮通，一旦騎鯨萬事空。帷下有人師董相，墓傍無客哭喬公。白頭稍得談經力，青簡尤高絕幣功。尚記長衣横麈柄，今看華表立西風。

〔一〕小注原無，據四庫本補。

謝　墳

一月山行未有梅，曉來戲著小詩催。謝家墳寺更衣處，初見墻西半樹開。

大乾記夢 辛酉年夢，予方十五〔一〕。

昔夢游湘水，琴書寄葉舟。安知三十載，真作夢中游。

〔一〕十五：原作「十三」，據四庫本改。

館頭 去撫州四十里

雨雪蕭蕭驛堠長〔一〕，不堪流潦入車箱。撫州城外黄泥路，即是人間小太行。

〔一〕雪：原作「露」，據宋刻本、四庫本改。

發臨川

始予丱角來，家君綰銅墨。縣齋多休暇，縣圃足戲劇。雖云嗜梨栗，亦頗窺簡冊。弟妹皆孩幼，親髪方如漆。後予捧檄至，軒蓋候廣陌。於時志氣鋭，門户況烜赫。郡花照席紅，湖柳拂鞍碧。耆老互問訊，酒饌紛狼籍。今予挑包過，城郭宛如昔。高年凋落盡，滿眼少明識。管子仕瘴烟，屈叟掩泉穸。蓽門訪舊師，目闇面黧黑。買醪與之酌，往事話歷歷。既生異縣感，遂起故鄉憶。吾翁墓草深，高堂已斑白。貧居淪髓空，遠游温凊隔。二季官海濱，女子各有適。曾不如阿奴，碌碌在母側。回思盛壯時，去矣難復得。因成臨川吟，吟罷淚横臆。

曾景建自臨川送予至豐城示詩爲别次韻一首

追程送我劍池邊，亹亹清談晉宋前。豈意白頭趨幕日，廼逢紫氣出關年。夜深續炬俱忘寢，地冷吹薪久未然。臨别祝君加帽絮，高峰雪後尚童顛。

自撫至袁連日雨霰風雪一首

窮臘天地閉，雲氣匝野垂。何況袁撫間，積潦盈路岐。寸晷拔寸步，一堠費一時。忽跌落深淖，有似鳥着黐。寒日已西匿，游子方南馳。孤店渺烟際，僮馬飢以羸。霏霏雪没骭，憯憯風裂肌。古人貴遺體，不肯臨深危。兒行風雪中，慈母安得知。終當投紱去〔一〕，重補南陔詩。

〔一〕終：原作「絡」，據宋刻本、四庫本及翁校本改。

安仁驛

偶向西邊洗客塵，數株如玉照青蘋。凄風冷雨分宜縣，賴有梅花管領人。

萍鄉

聞説萍鄉縣，家家有絹機。荒年絲價貴，未敢議寒衣。

牛田鋪大雪　萍鄉境内〔一〕

暝色蟠空起，獰飈激地吹〔二〕。漸看雲布濩，稍有霰紛披。蔌蔌初飄瓦，輕輕已點墀。居人朝未覺，客子夜先知。巧似莊嚴就，匀如剪刻爲。充庭冰氏喜，縞户染人疑。灑密苔緘遍，擎多樹壓垂。高峰迷頂踵，遠渡失津涯。窘兔低蹲草，僵禽默墮枝。馬難分牝牡，烏不辨雄雌。倏忽斜還整，冥濛合又離。半埋官路堠，亂打寺廊碑。猛勢欺袍絮，寒花照鬢絲。店荒敲盡閉，橋滑步尤危。破釜羹霜菜，殘爐燎濕萁。廢粧憐婦怯，露骭笑兒癡。乍起毛皆蝟，深藏手亦龜。犬驚鄰吠急，鷄噪野鳴遲〔三〕。偏滯南轅路，翻思北戍時。旌旗明雁塞，刁斗亂鵝池。呵筆堪飛檄，收燈可覆棋。暮營蒙虎卧，曉獵臂鷹隨。浴鐵成何事，披蓑自一奇。空山吟忍凍，窮巷齧充飢。授簡悲才退，烘衣感氣衰。稍欣茅瘴薄，已覺麥畦滋。病怕春茶冷〔四〕，愁嫌市井醨。帶間三十韻，聊補昔人遺。

〔一〕雪：宋刻本、四庫本皆作「寒」。又「境」原作「地」，據上本改。

〔二〕獰：原作「儜」，據宋刻本、四庫本改。

〔三〕噪：宋刻本、四庫本作「喋」。

〔四〕春：宋刻本、四庫本作「村」。

醴陵客店

縣郭依稀隔渡頭，解鞍來倚店家樓。已攀桂樹吟《招隱》，因看梅花賦《遠遊》。市上俚音多楚語，橋邊碧色是湘流。直南鄉國三千里，目斷羈鴻起暮愁〔一〕。

〔一〕斷：宋刻本、四庫本皆作「送」。

湘潭道中即事二首

敗絮籠鍾擁病身，十分寒事在湘濱。若非野店黏官曆，不記今朝是立春。

儺鼓鼕鼕匝廟門，可憐楚俗至今存。屈原章句無人誦，別有山歌侑酒尊〔一〕。

〔一〕酒：原作「桂」，據宋刻本、四庫本改。

謁南嶽

中原昔分裂，五嶽僅存一。嗟余生東南，有眼乃未覩。清晨犯寒慄，馬上青歷歷。怪雲何處來，對面失崷崒。午投勝業寺，僧訝余不懌。茗餘因獻嘲，君定非韓匹。彼來既軒露，君至若封鐍。余謂僧無躁，兹可以理詰。止僧坐悦亭，霾翳忽冰釋。石廩先呈身，岣嶁俄見脊。須臾天柱開，最後祝融出。高峰七十二，固已得彷彿。鄴侯何嘗死，懶殘元非寂。恍疑在山中，明當往尋覓。咄哉三尺雪，孤此一雙屐。駕言欵靈瑣，樓堞晃丹赤。栢深不見人，畫妙如新筆。珠瓏千娉婷，彈棋拊瑤瑟。茫茫鬼神事，荒幻難究悉。吾師太史公，江淮徧浪迹。玆焉又浮湘，汗漫恣遊陟。雖然乏毫端，亦頗增目力。規模五字體，蟠屈萬丈碧。詩成投褚中，何必題廟壁。

勝業寺

寺創於何代，問僧皆不知。槎牙夏后栢，殘缺柳侯碑。雪過禪堂冷，冰餘嶽路危。上封猶未到，太息負心期。

發嶽寺三首

嶽下無耆老，何從訪舊聞。不知紫巖墓，更隔幾重雲。
明仲竄蠻烟，欽夫棄盛年。空令後死者，有淚滴遺編。
昔者監香火，今焉裂芰荷。祝融應冷笑，還肯再來麽。

湘江一首 六言

屈賈死將千載，劉君來泛湘江。沽酒偶留村店，看山不掩船窗。

烟竹鋪 離衡州北五里

野迥村疎起暮寒，偶逢廢驛卸征鞍。主人家比漁舟小，客子房如鶴柵寛。燈與鄰通眠未易，風從壁入避尤難。似聞南去加蕭索，一夜披衣坐不安。

衡永道中二首

一舍常分作兩程，雪鞭雨袖少逢晴。平生不識終南逕，來傍湖南堠子行。

過了衡陽雁北廻，鄉書迢遞託誰哉。嶽山石鼓皆辭去，惟有湘江作伴來。

黄熊嶺〔一〕

黄茅迷遠近，不見一人行。信步未知險，廻頭方可驚。路由高頂過，雪在半腰生。落日無栖止，飄飄自問程。

〔一〕熊：原作「羆」，據宋刻本、四庫本改。

祁陽縣

入境少人烟，寒江碧際天。小留因買石，久立待呼船。笛起漁汀上，鷗飛縣郭前。若無州帖至，令尹即神仙。

零　陵

畫圖曾識零陵郡，今日方知畫未如。城郭恰臨瀟水上〔一〕，山川猶是柳侯餘。驛亭幽絶堪垂釣，巖室虛明可讀書。欲買冉溪三畝地，手苦茅棟徑移居。

〔一〕瀟：四庫本作「湘」。

深溪驛 去廣右界一程

苔滿朱扉半闔開，更無人跡獨徘徊。湘江臨別如相語，早買扁舟出嶺來。

全州

寂寞全州路，家家荻竹扉〔一〕。異僧留塔在，過客入城稀。傳舍臨清泚，官亭占翠微。沙頭泊船者，多自嶺南歸。

〔一〕竹：原作「作」，據宋刻本、四庫本及翁校本改。

炎關 亦名巖關

關北關南氣候分，雪飛不過古來云。若非曾發看山願，老大何因入瘴雲。

秦城

缺甓殘塼無處尋，當年築此慮尤深。君王自向沙邱死，何必區區戍桂林。

未至桂州葉潛仲以詩相迎次韻一首

柘岡西路別君時，幾見天涯柳弄絲。橫草壯心空忼慨，覆蕉殘夢懶尋思。羞將白髮趨新府，却憶青山領舊祠。猶有南來奇特事，馬頭先得故人詩。

游水東諸洞次同游韻二首

桂山前未到〔一〕，今日是初游。招鶴登青巘，呼龍俯碧湫。深蹊通秉炬，小竇劣容舟。豈敢輕題句，同官盡柳劉。

舊聞巖洞勝，欲往自髫年。聳秀過靈隱，幽深似善權。遠環州堞外，近獻屋簷邊。儻有登臨約，甘爲子執鞭。

〔一〕未：原作「來」，據宋刻本、四庫本及翁校本改。

春日五絶

眼前桃李過匆匆〔一〕，鏡裏衰顔豈再紅。久覺胃寒疎建焙，新因血熱戒郫筒。

步入西峰不見人，數聲澗鳥自啼春。下山欲與唐碑語，先遣奴兵細拂塵。

歸到城門欲發更，馬頭惟有暮鴉迎。小窗了却觀書課，幾首殘詩旋補成。

老懶何心更出嬉，閉門終日讀陶詩。湘南二月花如掃，恰似扶疎繞屋時。

曉風細細雨斜斜，孱僽書生屋角花。想見水南僧寺裏，一株落盡病山茶。

〔一〕前：宋刻本、四庫本作「邊」。

訾家洲二首

來訪唐時事，荒洲暮靄青。遍生新草棘，難認舊池亭。毀記欺無主，存祠怕有靈。今人輕古迹，此地少曾經。

裴柳英靈渺莽中，鶴歸應不記遼東。遺基只有蛩鳴雨，往事全如鳥印空。溪水無情流㶁㶁，海山依舊碧叢叢。斷碑莫怪千迴讀，今代何人筆力同。

舜廟

粤俗安知帝〔一〕，遺祠亦至今。青山人寂寂，朱户柏森森。雨打荒碑缺，苔封古祠深。曾聞張侍講，來此想韶音。

〔一〕粤：原作「越」，據宋刻本、四庫本改。

得家訊一首

不覺離鄉久，南來驛使疎。羈臣一掬淚，慈母兩行書。租税聞輸畢，田園説歉餘，何時真宦達，處處奉潘輿。

湘南樓

偶陪群彦賦登樓，一笑聊寬故國愁。近郭山來晴檻裏，待船人立晚沙頭。春天晴雨常多變，晦日文書得小休。尚有殘錢沽老酒，落花時節約重遊。殘錢、老酒皆桂州方言。

上巳與二客遊水月洞分韻得事字

勝踐造物慳〔一〕，貧交世情棄。昔戒十客來，旦無一人至。惟余暨兩君，鼎足坐水次。歡言天氣佳，誰謂風土異。高吟雜《騷》《選》，序酌逮髫稺。滌崖去惡詩，捫石認缺字。古來幾禊飲，傳者纔一二。蘭亭感慨多，未了死生事。杜陵更酸辛，窮眼眩珠翠。旨哉兹日遊，超然遺塵累。消摇千載後，尚有浴沂意。嵓扉滑如玉，歲月可鐫識。

〔一〕踐：《粵西詩載》卷三所録此詩作「蹟」。

出城二絶

日日銅瓶插數枝，瓶空頗訝插來稀〔一〕。出城忽見櫻桃熟，始信無花可買歸。

小憩城西賣酒家，緑陰深處有啼鴉。主人歎息客來晚，謝却酴醿一架花〔二〕。

〔一〕插：宋刻本、四庫本皆作「折」。

〔二〕却：宋刻本、四庫本作「了」。

三月十四日陪帥卿出遊一首

未出堯山雲，既出雲徐開。君侯與天通，造化力可回。駕言訪嵓扉，群彦森然陪。旗鉞映川原，笳吹喧蒿萊。掃石坐夷曠，捫葛窺崔嵬。砦洲久蕪没〔一〕，草樹皆新培。范張數君子，遺刻蒼蘚埋。方羊不忍去，返照明千崖。沙禽就栖宿，綵鷁猶泝洄。眷焉宇宙間，此樂何常哉。鄴都會應劉，梁園命鄒枚。主公富貴人，襟抱尤雄瑰〔二〕。當年篇翰存，往往鄰俳諧。英英大都督，羔雁招遺才。雲烟生妙筆，冰雪懸靈臺。況復是夕霽，素魄海上來。一碧九萬里，空洞無纖埃。臨風惜飲量，孤負黃金罍。座中盡文豪，授簡奚徘徊。吾詩固拙速，聊爲石生媒。

〔一〕砦：宋刻本、四庫本及翁校本皆作「砦」。

〔二〕襟：原作「襟」，據四庫本、翁校本改。

武岡葉使君寄詩次韻二首

詞客紛紛載後車〔一〕，誰能遠記病相如。雙旌已拜湖南牧，尺素猶題嶺外書。詩句騎驢游蜀後，情懷賦鵩吊湘餘。似聞闔郡春風暖〔二〕，便擬移家占籍居。

北戍逢君歲建寅，豈知今作落南人。瘴來客病鄰山鬼，船去鄉書託海神。目送飛鳶偏戀土，夢隨畫隼共行春。謝家兄弟如雙璧，交契寧非有宿因。

〔一〕詞：原作「祠」，據宋刻本、翁校本改。
〔二〕郡：原作「群」，據宋刻本、四庫本及翁校本改。

移居二首

庭下薔薇樹，花開玉雪毬。主人明日去，相對似含愁。舊居有白薔薇。
鄰曲無還往，何由有別情。惟應小窗月，長記讀書聲。

吊錦鷄一首兼呈葉任道

炎州産文鷄，毛羽固天禀。朱丹飾尾距，綵繡錯衿衽。主人極珍憐，龠合分俸廩。置諸後園中，小奴司啄飲。地荒籠柵疎，客見輒危懍。黠狸出没精，豪鼠窺伺稔。諒垂彼饞涎，或瞯君高枕。駭機中夕發，果以斃來諗。裂冠首立碎，嘀嗉聲已噤。酷哉三尺喙，殘此一段錦。長嗟命瘞埋，詎忍付烹飪。始爲文采累，終欠智慮審。老瞞戕孔公，千載憤凛凛。黄祖殺處士，麤暴犯流品。況兹毒鷙物，尤索防閑甚。善視雙翠衣，夜凉勿嗜寢。

哭孫行之二首

已了燈窗債，心知舉業非。立朝多諫草，取友必深衣。齏甕貧時共，書簡貴後稀。病身偏惜淚，一爲故人揮。

世上高科衆，君尤自貴珍。如何一夕裏，忽盡百年身。雙旒齊眉友，孤燈擁髻人。傷心惟孟母，頭白送歸閫。

即　事

嶠南氣候異中州，多病誰令作遠遊。瘴土不因梅亦濕，颶風能變夏爲秋。方眠壞絮俄敷簟，已着輕絺又索裘。自歎幻身非鐵石，天涯豈得久淹留。

楮　樹

楮樹婆娑覆小齋，更無日影午窗開。一端能敗幽人意，夜夜墻西礙月來。

象弈一首呈葉潛仲

小藝無難精，上智有未解。君看橘中戲，妙不出局外。屹然兩國立，限以大河界。連營稟中權，四壁設堅械。三十二子者，一一具變態。先登如挑敵，分布如備塞。盡鋭賈吾勇，持重伺彼怠。或遲如圍莒，或速如入蔡。遠砲勿虛發，冗卒要精汰。負非繇寡少，勝豈繫彊大。昆陽以象奔，陳濤以車敗。匹馬郭令來，一士汲黯在。獻俘將策勛，得雋衆稱快。我欲築壇場，孰可建旗蓋。葉侯天機深，臨陳識向背〔一〕。縱未及國手，其高亦無對〔二〕。狃捷敢饒先〔三〕，諱輸每索再。寧爲握節死，安肯屈膝拜。有時横槊吟，句法尤雄邁。愚慮僅一得，君才廼十倍。霸圖務并弱，兵志貴攻昧。雖然屢尅獲，詎可自侈汰〔四〕。吕蒙能馘羽，衛瓘足縛艾。南師未宜輕，夜半防斫寨。

〔一〕向：原作「面」，據宋刻本、四庫本改。
〔二〕無：宋刻本、四庫本作「可」。
〔三〕狃：原作「扭」，據宋刻本、四庫本改。
〔四〕汰：原作「忕」，據宋刻本、四庫本改。

送陶仁父

自古送行情味惡，君行快似泛仙槎。新班人少先投卷，下水船輕易到家。南浦不堪看草色，西湖尚可及荷花。諸公若問棲棲者，爲説吟詩兩鬢華。

書壁

練衣蒲屨小綸巾，四壁清風一榻塵。誰謂先生貧到骨，百金新聘竹夫人。

栽竹〔一〕

借居未定先栽竹，爲愛疎聲與薄陰。一日暫無能鄙吝，數竿雖少亦蕭森。窗間對了添詩料〔二〕，郭外移來費俸金。自笑明年在何處〔三〕，虚簷風至且披襟。

〔一〕栽：宋刻本、四庫本皆作「移」。

〔二〕料：原作「興」，據宋刻本、四庫本改。
〔三〕在何處：宋刻本、四庫本皆作「何處在」。

後村先生大全集卷之六

詩

癸水亭觀荷花一首

執熱屏人事，偃臥慵巾裳。過門二三友，失喜跣下床。鳴騶出華陌，聯轡遵野塘。崇軒俯萬荷，濯濯涵波光。都忘瘴海中，疑墮玉井傍。遠無膏粉氣，近有冰雪凉。製葉可以衣，採的可以嘗〔一〕。《離騷》譜靈草，品尒列衆芳。似曾識三閭，安肯肖六郎。詞人更儇薄，比詠猶妃嬙。曷不觀兹華，意色和而莊。風吹月露洗，豈若冶與倡。衆方慕絶艷，誰能參微香。余詩縱枯淡，一掃時世粧。

〔一〕的：宋刻本、四庫本作「菂」。

棲霞洞

往聞耆老言，玆洞深無際。闇中或識路，塵外別有世。幾思絶人事，齎糧窮所詣。棋終出易迷，炬絶入難繼。孤亭渺雲端，於焉小休憩。憑高眺城闕，擾擾如聚蚋。盡捐穢滓念，遂有飛舉勢。山靈媚清遊，雨意來極鋭〔一〕。濛濛濕莎草，浥浥凉松桂。暝色不可留，悵望崖扉閉。

〔一〕來：原作「未」，據宋刻本、四庫本改。

堯廟

帝與天同大，天存帝亦存。桑麻通絶徼，簫鼓出深村。水至孤亭合，山居列岫尊。尚餘土堦意，樵牧踐籬藩。

五月二十七日游諸洞〔一〕

來南百慮拙，所得惟幽尋。矧余玉雪友，共此丘壑心。江亭俯虛曠，穴室窮邃深。是時薄雨收，白靄籠青岑。棄筇逞野步，却扇開風襟。炎方豈必好，差遠鞞鼓音。且願海道清〔二〕，莫問神州沈。徘徊惜景短，留滯畏老侵。昨遊感鶯哢，今至聞蟬吟。常恐官事縶，佳日妨登臨。譬如逃學兒，汲汲貪寸陰。何因釋膠擾，把臂偕入林。

〔一〕二：原無，據宋刻本、四庫本補。
〔二〕海道：原倒，據宋刻本、四庫本乙。

泛西湖

桂湖亦在西，豈減潁與杭。丹橋抗崇榭，渌波浮輕航。休沐陪勝餞〔一〕，軒蓋何輝煌。停橈藕華中，一目千紅裳。詎知白晝永，但覺朱夏涼。古洞半蕪廢，仙人今在亡。踞石散醉髮，吸澗澆吟腸。延緣繚溪步〔二〕，詰曲經禪房。野鳥啼密竹，高蟬嘒疎楊。雖無絲管樂，談論諧宫商。諸君敏於詩，援筆如蜚翔。顧予乏華藻，山鷄追鸞凰。頗能讀古碑，所恨侵夕陽。明發復擾擾，前游未可忘。

〔一〕 餞：原作「踐」，據宋刻本、四庫本改。
〔二〕 緣：原作「緑」，據宋刻本、四庫本改。

題許介之詩草 益公稱其詩

我留鳶跕外，君住雁廻邊〔一〕。走僕行千里，敲門授一編。真妍非粉黛，至巧謝雕鐫。何必周丞相，男兒要自傳。

〔一〕 住：原作「往」，據宋刻本、四庫本改。

慈氏閣 馬氏所建〔一〕

閣建五季時，丹碧見層彖〔二〕。吾行半區中，鉅麗莫與比。想方營綜時，霸心極雄侈。但思窮耳目，寧論竭膏髓。一朝陵谷變，飛雹掃僭壘。湘波日夜流，不洗争篡耻。惟存浮屠居，願力久未毁。夕陽吊陳迹，危檻聊徙倚。遥憐下界熱，高處凉如水。若非逼嚴鑰，坐待鐘聲起。

〔一〕馬：原無，據宋刻本、四庫本補。
〔二〕見層：原作「晁曾」，據宋刻本、四庫本改。

翛然亭

每到闌干畔，徘徊暮始還。爲憐臨水寺，盡見隔城山。墻繚青苔裏，舟藏緑樹間。松扉宜步月，只是限重關。

辰山

一峰叠三洞，廼似弘景樓。下洞初俯入，蘚室寒颼颼。中洞忽躍出，有逕通玄幽。豁然崖谷判，萬態誰鐫鏤。或如植寶幢，或如垂珠旒。或如鯤鯨飛，或如龍麟游。石橋狀天台，木棧疑蜀州。稍憇大士巖，遂經羽人丘。力窮至上洞，身載雲氣浮。未畢水山緣，勉爲塵世留。平生避地心，茲焉宜菟裘。長斧樵青壁，短蓑耘綠疇。獨恨汲路遠，溪澗皆背流。會當逢異人，卓錫成靈湫。

千山觀

西巘林巒擅一城，渺然飛觀入青冥。于湖數字題華棟〔一〕，陽朔千山獻畫屏。境勝小詩難寫盡，天寒薄酒易吹醒。獨游不恨無人語，滿壑松聲可細聽。

〔一〕「題」下原有「村」字，據宋刻本、四庫本刪。

曾公巖

廣室內嵌空，層峰外崔嵬〔一〕。仰視駭懸石，俯踐愁滑苔。古竇風肅肅，陰澗泉洄洄。飛梁跨其間，上可陳尊罍。愛涼復畏濕，當暑重裘來。名巖者誰歟，兄固弟子開。憶昔建中初，國論幾一廻。惜也祖荆舒，卒爲清議排。至今出牧地，姓字留蒼崖。躊躇增歎慨，日入禽聲哀。

〔一〕崔：原作「巍」，據四庫本改。

郊行

薄有西風意，郊行得自娱。山晴全體出，樹老半身枯。林轉亭方見，江侵路欲無。何妨橋纜斷，小艇故堪呼。

秋日會遠華館呈胡仲威

嶺表豈必熱，庚伏頻滂沱。薄暮辱招要，盆李參瓶荷。君侯如長松，折節交藤蘿。奇字識夏鼎，古音彈雲和。今日素商至，高屋凉意多。夜清群籟息，已有蛩鳴莎。人生不飲酒，賢愚同銷磨。拍手問湘纍，獨醒欲如何。謬承青眼顧，詎惜蒼顔酡。客散我亦歸，耿耿看斜河。

老大

老大重登聘士臺，客懷牢落可曾開。臨流往往看鳶墮，入署時時見馬來。有約青山何日去，無根白髮是誰栽。自嫌不帶功名骨，只合眠莎與坐苔。

伏波巖

懸壁萬仞餘，江流繞其趾〔一〕。仰視不見天，森秀拔地起。中洞既深豁，旁竇皆奇詭。惜哉題識多，蒼玉半鑱毀。安得巨靈鑿，永削崖谷耻。緬懷兩伏波，往事可追紀〔二〕。銅柱戍浪泊，樓船下湟水。時異非一朝，地亦去萬里。山頭博德廟，今爲文淵矣。謂予詩弗信〔三〕，君請訂諸史〔四〕。

〔一〕繞：原作「澆」，據宋刻本、四庫本改。
〔二〕紀：原作「絕」，據宋刻本、四庫本及翁校本改。
〔三〕詩：原作「謂」，據宋刻本、四庫本及翁校本改。
〔四〕訂：原作「討」，據宋刻本、四庫本及翁校本改。

詰　猫

古人養客乏車魚，今汝何功客不如。飯有溪鱗眠有毯，忍教鼠嚙案頭書。

八桂堂呈葉潛仲 金華丞相之孫

之子初度日，畏客如避仇。朱門禁入謁，青山招出游。置醴泉石間，凉意生觥籌。風檻絳華馥，冰盆丹實浮。起誦眉壽篇，酌君介千秋。煌煌丞相孫，少也宜襲侯。黑頭去云遠，白髮來何稠。君言權位盛，熟若志節修。静觀鍾鼎族，起滅猶輕漚。祝君象韓吕，不羡熺與攸。

挽聶孺人 平樂董令之内

已病猶蔬素，西歸不復疑。飛鳧踰嶺遠，別鶴返鄉遲。箴史傳賢女，巾幕付侍姬。白頭潘令在，應有《悼亡》詩。

題胡仲威文藁

熟讀執事文，怳如入寶山。瑰異千萬種，一一無可刪。瑶草既俯拾，珠樹亦仰攀。美玉不知數，照映穹壤間。大者中圭瓚〔一〕，小者堪佩環。居然廊廟器，胡爲委荆菅。嗟余頗識寶，對之清涕潸。攜寘蔀屋内，虹氣驚市闤。常恐陽虎輩，竊去亡繇還。何當變姓名，袖出函谷關。

〔一〕圭：原作「主」，據宋刻本、四庫本及翁校本改。

戴秀巖

戴秀者，兵卒也，得道於此。

玆巖視諸峰，厥狀尤峥嶸。舊爲碧蘚封，新有朱棧横。縻腰尚恐墜，束炬方可行。外狹中乃寬，始闇俄忽明。仰視神魄悸，俯顧形殼輕。遂覽丹爐基，微聞玉鼓聲。源深足力盡，路黑雲氣生。不辨晝夜分，怳疑世代更。嘗聞學神仙，所得由專精。豈吾諸名士，羡彼一老兵。欣然約同志，嗣此將尋盟。安知無白鹿，絶頂來相迎。

寄左次魏二首〔一〕

多謝齊安牧，交情未闊疎。方籌江北事，肯寄海南書。開幕交鋒處，修城劫火餘。别來各添歲，筋力近何如。

同事征西府，聞君已繡衣。小侵今視昔，大捷是耶非。酋長輿尸返，偏裨奏凱歸〔二〕。六關天樣險，莫遣賊能飛。

〔一〕次下原有「韻」字，據宋刻本、四庫本及翁校本删。

〔二〕偏：原作「徧」，據宋刻本、四庫本改。

中秋湘南樓餞張昭州

臺使選良牧，詔下帝曰俞。高牙植華艦，餞者來傾郛。明月滿麗譙，寒光映尊壺。桂人願少留，昭人望疾驅。一室可爲政，況廼有國都。嶺民日以耗，丁口彊半無。洋洋紫雲詔，侯其勒座隅。道鄉游息處，暇日搜榛蕪。鄙拙忝投分，臨風獨躊躇。頗念友離索，寧論鬼揶揄。何繇扣鈴閣，百榼傾兵厨。郡酒絶佳。

榕溪閣 山谷南遷，維舟榕下。

榕聲竹影一溪風，遷客曾來繫短篷。我與竹君俱晚出，兩榕猶及識涪翁。

哭譚户録二首

讀過書皆記，非惟善屬文。有名登進士，無命作參軍。白髮行秋暑，青衫殮瘴雲。可憐膏火下，虚費一生勤。

胸次有千年，囊中乏一錢。客來臨旅殯，官爲顧歸船。通德梳新髻，童烏拾舊編。傷心鄰巷裏，廢宅鎖寒烟。

風

風於天地間，惟桂尤其雄。將由巖竅多，或是地形穹。不知起何處，但覺來無窮。浮埃晦白晝，奇響激半空。一怒動旬浹，小亦數日中。城堞凛欲壓，況此半畝宮。嘗聞古至人，御氣猶輕鴻。劉季晚可憐，擊筑悲沛豐。我老斷恐怖，視身等枯篷〔一〕。飄擲付大塊，奚必分西東。

〔一〕視：原作「眠」，據四庫本改。

觀射

浪箭束如林，傍觀笑不禁。蠻平無事久，卒惰可憂深。各自分牛犢，何曾貫虱心。种侯青澗法，能費幾黃金。

荔支巖 洞內小石如荔支者無數

異境閟神奇，一罅通深阻。呀然張蟾吻，光怪腹中貯。始來尚覿面，稍進但聆語。迴頭失塵世，東縕行里所。石房容十客，石柱徑丈許。眠獒若將吠，墜果疑可咀。平生聞化城，今見玉樓櫓。陟高既趫捷，循狹或傴僂。忽逢路窮處，淺浪隔洲渚。心知仙聖居，欲到無飛羽。向非薪燭力，往返何異瞽。重游儻未卜，聊向詩中覩。

再游棲霞洞

直路幽陰仄路明，玉爲墻壁雪爲城。殷勤報有詩翁到，萬一仙人肯出迎。

佛子巖

環郭洞府多，所患在卑濕。斯巖獨虛敞，他境未易及。穹如層屋構，廣可百客集。開竇送雲出，掃壑延月入。穴居儻堪謀，徑欲老樵汲。絶顛尤玲瓏，苔磴不計級。惜爲僧所涴，飛棟緣㮇岌。佞佛墮癡想，明鬼趨陋習。遂令登眺者，欲往足若縶。何當一燎空，盡見萬仞立。

劉仙巖

絶頂來尋煉藥蹤，老仙端的是吾宗。寄聲月白風清夜，定許相期第幾峰。

龍隱洞

先賢評桂山，推爾居第一。豁然碧瑶户，夾以雙玉璧。中有無底淵，黑浪常蕩潏。諒當剖判初，倍費造化力。雷嗔斧山開，龍怒裂石出。至今絶頂上，千丈留尾脊。寧論兒女子，壯夫股爲慄。我來欲題名，腕弱墨不食。摩挲狄李碑，文字尚簡質〔一〕。今人未知貴，後代始寶惜。洑流工駭舟，久游覺蕭瑟。巖屋寬如家，廻櫂聊愒息。狄武襄公《平蠻碑》、李師中待制《宋頌》在焉。

〔一〕簡質：原倒，據宋刻本、四庫本乙。

哭梁運管 伋 丞相克家之孫〔一〕

憶共游山猶昨日，奄驚白晝隔存亡〔二〕。宅深外不知何病，醫雜人争試一方。弔客傷心同瀝酒，愛姬收淚各分香。淳熙丞相潭潭府，今日門庭冷似霜。

〔一〕克家之孫：原作「之子」，據宋刻本、四庫本改、補。

〔二〕驚：宋刻本、四庫本作「歸」。

琴潭

山形若覆奩，潭面如拭鏡。奇哉几案物，千古棄荒夐。了無扳躋勞，坐愜幽棲性。泉源黑難窮，崖色碧相映。闖深畏龍蟄〔一〕，窺淺見魚泳。可憐風水聲，空山誰來聽。我欲買兹丘，掃迹逃囂競。未言葺茆齋，先可理漁艇。

〔一〕蟄：原作「執」，據宋刻本改。

清惠廟

來訪古祠宮〔一〕，迢迢過水東。一條溪不斷，數里竹方通。巫拜分餘胙，商行禱順風。粧樓空百尺，半仆夕陽中。

〔一〕祠：原作「詞」，據宋刻本、四庫本及翁校本改。

辰山道人

道人何爲者，寒暑一布衫。髮白具老態，口呐稀冗談。我陪小隊來，猿鳥窺層嵐。道人方掩户，燕坐彌陁龕。迎客不下山，送客不出庵。即之疑槁木，面目寒巉巖。贈錢漠然謝，有若投諸潭。微言歲計熟，收芋已滿籃。斯人未識字〔一〕，豈必曾遍參。所立偶自高，可儆佞與貪。

〔一〕未：原作「來」，據宋刻本、四庫本改。

玄山觀 宋之問別墅

來瞻石像看唐碑，一徑蒼松映碧漪。聞説宋公曾住此，寄聲過客細吟詩。

榕溪隱者

榕溪有隱者，幽事在溪曲。治地可十畝，方整如弈局。始行入荆扉，漸進至茆屋。樹之百盆蘭，繚以萬竿竹。解衣憩繁陰〔一〕，擁鼻參微馥〔二〕。主人聞客來，引避若駭鹿。却詢守舍兒，云已出賣墨。壁間見其像，條褐巾一幅〔三〕。安知非回仙，寄跡混塵俗。矢詩慕高風，君歸儻肯讀。

〔一〕繁：原作「素」，據宋刻本、四庫本改。
〔二〕參：原作「來」，據宋刻本、四庫本改。
〔三〕條：原作「倏」，據宋刻本、四庫本改。

禊亭 南軒所立

年年春草上亭基，父老猶能説左司。寂寞當時修禊處，一間老屋兩殘碑。

自用臺字韻一首

脱了荷衣事將臺，羈留又見嶺梅開。詩因癸水辰山作，訟自雷州電縣來。架上書從人借讀，墻邊竹是俸移栽。小窗睡起無情味，閑聽飢禽啄砌苔。

篸帶亭

上到青林杪，凭闌盡桂州。千峰環野立，一水抱城流。沙際分漁艇，烟中見寺樓。不知垂去客〔一〕，更得幾迴游。

〔一〕知：原作「去」，據宋刻本、四庫本改。

程公巖

石室外甚狹，中廣如毬場。偉哉鉅麗居，天造無棟梁。嚴冬既深燠，盛夏尤虚凉。偶至不忍去，杖屨聊方羊。人能事此壑，何必政事堂。先須置禪龕，次第營丹房。烟霞入几席，塵土麾門墻。學道縱未得，著書亦可藏。

哭林晉之判官〔一〕

去歲衝寒赴辟時，感君騎馬遠追隨。一春不得梅花信，萬里空題薤露詩。小簡佩壺邀士友，大鐺煮粥活流移。平生二事尤堪記，應有名公與撰碑。

〔一〕宋刻本、四庫本皆題作「哭林推官晉之」。

鵲

久不聞烏鵲，朝來噪不休。殊鄉無喜事，應爲買歸舟。

榕臺二首

拔地高崖如鐵色，拂天老樹作寒聲。他年記宿榕臺夜，便是南歸第一程。

囊無金橐貧如故，鏡有絲生老奈何。一事尚堪誇北客，來時詩少去時多。

巖關新洞〔一〕

羽客初尋見，因於此葺廬。未能平險峻，先擬架空虛。磴路樵相引〔二〕，山名尉自書。看來臨驛道〔三〕，未必有仙居。

〔一〕巖：四庫本作「巗」。
〔二〕路：原作「落」，據宋刻本、四庫本及翁校本改。
〔三〕臨驛：原倒，據宋刻本、四庫本及翁校本乙。

乳洞

千峰夢裏尚崔嵬，不記青鞋走幾廻。天恐錦囊猶欠闕，又添乳洞入詩來。

發湘源驛寄府公

走本山中人，感激趨燕臺。謬辱弓旌招，愧乏謀議陪。先生如春風，盎然噓陳荄。曉入開玉帳，夕話扃鈴齋。下榻驚一府，撰杖窮千崖。豈曰君畜伋，實惟子視回〔一〕。歲晚謀北轅，凄其難爲懷。欲言先菀結，既決猶徘徊。是日戒行李，送者皆鄒枚。兵厨遺珍餉，祖席羅寶釵。下令許卜夜，寧畏街鼓催。詰旦枉牙纛，山亭陳金罍。都人如堵墻，謂我何榮哉。未聞從事去，親致元戎來。繾綣談至夜，霜月照露苔。長跪抱馬足，離緒焉能裁。麗譙落天杪，悵望空倚桅。昔人死知己，骨朽名不埋。公有管樂姿，愚非温石才。他時儻後凋，安敢忘栽培。

〔一〕子：原作「予」，據宋刻本、四庫本改。

鏵觜　史禄渠至此分水

世傳靈渠自始皇，南引灕江會湘水〔一〕。楚山戞赭石畏鞭，鑿崖通塹三百里。篙師安知有史禄，割牲沉幣祀瀆鬼。我舟閣淺懷若人，要是天下奇男子。只今渠廢無人修，嗟乎秦吏未易訾。

〔一〕水：原與下句「楚」字互倒，據四庫本、翁校本乙。

書堂山 柳開守湘讀書處

子厚文章宗，仲塗豈後身。不肯作崑體，寧來牧湘濱。誅茅翠麓顛，日與書卷親。剗去五季衰，挽回六籍醇。歐尹相繼出，孤唱繇伊人。風流喟已遠，尚喜棟宇新。澗泉既可汲，山木亦可薪。熟讀壁間藏，痛掃毫端塵。千峰高叢叢，一江碧粼粼。禽魚曁草樹，纖悉几案陳。朂哉山中友，勿厭泉石貧。

湘中口占四首

少年裘馬事清狂，晚看梅花到瘴鄉。一任海風吹面黑，免教人謗作何郎。

船頭吹火盧仝婢，馬後肩書穎士奴。安得世間名畫手，寫予出嶺泛湘圖。

江邊金碧漫層層，户口稀疎塔廟增。楚俗不知黄面老，家家香火事湘僧。無量壽佛是也〔一〕。

津吏沙邊立指呼，放船出鎖要州符。書生行李堪抽點，薏苡明珠一例無。

〔一〕小字原無，據宋刻本、四庫本及翁校本補。

見方雲臺題壁

寄書迢遞夢參差，每見留題慰所思。不論驛亭僧寺裏，有山水處有君詩。

土馬村

村墟薪濕米如金，猶記來時臘雪深。曾有小詩題歲月，店荒無壁可追尋。

祁陽道中

昨過知岑寂，重來況雪天。人居鷄柵裏，路在鳥巢邊。草市開還閉，茅山斷復連。瀟江清似鏡，悔不問歸船。

愚溪二首

草聖木奴安在哉，荒榛無處認池臺。傷心惟有溪頭月，曾識儀曹半面來。

青雲失脚謫零陵，十載溪邊意未平。溪不預人家國事，可能一例受愚名。

浯溪二首

上置書堂下釣磯，漫郎陳迹尚依稀。無端一首黄詩在，長與江山起是非。

形容唐事片言中，元子文猶有古風。莫管看碑人指點，寫碑人是太師公。

石皷

石皷名天下，州庠盡不如〔一〕。古祠猶漢舊，石刻半唐餘。翠巘供憑几，寒江照讀書。恨余非楚産，來借一房居。

〔一〕盡：宋刻本、四庫本皆作「晝」。

湖南江西道中十首

獨醒公子去沉湘，未識人間有醉鄉。酒與《離騷》難捏合，不如痛飲是單方。

賈生廢宅草芊芊，路出長沙一悵然。今日洛陽歸不得，招魂合在楚江邊〔一〕。

少陵《阻水》詩難繼，子厚《遊山》記絕工。斷璧殘圭零落錦，新碑無數滿湘中。

去年冬至投僧寺，今歲陽生宿店家。獨夜無人堪晤語，青燈相對結寒花。

鑾府參軍鬢髮蒼，自調欸乃答漁郎。從今詩律應超脱，新吸瀟湘入肺腸。

丁男放犢草間嬉，少婦看蠶不畫眉。歲暮家家禾絹熟，萍鄉風物似豳詩。

每嘲介甫行新法，常恨歐公不讀書。浩嘆諸劉今已矣，路傍喬木日凋疎。

茫茫衰草與雲平〔二〕，斗氣千年不復明。惟有多情篷上月，相隨客子過豐城。

派裹人人有集開，竟師山谷與誠齋〔三〕。只饒白下騎驢叟，不敢勾牽入社來。

上封已失嶽僧期，客問丹霞謝不知。懶到登山臨水處，始驚筋力減來時。

〔一〕合：原作「今」，據宋刻本、四庫本改。

〔二〕與：原作「莫」，據宋刻本、四庫本改。
〔三〕竟：原作「境」，據宋刻本、四庫本改。

曉 鷄

絳幘昂然韻節清，不因風雪廢長鳴。初聞烟岫猶銜月，久聽山城漸殺更。驚起征夫茅店夢，唤回老將玉關情。年來無復中宵舞，自笑功名一念輕。

哭裘元量司直

築室西山下，孤標未易親。長閑如野鶴，偶出似祥麟。屬者陪髦士，嗟乎瘞玉人。北風吹老淚，空滴暮江濱。

豫章二首

湖光如鏡了無塵，照見先生白髮新。歲晚騎驢行萬里，始知孺子是高人。

交遊回首散如烟，重過洪州隔世然。手種垂楊皆合抱，朱顔安得似當年。

還杜子埜詩卷

老眼昏花廢課程，小窗久矣斷書聲。夜來忽得君詩卷，自起挑燈讀到明。

訪李公晦山居

烏洲在橋北，我僕云路迂。語僕爾何知，彼有高士廬。問樵得處所，林樾尤扶疎。修竹僅萬箇，古梅非一株。小圃植蔬果，復有沼可漁。下馬式籬藩，攝袂循庭除。不聞鷄犬聲，茶烟起庖廚。伊人道義富，豈比山澤癯。蕭然蓬蒿中，尚友泗與洙。古來連雲第，翕赫衆競趨。漸臺暨郿塢，變滅纔須臾。聖門不朽事，迺屬陋巷儒。願君長保此，是亦顔之徒。

道傍梅花

風吹千片點征裘，猶記相逢在嶺頭。歲晚建州城外見，向人似欲訴離愁。

戲書客舍

已去光陰挽不廻，漸驚老態逼人來。決河猶有方堪塞，脱髮應無術可栽。北戍寶藏惟檄草，南遊硱載是詩材。客愁何物禁當得，聊向旗亭買一杯。

懷安道中

閩溪瘴嶺客程賒，曉泊懷安喜近家。大屋書旗夸酒米，小舟鳴艫競魚蝦。溪移驛已臨高岸，潮退帆多聚淺沙。快着征衫鞭瘦馬，要看二十里梅花。

哭澤孺方先生二首

弟子成名衆，先生獨命窮。廣場雙鬢秃，陋巷一瓢空。鷄饌爲親設，牛衣與婦同。嗟乎猶嗇壽，神理竟難通。

方訝書來少，殊鄉訃忽聞。素幃無祭主，破笥散遺文。已閉三間屋，誰封四尺墳。舊曾傳業者，南北各離群。

真隱寺

出郭斜陽已在山，夜深乘月到江干。奴敲小店牢扃户，僧借虚堂徑挂單。駭浪急回因膽薄，逆風小住爲心寬。投床一枕瀟湘夢，無奈霜鐘苦唤殘。

道傍松一首

人閩多古松，夾道疎復密。未曾識兵火，既久蔽白雪。蠢兹游惰民，深夜腰斧出。斵根取脂肪，竊負如鬼疾。譬如人刖趾，僵仆立可必。供君一瞬光，夭彼千歲質。暴殄聖垂誡，樵採官著律。儆吏嗜鷄豚，熟視不訶詰。登高俯逵路〔一〕，巨榦日蕭瑟。哀哉暑行人，暍死誰汝恤。

〔一〕俯逵路：原作「撫路逵」，據四庫本改乙。

枕峰寺

夜深投寺解行裝，一點寒燈照上方。老宿問余何處去，年年來此借僧床〔一〕。

〔一〕僧：四庫本作「禪」。

乍歸九首

官滿無南物，飄然匹馬還。惟應詩卷裏，偷畫桂州山。

兒童娛膝下，母子話燈前。却憶江湖上，家書動隔年。

絶愛墻陰橘，花開滿院香。鄰人欺不在，稍覺北枝傷。

北戍邊城下，南遊瘴海頭。不知天地内，何處可逃愁〔一〕。

孚若如天馬，軒昂不可羈。爲貧疎飲客，因病出名姬。

弛擔逢除夕，檀欒共擁鑪。把如爲客看，還得似家無〔二〕。

架書多散亂，信手偶拈開。正似前生讀，茫然記不來。

手種梅無恙，蒼苔滿樹皴〔三〕。可憐開較早，不待遠歸人。
格力窮方進，功夫老始知。儘教人貶駁，唤作嶺南詩。

〔一〕處：原作「病」，據宋刻本、四庫本改。
〔二〕似：四庫本作「自」。
〔三〕皴：宋刻本、四庫本作「身」。

題坡公贈鄭介夫詩三首

玉座見圖歎，纍纍菜色民。如何崔白輩，只寫蔡奴真。
向來與相國，投分自鍾山。不入翹材館，甘爲老抱關。
下吏語尤硬，投荒身轉輕。不然玉局老，肯唤作先生。

後村先生大全集卷之七

詩

蔡忠惠家觀墨蹟

維蔡郡之望，過者必式閭。嚴嚴端明廳，遺像猶肅如。頗聞手澤富，倘許窺珍儲。主人命發笥，棐几同卷舒。比顔倍秀麗，眡柳加敷腴。毫杭兩記在，妙與蠟本殊。洛橋字尤佳，其大徑尺餘。班班名臣帖，煌煌昭陵書。坐令承學士，若覩慶曆初。向來故家物，聚散何忽諸。祭器抱他適，玉軸棄路隅。端明夢奠時，膺門惟一孤。厥裔日以蕃，廟院蜂房居。寸紙惜如命，不博明月珠。乃知儒澤遠，浮榮無根株。勗哉守視者，巾襲防蠹魚。

昔方孚若主管雲臺予監衡嶽每歲瑞慶節常聚廣化寺拈香癸未此日獨至寺中輒題一絶

同作祠官荷聖朝，年年相待放生橋。精廬此日來無伴，稽首爐熏自祝堯。

有感

策策秋聲起樹枝，遥憐塞下雁來時。寧聞中夜荒鷄舞，肯拾他人竹馬騎〔一〕。短劍舊曾交俠客，小詩猶足將偏師。無情恰是青銅鏡〔二〕，剛照書生兩鬢絲。

〔一〕拾：原作「捨」，據宋刻本、四庫本及翁校本改。
〔二〕恰：宋刻本、四庫本及翁校本作「却」。

挽水心先生二首

一夢孝皇初，凄然四紀餘。國人莫知我，天下孰宗予。散地雖無柄，名山儘有書。烏虖傳萬世，猶足矯玄虛。

所學如山海，吁嗟不一施。未聞訪箕子，但見誄宣尼。空郡來陪哭，無人敢撰碑。紛紛門弟子，若箇解稱師。

林容州別墅

出郭五里强，治地十畝寬。奇峰面朝挹，高阜背屈蟠。忽獻若神授，久閟由天慳。兹焉卜壽宮，朱堊浮林端。使君世慮淡，出嶺顔如丹。静思三窟危，孰如一邱安。蒔松既森秀，引泉亦甘寒。願言奉巾屨，暇日來盤桓。

哭林山人

僵卧茅檐下，怡然八十春。竟無衾覆首，惟有鍤隨身。賻吊稀來客，封崇託外親。自言墳出貴，後必産奇人。

挽方孚若寺丞二首

使君神儁似龍麟，行地飛空不可馴。詩裏得朋卿與我，酒邊争霸世無人。寶釵去盡中年病，珠履來疎晚節貧。昔共誅茅聽瀑處，溪雲谷月亦悲辛。

斯人詎意掩斯邱，六合茫茫不可求。射虎山中如昨日，騎鯨海上忽千秋。帝方欲老長沙傅，虜尚能言博望侯。回首瀨溪溪畔路，跛驢無復從公遊。

挽方武成二首 左鉞

頗有翁標致，唐衣折角巾。雖疑頭小鋭，極愛腹精神。闊矣雲霄志，悲哉露電身。世間無妙質，一慟惜斯人。丱角詩名出，流傳海内誇。師稱起予者，翁問倩人耶。惜未參諸老，猶堪擅一家。從今崖瀑上，誰共訪梅花。

福州道山亭 南豐作記

絶頂烟開霽色新，萬家臺觀密如鱗。城中楚楚銀袍子，來讀曾碑有幾人。

建州

風緊雲高雪尚慳，建州城北倚欄干。林梢淡日紅如綫，應爲梅花煗晚寒。

起來

起來呵手撿衣篝，燭影蛩聲伴小樓。賴有夢中堪細說，錦牋寫不盡離愁。

入浙

浦城南畔只輕陰，入浙方驚雪許深。梅嶠楓丹三百里，笑人短幅寫寒林。

寄人

老攜詩卷入京華，覓店先須近酒家。白髮但能妨進取，未妨痛飲插梅花。

壽昌

山路泥深雪未乾，病身初怕浙西寒。新年臺曆無人寄，且就邨翁壁上看。

桐廬

桐廬道上雪花飛，一客騎驢覓雪詩。亦有扁舟蓑笠興，江行却怕子陵知。

富陽

便着羊裘也不難，山林未有一枝安。富春耕種桐江釣，却羡先生別墅寬。

記夢

父兄誨我髩髦初，老不成名鬢髮疎。紙帳鐵檠風雪夜，夢中猶誦少時書。

出都

客子來時臘雪飛，出城忽已試單衣。湖邊移店非無意，要共林逋話別歸。

題硯

吾硯平生極自珍，塗雲抹月發清新。臨歸攜就西湖洗，不受東華一點塵。

杜丞

憶冒重圍入，孤城賴不亡。戰功何日賞，檄草至今藏。舊事歸詩卷，新寒入箭創。江邊逢杜杲，鬢髪各蒼蒼。

久客

久客長安市，人情薄似雲。寧爲《絶交論》，不著《送窮文》。白髮長千丈，黄金盡百斤。故山春事動，深恐廢耕耘。

贈陳起

陳侯生長紛華地，却以芸香自沐熏。鍊句豈非林處士，鬻書莫是穆參軍。雨檐兀坐忘春去，雪案清談至夜分。何日我閑君閉肆，扁舟同泛北山雲。

贈翁卷

非止擅唐風，尤於選體工。有時千載事，祇在一聯中。世自輕前輩，天猶活此翁。江湖不相見，纔見又西東。

路傍桃樹

爲愛橋邊半樹斜，解衣貰酒隔橋家。唐人苦死無標致，只識玄都觀裏花。

題壁

兒時挾彈長安市，不信人間果有愁。行徧江南江北路，始知愁會白人頭。

馬上口占

陌上鞦韆索漸收，金鞭懶逐少年遊〔一〕。晚風細落梨花點，飛上春衫總是愁。

〔一〕懶：原作「賴」，據宋刻本、四庫本及翁校本改。

挽李尚書二首

韓范止如此，公平事又艱。不陪冶城廟，合殉定軍山。璽出千官賀，弓藏一老閑。琱戈提十萬，猶記凱歌還。

幕下多才儁，於今盡策勳。可憐狂處士，曾揖大將軍。久戍兒郎老，新招部曲分。此生甘寂寞，有淚濕高墳。

橋西

昔飲橋西歲月多，梨花深處侍郎過。垂鞭欲訪湔裙約，奈此蕭蕭鬢雪何。

黄田人家别墅繚山種海棠爲賦二絶

萬紅扶路笑相迎，彷彿前身石曼卿。若向花中論富貴，芙蓉城劣海棠城〔一〕。

海棠妙處有誰知，全在臙脂乍染時〔二〕。試問玉環堪比否，玉環猶自覺離披。

〔一〕劣：原作「易」，據宋刻本、四庫本及翁校本改。

〔二〕全：原作「今」，據宋刻本、四庫本及翁校本改。

郭熙山水障子

高爲峰嵐下濤江，極目森秀涵蒼涼。始知着色未造極，一似醜女施鉛黄。驚泉駭石聚幽怪，巨楠穹柏蟠老蒼。鹿門寺，華子岡，是耶非耶遠莫詳。疑聞鐘聲起晻靄，似有帆影來微茫。陌窮渡絶雪滿坂，驢鞍釣笠分毫芒。炎曦亭午試展翫，坐覺烟雨生縑緗。古來絶藝必名士，俗史辟易安敢當。大年脂粉米老狂，先朝僅數燕侍郎。吾聞汾陽子貴購父畫，一筆不許他人藏。矮屏短軸已可寶，況此四幅垂華堂。嗚呼主人謹護守，神雷鬼電或取將。

挽林夫人 方孚若母

奉使年三十，聲名滿四夷。奇哉何物媪，生此丈夫兒。墓竟同孫窆，家猶有婦持。向來稱壽地，忍聽鼓簫悲。

挽葉夫人 丞相女孫，孚若內子。

年與藁砧齊，來嬪自始笄。典刑丞相子，禮法大夫妻。怪鵩驚頻集，離鸞忍隻棲。傷心衾含等，猶是嫁時齎。

題洪使君詩卷

陳師復爲序

刻於芹泮士争披，傳到茅廬我竊窺。突過韋郎森戟句，高如柳惲采蘋詩。日惟坐嘯熏沉水，間亦摇毫品荔枝。況有太邱爲小序，遥知流布滿京師。

關仝驟雨圖

四山昏昏如潑墨，行人對面不相覿。凄乎太陰布肅殺，闇然混沌未開闢。千丈拏空蟄龍起，一聲破柱春雷疾。我疑人間瓠子決，或是天上銀河溢。異哉烟霏變態中，山川墟市明歷歷。茅寮竹寺互掩映，疎春殘磬渺愁寂。叟提魚出寒裂面，童叱牛歸泥没膝。羊腸峻坂去天尺，驢飢僕瘦行安適。林僧卸笠窘廻步，海商抛矴憂形色。縱覽鯤鵬信奇偉，戲看鳧雁亦蕭瑟。乃知畫妙與天通，模寫萬殊由寸筆。大而海嶽既盡包，細如針粟皆可識。向來關生何似人，想見邱壑横胸臆。嗚呼！使移此手爲文章，豈不擅場稱巨擘。

哭左次魏二首 暮

少日一編書，中年丈二殳。乃知杜預智，誰謂狄山愚〔一〕。小試飛箝策，方爲進築圖。到頭麟閣上，終不著臞儒。

甫痛何郎夭，邱明亦復然。因思題墓上，不若門樽前。劍馬爲誰得，琴書有女傳。惟應千載下，配食雪堂僊。君與何立可皆江淮同幕，相繼歿於齊安。

〔一〕狄：原作「秋」，據宋刻本、四庫本改。

寄永嘉王侍郎

珍重西清老，書來訪薜蘿。爲邦應好在，作佛竟如何。花押常嗇少，柑香静坐多。聞公鬚尚黑，未害小婆娑。

秋熱憶舊遊二首

憶昔浮江更涉淮，早秋天氣最佳哉。塞垣榆落蟬初少，澤國蘆疎雁已來。風露入懷詩筆健，關山滿目笛聲哀。南州九月猶絺綌，縱有清樽底處開。

塞上秋光冷似冰，當年豪舉氣憑陵。打毬不用炎方馬，按獵初調異國鷹。山寨淒凉聞戍鼓，水村摇落見漁燈。而今病暍茅檐底〔一〕，追記猶堪洗鬱蒸。

〔一〕暍：原作「揭」，據宋刻本、四庫本及翁校本改。

哭李景温架閣　大有

挾策説荆州，那知亦闇投。漫招温處士，幾殺杜參謀。出幕有清議，還鄉空白頭。人間容不得，下與阿翁遊。建炎丞相其祖也。

送鄭端州　啓沃〔一〕

想入漳潮境，牙旗夾路紅。帝方憂瘴俗，君可惠清風。海有沉珠户，巖無斲硯工。它年循吏傳，要雜古人中。

〔一〕啓：宋刻本、四庫本及翁校本皆作「起」。

送方子約赴衢教　符

博士非如吏，巍然道自居。諸生趨避席，太守揖升車。朱筆濃披卷，青燈細勘書〔一〕。漢廷重文藻，行矣召嚴徐。

〔一〕勘：原作「有」，據宋刻本、四庫本改。又翁校本作「看」。

李園有懷孚若

曾與山公醉不歸，李園水竹尚依稀〔一〕。鈿車疾取春鶯唱，鐵笛潛驚宿鳥飛。昔把蟹螯同酒琖，今持馬策叩城扉。溪頭一片無情月，偏照愁人淚滿衣。

〔一〕稀：原作「依」，據宋刻本、四庫本及翁校本改。

送方阜高赴衡州法掾

仕不論高下，絲毫要及民。君其守三尺，古有活千人。嶽樹侵雲杪，江蘺滿水濱。楚芳飢可薦，切莫嘆清貧。

答敖茂才 器之猶子

太傅品胡兒，樊川譽阿宜。既爲諸父賞，焉用外人知。曉月家山夢，秋風客舍詩。桐城逢汝伯，一爲説相思。

失猫

飼養年深性已馴〔一〕，攀墻上樹可曾嗔。擊鮮偶羨鄰翁富，食淡因嫌舊主貧。蛙跳階庭殊得意，鼠行几案若無人。籬間薄荷堪謀醉，何必區區慕細鱗。

〔一〕性：原作「情」，據宋刻本、四庫本改。

送張應斗還番易

蕉荔漫山霧雨繁，虬鬚客子悔南轅。久留闤闠誰堪語〔一〕，却憶番君可與言。豪傑雖窮留氣在，聖賢不死有書存。歸時洗換征衣了，揀箇深山緊閉門。

〔一〕語：原作「話」，據宋刻本、四庫本及翁校本改。

爲圃二首

屋邊廢地稍平治，裝點風光要自怡。愛敬古梅如宿士，護持新笋似嬰兒。花窠易買姑添價，亭子難營且築基。老矣四科無入處，旋鋤小圃學樊遲。

衰病歸來占把茅，譬如僧葺退居寮。因存橘樹斜通徑，怕礙荷花小著橋。古有功名興釣築，今無物色到漁樵。可憐歲晚閒雙手，種罷蕪菁擷菊苗。

送黄舒文赴欽教　璧

博士文中虎，垂髫已定交。雅宜對紅藥，胡乃涉黄茅。薄有先生饌〔一〕，全無弟子嘲。猶勝迂闊者，荷鍤墾荒郊。

〔一〕饌：宋刻本、四庫本及翁校本皆作「飯」。

挽袁侍郎二首

華髮始遭逢，其如道不同。可曾留孟叟，俄已罷申公。諫草多傳出，經疑盡解通〔一〕。豈無南董氏，奮筆紀孤忠。

遺誥兼新訃，同時至華門。龍髯先帝遠，鮐背幾公存。方恨三旌晚，俄驚一鑑昏。潸然關世道，不是哭私恩。

〔一〕盡：原作「書」，據宋刻本、四庫本改。

敖器之宅子落成

臞翁卜築向東皋〔一〕，小憩江湖半世勞。遶屋樹陰供杖屨，登樓山色發詩騷。客來賀厦杯行闊，市寫抛梁紙價高。白虎澌臺何處在，不如茆舍尚堅牢。

〔一〕翁：原作「公」，據宋刻本、四庫本及翁校本改。

答陳珍

寂寂少游從，斯人未易逢。清貧今仲子，疎雋小元龍。君謹提詩筆，吾常避箭鋒。勉旃鳴盛世，切勿效寒蛩。

挽表叔趙君任安撫二首 綸 忠簡孫

丞相規恢策，家庭已習聞。寧論乘一障，真可帥中軍。玉麈無能對，金錢有即分。心知伏波病，多半爲忠勤。

叔在兵間日，書常笑我孱。初云機會易，晚嘆事功難。寂寞郎官省，荒凉上將壇。遥憐會稽窆，新種短松寒。

池上榴花一本盛開

炎州氣序異，十月榴始花。是誰初植此，石罅抽根斜。緑陰蔽朝曦〔一〕，朱艷奪暮霞。始猶一二枝，俄已千百葩。染人不能就，畫史無以加。洛陽擅牡丹，久矣埋胡沙。蜀州誇海棠，邈然隔夔巴。安知蘺壁間，亦有尤物耶。坐令農圃室〔二〕，化爲金張家。詩人好模擬，凍蕊并寒槎〔三〕。斯篇倘令見，無乃譏吾奢。

〔一〕朝：原作「明」，據宋刻本、四庫本改。
〔二〕室：原作「家」，據宋刻本、四庫本改。
〔三〕蕊：原作「蘂」，據宋刻本、四庫本改。

蘇李泣別圖

方孚若故物，近爲人取去。

風雲慘凄，草樹枯死。笳鳴馬嘶，弦驚鵲起。熟看境色非人間，祁連山下想如此。手持尊酒別故人，此生再面真無因。胡兒漢兒俱動色，路傍觀者爲悲辛。歸來暗灑茂陵淚，子孟少叔方用事。白頭屬國冷如冰，空使穹廬嘆忠義。茫茫事往賴畫存，每愁歲久縑素昏。即今畫亦落人手，古意凄涼誰復論。

芙蓉二絶

湖上秋風起櫂歌，萬株映柳更依荷。老來不作繁華夢，一樹池邊已覺多。

池上秋開一兩叢，未妨冷淡伴詩翁。而今縱有看花意，不愛深紅愛淺紅。

鄒莆田見傳葬書 應博

令君《葬説》其傳遠，一字真堪直一縑。惜似辨才藏《褉帖》，愛如房相筆《楞嚴》。略疏脱誤煩重校，盡叩精微恐不廉。欲卜寢邱何處是，憑高試爲指東崦。

挽鄭參議 浦

同牓翻騰盡，君初拜小侯。地寒推易去，天遠借難留。新壠家山畔，生祠嶺海頭。歷官如杜老，白首止參謀。

同鄭君瑞出瀨溪即事十首

方孚若新阡

汗血名駒白玉鞭，本初父子喜華鮮。只今無復狂遊侶，自卸驢鞍古店前。
妓有香分客有魚，主君頭白總因渠。枯楊此日悲風起，寂寞無人哭墓廬。
元凱平生以智推，今看往事一何癡。山頭螭首猶蕪没，那有人看水底碑。
昔結精廬在半崖，苔扉無主闔還開。近聞有虎爲看守，應是防閑俗子來。
豪士寧淪鬼趣中，曼卿昔去管芙蓉。君今定作梅花主，來往山間倘一逢。
藁梩而掩古無譏，何必封崇揭禍機。到得珠襦金椀出，始知嬴葬不爲非〔一〕。
古於生死驗交情，何況臺歛沼漸平。不是劉君同鄭老，苔深草合斷人行。
鐵馬防秋記昔曾，晚涂消縮似寒蠅。同時校尉俱封拜，誰伴將軍獵霸陵。
北耗而今杳不知，路傍羽檄走無時。自憐滿鏡星星髪，羞見官中募士旗。
老奴昔逐我西東，捷似猿猱跳絶峰。今日道旁扶一拐，汝公安得不龍鍾。

〔一〕嬴：原作「羸」，據宋刻本、四庫本改。

敖茂才論詩

詩道不勝玄，難於問性天。莫求鄰媪誦，姑付後儒箋。至質翻如俚，尤癯始似仙。吾非肝肺異，先得子同然。

鑠諫圖

讜言直觸大單于，賴有閼氏上諫書。若把漢唐宮苑比，玉環飛燕總輸渠。

哭劉連江 世鈞

晚唐才調晉風期，一片胸襟頗涉奇。每過鄰家因貰酒，偶添别墅爲贏棋。議郎秩淺無超拜，令尹官清有去思。種得花成身不見，江邊父老至今悲。

明皇按樂圖

鶯啼花開春晝遲，掖庭無事方遨嬉。廣平策免曲江去，十郎談笑居台司。屏間《無逸》不復覩，教鷄能鬬馬能舞。戲呼寧哥吹玉笛，催喚花奴打羯鼓。南衙羣臣朝見疎，老伶巨璫前後趨。阿瞞半醉倚玉座，袖有曲譜無諫書。金盆皇孫真龍種，浴罷六宮競圍擁。惜哉傍有錦綳兒，蹴破咸秦跳河隴。古來治亂本無常，東封未了西幸忙。輦邊貴人亦何罪，禍胎似在偃月堂。今人不識前朝事，但見斷縑裝束異。豈知當日亂離人，説着開元總垂淚。

哭李公晦二首

没於辰州

不會天公意，令君死五谿。少曾遊洛下，晚乃相膠西。白首尊師説，丹心對御題。悲乎成底事，路遠客魂迷。

洲邊三畝宅，有竹有梅花。豈不堪名世，何如勿起家。身纔着朱綬，州謾出丹砂。渺渺重湖外，悲風咽暮笳。

送鄒莆田

日日焚香出，天知令尹心。租符環境少，花判入人深。發路惟詩卷，搬家亦俸金〔一〕。極爲鄉井惜，不是愴分襟。

〔一〕搬：原缺，據四庫本補。

即事四首

買得荒郊五畝餘，旋營花木置琴書。柳能樊圃猶須種，蘭縱當門亦不鋤。無力改墻姑覆草，多方存井要澆蔬。區區才志聊如此，誰謂先生廣且疎。

目爲詩客不勝慚，唤作園翁定自堪。抱甕荷鋤非鄙事，栽花移竹似清談。野人只識羹芹美，相國安知食笋甘。富鄭公事。晚覺《齊民書》最要，惜無幽士肯同參。

墻角新開白版扉，時尋樵牧弄烟霏。代耕豈若收穊稼，賜帛何如出自機。湖海浪遊今已倦，山林獨往未全非。百年只願身强健，長爲慈親負米歸。

待鑿新池引一灣，更規高阜敞三間。縮墻恐犯鄰家地，減樹圖看屋後山。身隱免貽千載笑，書成猶要十年閒。門前驀有相尋者，但説翁今怕往還。

梅花五首

髣髴瑶姬擁仗來，茆檐化作玉樓臺。平明遶砌圓殘夢，元是梅花數樹開。

糝地紛紛著樹稀，歲華摇落慘將歸。世間尤物難調護，寒怕開遲暖怕飛。

籬邊屋角立多時，試爲騷人拾棄遺。不信西湖高士死，梅花寂寞便無詩。

肯因冷淡怨年芳，霜滿寒林月滿塘。至白世間惟玉雪，不如伊處爲無香。

夜來幾陣隔窗風，便恐明朝已掃空。點在青苔真可惜，不如吹入酒杯中。

送邢仙遊 興祖

彼美邢侯者，逢人滿口夸。有恩霑小户，無勢撓公家。拔盡民間薤，栽添境内花。吾詩采清論，一字不曾加。

夜登甘露山二首

小家三兩户，荒巘萬千重。有月犬時吠，無人泉自舂〔一〕。

月落宿禽起，幽人殊未回。不知何處磬，迢遞過山來。

〔一〕泉：原作「水」，據宋刻本、四庫本及翁校本改。

書事二首

竭海夷山氣力雄，只愁無術駐顔紅。却須擘劃千餘歲，多買丹砂置女僮。章子厚云：「人生豈不能擘劃得二三百歲？」

因治陶朱術太精，世間無物足經營。更將郭璞書頻看，只恐青山盡鑿平。

经济与贸易评论

第2辑

2008年

经济与贸

Revie
of Econom

柳思维：改革开放30年来中国商品市场的历史性发

王胜强：市场经济的兴起与演变

刘汉中：残差块形自助法在非对称单位根检验中的

刘智勇：人力资本、要素边际生产率与地区差异 —

周光友：电子货币的替代效应对货币供应量影响的

李陈华：中国零售企业与沃尔玛的绩效比较

赵 玻：主导零售商并购的政府规制取向研究

Benjamin Klein Joshua D.Wright 著/胡德宝

零售上市公司最新排名：澳大利亚、德国、法国等